U0528932

唐宋名家词选

龙榆生 ◎ 编著

人民文学出版社

图书在版编目(CIP)数据

唐宋名家词选/龙榆生编著. —北京:人民文学出版社,2017
(恋上古诗词:版画插图版)
ISBN 978-7-02-012743-6

Ⅰ.①唐… Ⅱ.①龙… Ⅲ.①唐宋词-选集 Ⅳ.
①I222.84

中国版本图书馆 CIP 数据核字(2017)第 093211 号

责任编辑:朱卫净 尚 飞
装帧设计:高静芳

出版发行	人民文学出版社
社　　址	北京市朝内大街 166 号
邮政编码	100705
网　　址	http://www.rw-cn.com
印　　刷	山东德州新华印务有限责任公司
经　　销	全国新华书店等
开　　本	890 毫米×1240 毫米　1/32
印　　张	16.75
插　　页	4
字　　数	310 千字
版　　次	2017 年 10 月北京第 1 版
印　　次	2017 年 10 月第 1 次印刷
书　　号	978-7-02-012743-6
定　　价	58.00 元

如有印装质量问题,请与本社图书销售中心调换。电话:010-65233595

凡 例

一、本编所录各家,以能卓然自树或别开生面者为主。

二、本编所选作品,以能代表某一作家的作风或久经传诵者为准。

三、词缘乐曲产生,故于声律方面,不容忽视。本编于此亦加注意。

四、本编所录唐、五代词,依花间、尊前诸集先例,兼收若干七言绝句体,如竹枝、杨柳枝、浪淘沙之类,以见诗、词递嬗之迹。

五、本编所收各作家,酌采旧闻作为传记。其正史有传者,概用节录。

六、本编酌采前人评语,作为参考之助。

七、本编所采参考资料,经用原书覆勘者,概注卷目,其间接引用者,注明某书所引。但仍不免疏漏,容待续订。

八、词为依声之作,举凡抑扬抗坠、声情缓急之间,关系于句读、韵脚者至巨,惟各家亦常小有出入。因之除用标点外,别创符号,置于字下,以・表句,◎表平韵,△表仄韵,藉代词谱。

九、词中领句字，为关纽所在，以用有力之去声字为多，藉以承上起下。有一字领者，如柳永八声甘州："渐霜风凄紧，关河冷落，残照当楼。""渐"字领下四字三句；秦观八六子："念柳外青骢别后，水边红袂分时。""念"字领下六字二句。有二字领者，如周邦彦拜星月慢："似觉琼枝玉树相倚，暖日明霞光烂。""似觉"二字领下六字两句。又四字句有上一、中二、下一者，如辛弃疾水龙吟"揾英雄泪"，吴文英八声甘州"上琴台去"等句。五字句有上一、下四者，如周邦彦拜星月慢"识秋娘庭院""总平生稀见""苦惊风吹散""隔溪山不断"，姜夔扬州慢"过春风十里，尽荠麦青青"等句。七字句有上三、下四者，如辛弃疾贺新郎"千古事云飞烟灭"、祝英台近"倩谁劝啼莺声住"等句。此类句法，未易一一标识，援上数例，即可推知。

目录

凡例

李白二首	1
张志和一首	6
韦应物三首	7
王建二首	8
刘禹锡十二首	9
白居易六首	14
温庭筠十八首	17
皇甫松六首	23
韦庄二十首	25
薛昭蕴二首	35
牛峤一首	37
毛文锡二首	38
牛希济一首	40
欧阳炯五首	41
顾敻五首	44
鹿虔扆一首	47
阎选一首	48
尹鹗一首	49

李珣九首	51
和凝二首	55
孙光宪十二首	57
张泌四首	62
冯延巳二十三首	65
李璟二首	74
李煜十二首	77

以上唐五代词二十五家一百五十三首

潘阆五首	87
寇准一首	89
范仲淹三首	90
张先十四首	93
晏殊十七首	102
宋祁一首	110
张昇一首	112
欧阳修二十七首	113
梅尧臣一首	124
韩缜一首	126
柳永二十五首	128
王安石四首	147

王安国一首	152
晏幾道三十一首	154
苏轼四十二首	168
黄庭坚十四首	210
秦观十九首	221
张耒二首	237
贺铸二十九首	240
晁补之十首	256
陈师道一首	265
王雱二首	267
晁端礼一首	269
赵令畤四首	271
李廌一首	274
晁冲之二首	275
王观二首	277
舒亶三首	280
毛滂一首	283
李元膺二首	285
张舜民一首	287
僧挥五首	289
李之仪三首	294

魏夫人二首	297
周邦彦三十一首	298
万俟咏五首	324
曹组四首	327
苏庠二首	329
李甲一首	331
鲁逸仲一首	332
廖世美二首	333
陈克二首	335
李清照十三首	337
孙道绚二首	351
张元幹七首	353
叶梦得七首	358
汪藻二首	363
陈与义三首	365
岳飞二首	368
吕本中五首	371
朱敦儒十四首	374
张孝祥六首	380
韩元吉二首	385
陆游九首	387

范成大五首	395
辛弃疾四十四首	398
陈亮五首	430
刘过三首	434
姜夔二十三首	438
史达祖七首	460
朱淑真三首	465
刘克庄十一首	468
吴文英十首	476
刘辰翁十一首	485
蒋捷六首	492
周密五首	497
王沂孙八首	502
文天祥二首	508
张炎十四首	511

以上宋词六十九家五百五十五首

后记	521
初版自序	524

李　白

二首　录自明翻宋刊本唐宋诸贤绝妙词选卷一

〔**传记**〕李白（七〇一——七六二）字太白。其先隋末以罪徙西域，神龙初，遁还，客巴西。白生十岁，通诗书。既长，隐岷山。喜纵横术，击剑为任侠，轻财重施。更客任城，与孔巢父等居徂来山。天宝初，南入会稽。旋至长安，往见贺知章。知章见其文，叹曰："子谪仙人也！"言于玄宗，召见金銮殿，有诏供奉翰林。后赐金放还。安禄山反，白转侧宿松、匡庐间，永王璘辟为府僚佐。璘起兵，逃还彭泽。璘败，诏流夜郎。会赦，还寻阳。李阳冰为当涂令，白往依之。卒年六十余。（参考新唐书列传第一百二十七文艺中）唐诗人以李、杜最为杰出。白所作诗歌，每喜沿用乐府旧曲。世传菩萨蛮、忆秦娥二调，黄花庵所称为"百代词曲之祖"者，有人据苏鹗杜阳杂编（卷上），以为菩萨蛮曲调，大中（宣宗）初始传入中国，白不得预为填词。然明皇时，正值新兴乐曲盛行，菩萨蛮曲已见于崔令钦之教坊记。令钦亦开元时人。域外乐曲，隋唐间次第传入者甚富。以白之天才横逸，偶然兴到，依新声作长短句，亦非绝对不可能。近人杨宪益主张"菩萨蛮"乃"骠苴蛮"或"苻诏蛮"之异译。其曲调乃古缅甸乐，开、天间传入中国。李白原为氐人，或已于幼时熟习此种曲调。约当二十五岁左右，曾徘徊襄、汉间，可能于湖南鼎州沧水驿楼，题此曲辞云云。（零墨新笺）任二北亦称："信如此说，验之教坊记、奇男子传,及敦煌卷子斯四三三二等所有资料,无不吻合,可知乃较为接近事实者。"(敦煌曲初探第五章)故本编仍依旧说,以白作冠首云。

菩萨蛮 一首

平林漠漠烟如织,寒山一带伤心碧。暝色入高楼,有人楼上愁。　玉梯空伫立,宿鸟归飞急。何处是归程,长亭连短亭。

【宋僧文莹湘山野录卷上】此词不知何人写在鼎州沧水驿楼,复不知何人所撰。魏道辅泰见而爱之。后至长沙,得古集于子宣(曾布)内翰家,乃知李白所作。

忆秦娥 一首

箫声咽,秦娥梦断秦楼月。秦楼月,年年柳色,霸陵伤别。　乐游原上清秋节,咸阳古道音尘绝。

菩萨蛮（平林漠漠烟如织）

忆秦娥(箫声咽)

音尘绝,西风残照,汉家陵阙。

【宋黄昇唐宋诸贤绝妙词选卷一】菩萨蛮、忆秦娥二词,为百代词曲之祖。

【清刘熙载艺概卷四】梁武帝江南弄,陶弘景寒夜怨,陆琼饮酒乐,徐孝穆长相思,皆具词体,而堂庑未大。至太白菩萨蛮之繁情促节,忆秦娥之长吟远慕,遂使前此诸家悉归环内。太白菩萨蛮、忆秦娥两阕,足抵少陵秋兴八首。想其情境,殆作于明皇西幸后乎?

【王国维人间词话卷上】太白纯以气象胜。"西风残照,汉家陵阙。"寥寥八字,遂关千古登临之口。后世唯范文正之渔家傲,夏英公之喜迁莺,差足继武,然气象已不逮矣!

张志和

一首　录自唐宋诸贤绝妙词选卷一

〔传记〕　张志和字子同,婺州金华人。居江湖,自称烟波钓徒。著玄真子,亦以为号。每垂钓,不设饵,志不在鱼也。(唐宋诸贤绝妙词选卷一)西塞山在吴兴。志和盖常往来于太湖附近各地云。

渔歌子 一首

西塞山前白鹭飞,桃花流水鳜鱼肥。青箬笠,绿蓑衣,斜风细雨不须归。

【历代诗余卷二百十一引乐府纪闻】张志和自称烟波钓徒,尝谒颜真卿于湖州,以舴艋敝,请更之,愿为浮家泛宅,往来苕霅间。作渔歌子词。

【艺概卷四】张志和渔歌子"西塞山前白鹭飞"一阕,风流千古。东坡尝以其成句用入鹧鸪天,又用于浣溪沙。然其所足成之句,犹未若原词之妙通造化也。　太白菩萨蛮、忆秦娥,张志和渔歌子,两家一忧一乐,归趣难名。或灵均思美人、哀郢,庄叟濠上近之耳。

韦应物

三首　录自明刊本韦江州集

〔传记〕　韦应物,京兆长安人。少任侠,曾以三卫郎事明皇。大历十四年(七七九),自鄠县令除栎阳令。历任滁州、江州、苏州刺史。罢郡,寓于永定佛寺。应物性高洁,所在焚香扫地而坐,唯顾况、皎然辈得与唱酬。白居易尝语元稹云:"韦苏州歌行,才丽之外,深得讽谏之意,而五言尤为高远雅淡,自成一家。"其小词不多见,唯三台令、转应曲流传耳。(参考唐诗纪事及韦江州集附录)

调啸词 别作调笑令　二首

胡马,胡马,远放燕支山下。跑沙跑雪独嘶,东望西望路迷。迷路,迷路,边草无穷日暮。

河汉,河汉,晓挂秋城漫漫。愁人起望相思,江南塞北别离。离别,离别,河汉虽同路绝。

三台词 一首

冰泮寒塘始绿,雨余百草皆生。朝来门间无事,晚下高斋有情。

王　建

二首　录自汲古阁刊本乐府诗集近代曲辞

〔**传记**〕　王建字仲初,颍川人。大历十年(七七五)进士。初为渭南尉,历秘书丞、侍御史。大和中,出为陕州司马,从军塞上。后归咸阳,卜居原上。建工乐府,与张籍齐名。(石印本全唐诗第十一册)黄昇曰:"王仲初以宫词百首著名,三台令、转应曲,其余技也。"(历代诗余卷一百十二引花庵词客语)

宫中调笑 二首

团扇,团扇,美人病来遮面。玉颜憔悴三年,谁复商量管弦？弦管,弦管,春草昭阳路断。

杨柳,杨柳,日暮白沙渡口。船头江水茫茫,商人少妇断肠。肠断,肠断,鹧鸪夜飞失伴。

【宋郭茂倩乐府诗集卷八十二近代曲辞】乐苑曰:"调笑,商调曲也。戴叔伦谓之转应曲。"

刘禹锡

十二首　录自乐府诗集近代曲辞

〔传记〕　刘禹锡(七七二——八四二)字梦得,彭城人。贞元九年(七九三)擢进士第,又登宏辞科。从事淮南节度使杜佑幕,典记室。从佑入朝,为监察御史。贞元末,为王叔文知奖,以宰相器待之。叔文败,坐贬连州刺史,在道贬朗州司马。禹锡在朗州十年,唯以文章吟咏,陶冶情性。蛮俗好巫,每淫祠鼓舞,必歌俚辞。禹锡或从事于其间,乃依骚人之作,为新辞以教巫祝。故武陵溪洞间夷歌,率多禹锡之辞也。元和十年(八一五)自武陵召还,复出为播州刺史,改连州,又徙夔州、和州。征还,拜主客郎中,转礼部郎中、集贤院学士,旋授苏州刺史,改汝州,迁太子宾客,分司东都。禹锡晚年,与白居易友善,常唱和往来。居易集其诗而序之,以谓"其锋森然,少敢当者"。(参考旧唐书列传卷一百十刘禹锡传)中唐诗人,刘、白并称。二人皆留意民间歌曲,因之在倚声填词方面,亦能相互切劘,以开晚唐、五代之盛,此治唐、宋诗词所宜特为着眼者也。

竹　枝 三首

山桃红花满上头,蜀江春水拍山流。花红易衰似郎意，水流无限似侬愁。

巫峡苍苍烟雨时，清猿啼在最高枝。个里愁人肠自断，由来不是此声悲。

山上层层桃李花，云间烟火是人家。银钏金钗来负水，长刀短笠去烧畲。

【宋刊本刘梦得文集卷九竹枝词引】四方之歌，异音而同乐。岁正月，余来建平，里中儿（原误作见，依全唐诗改）联歌竹枝，吹短笛、击鼓以赴节，歌者扬袂睢舞，以曲多为贤。聆其音，中黄钟之羽，其卒章激讦如吴声，虽伧儜不可分，而含思宛转，有淇（原误作湛）濮之艳。昔屈原居沅、湘间，其民迎神，词多鄙陋，乃为作九歌。到于今，荆楚鼓舞之。故余亦作竹枝词九篇，俾善歌者飏之附于末，后之聆巴歈，知变风之自焉。

【宋王灼碧鸡漫志卷一】唐时古意亦未全丧，竹枝、浪淘沙、抛球乐、杨柳枝，乃诗中绝句，而定为歌曲。

【宋邵博闻见后录卷十九】夔州营妓为喻迪孺扣铜盘，歌刘尚书竹枝词九解，尚有当时含思宛转之艳，他妓者皆不能也。迪孺云：欧阳詹为并州妓赋"高城已不见，况乃城中人"诗，今其家尚为妓，詹诗本亦尚在。妓家夔州，其先必事刘尚书者，故独能传当时之声也。

竹 枝 一首

杨柳青青江水平,闻郎江上唱歌声。东边日出西边雨,道是无晴还有晴。

【案】两"晴"字原皆作"情",此依宋本刘集,谐声双关语也。

杨柳枝 三首

金谷园中莺乱飞,铜驼陌上好风吹。城东桃李须臾尽,争似垂杨无限时?

炀帝行宫汴水滨,数株残柳不胜春。昨刘集作晚来风起花如雪,飞入宫墙不见人。

轻盈袅娜占年华,舞榭妆楼处处遮。春尽絮飞留不得,随风好去落谁家?

浪淘沙 二首

汴水东流虎眼文,清淮晓色鸭头春。君看渡口淘沙处,渡却人间多少人!

八月涛声吼地来,头高数丈触山回。须臾却入海门去,卷起沙堆似雪堆。

潇湘神 二首

湘水流,湘水流,九疑云物至今愁。君问二妃何处所?零陵香草露中秋。

斑竹枝,斑竹枝,泪痕点点寄相思。楚客欲听瑶瑟怨,潇湘深夜月明时。

忆江南 一首

春去也!多谢洛城人。弱柳从风疑举袂,丛兰裛露似沾巾，独笑亦含颦。

【乐府诗集卷八十二近代曲辞】忆江南一曰望江南。乐府杂录曰："望江南本名谢秋娘,李德裕镇浙西,为妾谢秋娘所制。后改为望江南。"

【况周颐餐樱庑词话】唐贤为词,往往丽而不流,与其诗不甚相远也。刘梦得忆江南"春去也"云云,流丽之笔,下开北宋子野、少游一派。唯其出自唐音,故能流而不靡,所谓"风流高格调",其在斯乎?

白居易

六首　录自乐府诗集近代曲辞

〔传记〕　白居易(七七二——八四七)字乐天,其先太原人,徙下邽。贞元十四年(七九八),始以进士就试礼部,授秘书省校书郎,历任盩厔县尉、集贤校理。元和二年(八〇七),入翰林为学士,迁左拾遗。执政恶其言事,贬江州司马。十三年冬,量移忠州刺史。十四年冬,召还京师,拜司门员外郎,转主客郎中、知制诰。出任杭州刺史。秩满,除太子左庶子,分司东都。复出为苏州刺史。太和二年(八二八),转刑部侍郎。三年,称病东归,求为分司官,寻除太子宾客。五年,除河南尹。开成元年(八三六),除同州刺史,辞疾不拜。寻授太子少傅。晚居洛阳履道里,疏沼种树,构石楼香山,自号醉吟先生,又称香山居士。大中元年(八四七)卒,时年七十六。(参考旧唐书列传卷一百一十六及新唐书列传卷四十四)居易最工诗,其与元九书云:"感人心者,莫先乎情,莫始乎言,莫切乎声,莫深乎义。诗者,根情,苗言,华声,实义。上自贤圣,下至愚骏,微及豚鱼,幽及鬼神,群分而气同,形异而情一,未有声入而不应,情交而不感者。圣人知其然,因其言经之以六义,缘其声纬之以五音。音有韵,义有类。韵协则言顺,言顺则声易入;类举则情见,情见则感易交。"又云:"文章合为时而著,歌诗合为事而作。"其文艺理论,颇合于现实主义精神,所作诗歌,亦力求与群众接近,因有"老妪皆解"之传说,

（僧惠洪冷斋夜话卷一："白乐天每作诗，令一老妪解之，问曰：'解否？'妪曰'解'，则录之，'不解'则易之。"）而为人民所喜爱。居易自言："自长安抵江西，三四千里，凡乡校、佛寺、逆旅、行舟之中，往往有题仆诗者；士庶、僧徒、孀妇、处女之口，每有咏仆诗者。"其流传之广如是！惟其接近民众，故对新兴歌曲，亦最易接受而乐为加工。倚声填词之风，至中唐而渐盛，其为刘、白诸人所倡导，可推知也。

竹 枝 二首

瞿塘峡口冷烟低，白帝城头月向西。唱到竹枝声咽处，寒猿晴鸟一时啼。

巴东船舫上巴西，波面风生雨脚齐。水蓼冷花红簇簇，江蓠湿叶碧萋萋。

杨柳枝 一首

一树春风万万枝，嫩于金色软于丝。永丰西角荒园里,尽日无人属阿谁?

忆江南 三首

江南好,风景旧曾谙:日出江花红胜火,春来江水绿如蓝。能不忆江南?

江南忆,最忆是杭州:山寺月中寻桂子,郡亭枕上看潮头。何日更重游?

江南忆,其次忆吴宫:吴酒一杯春竹叶,吴娃双舞醉芙蓉。早晚复相逢。

温庭筠

十八首　录自四印斋覆宋刊本花间集

〔传记〕　温庭筠，太原人。本名岐，字飞卿。大中初（约八五〇），应进士。苦心砚席，尤长于诗赋。初至京师，人士翕然推重。然士行尘杂，不修边幅，能逐弦吹之音，为侧艳之词。屡年不第。徐商镇襄阳，署为巡官。商知政事，用为国子助教。商罢相，贬方城尉，再迁隋县尉，卒。（参考旧唐书列传卷一百四十下及历代词人考略卷二）庭筠才思艳丽，每入试，押官韵作赋，凡八叉手而八韵成，时号温八叉。（全唐诗话）诗与李商隐齐名，世称"温李"。更出其余力，依新兴曲调作歌词，遂开五代、宋词之盛，与韦庄并称"温韦"。温丽密而韦清疏，各擅胜场。温词金荃集，今已不传。诸家选本，以花间集收六十六首为最多，全唐诗附词收五十九首，金奁集收六十二首。江山刘毓盘辑金荃词一卷（北京大学排印本唐五代宋辽金元名家词集六十种），共得七十六首。

菩萨蛮 六首

小山重叠金明灭，鬓云欲度香腮雪。懒起画蛾眉，弄妆梳洗迟。　　照花前后镜，花面交相映。新帖绣罗襦，双双金鹧鸪。

水精帘里颇黎枕，暖香惹梦鸳鸯锦。江上柳如烟，雁飞残月天。　藕丝秋色浅，人胜参差剪。双鬓隔香红，玉钗头上风。

杏花含露团香雪，绿杨陌上多离别。灯在月胧明，觉来闻晓莺。　玉钩褰翠幕，妆浅旧眉薄。春梦正关情，镜中蝉鬓轻。

玉楼明月长相忆，柳丝袅娜春无力。门外草萋萋，送君闻马嘶。　画罗金翡翠，香烛销成泪。花落子规啼，绿窗残梦迷。

宝函钿雀金鸂𪆟，沉香阁上吴山碧。杨柳又如丝，驿桥春雨时。　画楼音信断，芳草江南岸。鸾镜与花枝，此情谁得知？

南园满地堆轻絮，愁闻一霎清明雨。雨后却斜阳，杏华零落香。　无言匀睡脸，枕上屏山掩。时节欲黄昏，无聊独倚门。

【五代孙光宪北梦琐言卷四】宣宗爱唱菩萨蛮词。令狐相国（绹）假其（温庭筠）新撰密进之，戒令勿泄，而遽言于人，由是疏之。温亦有言曰："中书堂内坐将军。"讥相国无学也。

更漏子 三首

柳丝长,春雨细,花外漏声迢递。惊塞雁,起城乌,画屏金鹧鸪。　　香雾薄,透帘幕,惆怅谢家池阁。红烛背,绣帘垂,梦长君不知。

星斗稀,钟鼓歇,帘外晓莺残月。兰露重,柳风斜,满庭堆落花。　　虚阁上,倚阑望,还似去年惆怅。春欲暮,思无穷,旧欢如梦中。

玉炉香,红蜡泪,偏照画堂秋思。眉翠薄,鬓云残,夜长衾枕寒。　　梧桐树,三更雨,不道离情正苦。一叶叶,一声声,空阶滴到明。

【宋胡仔苕溪渔隐丛话后集卷十七】庭筠工于造语,极为绮靡,花间集可见矣。更漏子(玉炉香)一首尤佳。

【清谭献评词辨卷一】"梧桐树"以下,似直下语,正从"夜长"逗出,亦书家"无垂不缩"之法。

杨柳枝 五首

宜春苑外最长条,闲袅春风伴舞腰。正是玉人肠断处，一渠春水赤栏桥。

苏小门前柳万条，毵毵金线拂平桥。黄莺不语东风起，深闭朱门伴舞腰。

馆娃宫外邺城西，远映征帆近拂堤。系得王孙归意切，不关芳草绿萋萋。

两两黄鹂色似金，袅枝啼露动芳音。春来幸自长如线，可惜牵缠荡子心。

织锦机边莺语频，停梭垂泪忆征人。塞门三月犹萧索，纵有垂杨未觉春。

【明汤显祖评花间集】杨柳枝，唐自刘禹锡、白乐天而下，凡数十首。然惟咏史咏物，比讽隐含，方能各极其妙。如"飞入宫墙不见人""随风好去入谁家""万树千条各自垂"等什，皆感物写怀，言不尽意，真托咏之名匠也。此中三五卒章，真堪方驾刘、白。

【清郑文焯评花间集】宋人诗好处，便是唐词。然飞卿杨柳枝八首，终为宋诗中振绝之境，苏、黄不能到也。唐人以余力为词，而骨气奇高，文藻温丽。有宋一代学人，姝志于此，骎骎入古，毕竟不能脱唐、五代之窠臼，其道亦难矣！

南歌子 二首

手里金鹦鹉，胸前绣凤凰。偷眼暗形相。不如从嫁与，作鸳鸯。

鬓堕低梳髻，连娟细扫眉。终日两相思。为君憔悴尽，百花时。

【谭评词辨卷一】尽头语，单调中重笔，五代后绝响。（第一首）"百花时"三字加倍法，亦重笔也。（第二首）

梦江南 二首

千万恨，恨极在天涯。山月不知心里事，水风空落眼前花，摇曳碧云斜。

梳洗罢，独倚望江楼。过尽千帆皆不是，斜晖脉脉水悠悠，肠断白蘋洲！

〔集评〕 王士禛云：弇州谓苏、黄、稼轩为词之变体，是也；谓温、韦为词之变体，非也。夫温、韦视晏、李、秦、周，譬赋有高唐、神女而后有长门、洛神，诗有古诗、录别而后有建安、黄初、三唐也;谓之正始则可,谓之变体则不可。又"蝉鬓美人愁绝",果是妙语。飞卿更漏子、河渎神,凡两见之。李空同所谓"自家物终久还来"耶？温、李齐名,然温实不及李;李不作词而温为花间鼻祖,岂亦同能不如独胜之意耶？(花草蒙拾)　王拯云:唐之中叶,李白沿袭乐府遗音,觅菩萨蛮、忆秦娥之阕,王建、韩偓、温庭筠诸人复推衍之,而词之体以立。其文窈深幽约,善达贤人君子恺恻怨悱不能自言之情,论者以庭筠为独至。(龙壁山房文集忏盦词序)　周济云:词有高下之别,有轻重之别。飞卿下语镇纸,端己揭响入云,可谓极两者之能事。　皋文曰:"飞卿之词,深美闳约。"信然。飞卿酝酿最深,故其言不怒不慑,备刚柔之气。针缕之密,南宋人始露痕迹,花间极有浑厚气象。如飞卿则神理超越,不复可以迹象求矣。然细绎之,正字字有脉络。(介存斋论词杂著)　刘熙载云:温飞卿词,精妙绝人;然类不出乎绮怨。(艺概卷四)　王国维云:张皋文谓:"飞卿之词,深美闳约。"余谓此四字唯冯正中足以当之。刘融斋谓:"飞卿精艳绝人。"差近之耳。"画屏金鹧鸪",飞卿语也,其词品似之。　温飞卿之词,句秀也。(人间词话卷上)

皇甫松

六首　录自花间集

〔**传记**〕　皇甫松,一作嵩,字子奇,睦州人。工部侍郎湜之子。(历代诗余卷一百一)花间集称为"皇甫先辈",录其词十二首。

浪淘沙 二首

滩头细草接疏林,浪恶罾船半欲沉。宿鹭眠鸥非旧浦,去年沙觜是江心!

【汤评】桑田沧海,一语破尽。红颜变为白发,美少年化为鸡皮老翁,感慨系之矣!

蛮歌豆蔻北人愁,蒲雨杉风野艇秋。浪起鵁鶄眠不得,寒沙细细入江流。

梦江南 二首

兰烬落，屏上暗红蕉。闲梦江南梅熟日，夜船吹笛雨萧萧，人语驿边桥。

楼上寝，残月下帘旌。梦见秣陵惆怅事，桃花柳絮满江城，双髻坐吹笙。

采莲子 二首

菡萏香连十顷陂_{举棹}，小姑贪戏采莲迟_{年少}。晚来弄水船头湿_{举棹}，更脱红裙裹鸭儿_{年少}。

船动湖光滟滟秋_{举棹}，贪看年少信船流_{年少}。无端隔水抛莲子_{举棹}，遥被人知半日羞_{年少}。

【况周颐餐樱庑词话】词以含蓄为佳，亦有不妨说尽者。皇甫子奇摘得新云："繁红一夜经风雨,是空枝。"语淡而沉痛欲绝。采莲子云："船动湖光滟滟秋,贪看年少信船流。无端隔水抛莲子,遥被人知半日羞。"写出闺娃稚憨情态,匪夷所思,是何笔妙乃尔！

韦 庄

二十首　录自花间集

〔传记〕　韦庄(八三六——九一〇)字端己,京兆杜陵人。僖宗广明元年(八八〇),应举入长安。时值黄巢兵至,庄陷重围,又为病困。中和三年(八八三)三月,在洛阳,著秦妇吟一篇,内一联云:"内库烧为锦绣灰,天街踏尽公卿骨。"尔后公卿亦多垂讶,庄乃讳之。时人号"秦妇吟秀才"。(北梦琐言卷六)旋复南游,携家至越,弟妹散居各郡。(参考唐才子传)时已年过五十矣。其游踪所至,自金陵、苏州、扬州、浙西、湖北、湖南、江西、安徽,皆有题咏。(参考浣花集)至昭宗景福二年(八九三),始还京师。次年(乾宁元年,公元八九四),第进士,授职为校书郎。乾宁四年,两川宣谕和协使李询辟为判官,奉使入蜀见王建,不久返京。昭宗天复元年(九〇一),再入蜀,王建辟为掌书记。庄时年六十六岁。寻以起居舍人召,建表留之。二年,于浣花溪寻得杜工部草堂遗址。虽芜没已久,而砥柱犹存。因命弟霭,芟夷结茅为一室,遂定居焉。三年,霭为编次历年所作诗,题曰浣花集。(参考韦霭浣花集序)昭宣帝天祐四年(九〇七),唐亡,王建称帝。一切开国制度,多出庄手。拜左散骑常侍,判中书门下事。屡官至吏部侍郎,兼平章事。蜀高祖武成三年(九一〇)八月,卒于成都花林坊,谥文靖。(参考夏承焘著韦端己年谱)韦词收入花间集者四十七首,收入金奁集者四十八首,收入全唐诗附词者五十二首。刘毓盘辑为浣花词一卷,共得五十五首,刊入唐五代宋辽金元词六十种中。

浣溪沙 三首

清晓妆成寒食天,柳球斜袅间花钿,卷帘直出画堂前。　指点牡丹初绽朵,日高犹自凭朱栏,含颦不语恨春残。

惆怅梦余山月斜,孤灯照壁背红纱,小楼高阁谢娘家。　暗想玉容何所似?一枝春雪冻梅花,满身香雾簇朝霞。

【汤评】以"暗想"句问起,越见下二句形容快绝。

夜夜相思更漏残,伤心明月凭阑干,想君思我锦衾寒。　咫尺画堂深似海,忆来唯把旧书看,几时携手入长安?

【汤评】"想君""忆来"二句,皆意中意,言外言也。水中着盐,甘苦自知。

菩萨蛮 五首

红楼别夜堪惆怅,香灯半卷流苏帐。残月出门时,美人和泪辞。 琵琶金翠羽,弦上黄莺语。劝我早归家,绿窗人似花。

【清张惠言词选卷一】此词盖留蜀后寄意之作。一章言奉使之志,本欲速归。

人人尽说江南好,游人只合江南老。春水碧于天,画船听雨眠。 垆边人似月,皓腕凝双雪。未老莫还乡,还乡须断肠。

【张选】此章述蜀人劝留之辞,即下章云"满楼红袖招"也。江南即指蜀。中原沸乱,故曰"还乡须断肠"。

如今却忆江南乐,当时年少春衫薄。骑马倚斜桥,满楼红袖招。 翠屏金屈曲,醉入花丛宿。此度见花枝,白头誓不归。

【张选】上云"未老莫还乡",犹冀老而还乡也。其后朱温

27

菩萨蛮（人人尽说江南好）

篡成,中原愈乱,遂决劝进之志。故曰"如今却忆江南乐",又曰"白头誓不归",则此词之作,其在相蜀时乎?

劝君今夜须沉醉,樽前莫话明朝事。珍重主人心,酒深情亦深。　　须愁春漏短,莫诉金杯满。遇酒且呵呵,人生能几何!

【汤评】一起一结,直寓旷达之思,与郭璞游仙、阮籍咏怀,将无同调?

洛阳城里春光好,洛阳才子他乡老。柳暗魏王堤,此时心转迷。　　桃花春水渌,水上鸳鸯浴。凝恨对残晖,忆君君不知。

【张选】此章致思唐之意。

归国遥 一首

金翡翠,为我南飞传我意:罨画桥边春水,几年花下醉?　　别后只知相愧,泪珠难远寄。罗幕绣怵鸳被，旧欢如梦里。

荷叶杯 二首

绝代佳人难得，倾国，花下见无期。一双愁黛远山眉，不忍更思惟。　　闲掩翠屏金凤，残梦，罗幕画堂空。碧天无路信难通，惆怅旧房栊。

记得那年花下，深夜，初识谢娘时，水堂西面画帘垂，携手暗相期。　　惆怅晓莺残月，相别，从此隔音尘。如今俱是异乡人，相见更无因！

【历代诗余卷一百十三引杨湜古今词话】韦庄字端己，著秦妇吟，称为"秦妇吟秀才"。举乾宁进士。以才名寓蜀，蜀主建羁留之。庄有宠人，姿质艳丽，兼善词翰。建闻之，托以教内人为词，强夺去。庄追念悒怏，作荷叶杯、小重山词，情意凄怨。人相传播，盛行于时。（案：夏承焘韦端己年谱，考定庄留蜀时，年已七十左右，杨湜所云，殆不足信也。）

清平乐 二首

野花芳草,寂寞关山道。柳吐金丝莺语早,惆怅香闺暗老! 罗带悔结同心,独凭朱栏思深。梦觉半床斜月,小窗风触鸣琴。

莺啼残月,绣阁香灯灭。门外马嘶郎欲别,正是落花时节。 妆成不画蛾眉,含愁独倚金扉。去路香尘莫扫,扫即郎去归迟。

【汤评】"门外"二句,情与时会,倍觉其惨。"去路"二句,如此想头,几转法华。

天仙子 二首

蟾彩霜华夜不分,天外鸿声枕上闻,绣衾香冷懒重薰。人寂寂,叶纷纷,才睡依前梦见君。

梦觉云屏依旧空,杜鹃声咽隔帘栊,玉郎薄幸去无踪。一日日,恨重重,泪界莲腮两线红。

思帝乡 一首

春日游,杏花吹满头。陌上谁家年少足风流?妾拟将身嫁与一生休。纵被无情弃,不能羞。

【清贺裳皱水轩词筌】小词以含蓄为佳,亦有作决绝语而妙者。如韦庄"陌上谁家年少足风流?妾拟将身嫁与一生休。纵被无情弃,不能羞"之类是也。牛峤"须作一生拚,尽君今日欢"抑亦其次。柳耆卿"衣带渐宽终不悔,为伊消得人憔悴"亦即韦意,而气加婉矣。

女冠子 二首

四月十七,正是去年今日,别君时。忍泪佯低面,含羞半敛眉。　　不知魂已断,空有梦相随。除却天边月,没人知。

昨夜夜半,枕上分明梦见,语多时。依旧桃花面,频低柳叶眉。　　半羞还半喜,欲去又依依。觉来知是梦,不胜悲!

木兰花一首

独上小楼春欲暮,愁望玉关芳草路。消息断,不逢人,却敛细眉归绣户。　　坐看落花空叹息,罗袂湿斑红泪滴。千山万水不曾行,魂梦欲教何处觅?

小重山一首

一闭昭阳春又春。夜寒宫漏永,梦君恩。卧思陈事暗销魂。罗衣湿,红袂有啼痕。　　歌吹隔重阍。绕庭芳草绿,倚长门。万般惆怅向谁论?凝情立,宫殿欲黄昏。

【汤评】向作"新揾旧啼痕",语更超远。"宫殿欲黄昏",何等凄绝!宫词中妙句也。

〔集评〕　张炎云:词之难于令曲,如诗之难于绝句。不过十数句,一句一字闲不得。末句最当留意,有有余不尽之意始佳。当以唐花间集中韦庄、温飞卿为则。(词源卷下)　周济云:端己词清艳绝伦。初日芙蓉春月柳,使人想见风度。(介存斋论词杂著） 刘熙载云：韦端己、冯正中诸家词，留连光景，惆怅自怜，盖亦易飘飏于风雨者。若第论其吐属之美，又何加焉！（艺概卷四） 况周颐云：韦端己浣溪沙云："咫尺画堂深似海，忆来唯把旧书看。"谒金门云："新睡觉来无力，不忍把君书迹。"一意化两，并皆佳妙。（餐樱庑词话） 韦文靖词，与温方城齐名，熏香掬艳，眩目醉心，尤能运密入疏，寓浓于淡，花间群贤，殆鲜其匹。（历代词人考略卷五） 王国维云："弦上黄莺语"，端己语也；其词品亦似之。 韦端己之词，骨秀也。（人间词话卷上）

薛昭蕴

二首　录自花间集

〔传记〕　薛昭蕴（北梦琐言卷十一作昭纬），唐末官侍郎。孙光宪云：薛澄州昭纬，即保逊之子也。恃才傲物，亦有父风。每入朝省，弄笏而行，旁若无人。好唱浣溪纱词。知举后，有一门生辞归乡里，临歧，献规曰："侍郎重德，某乃受恩。尔后请不弄笏与唱浣溪纱，即某幸也。"时人谓之至言。（北梦琐言卷四）花间集录薛词十九首，全唐诗同。

浣溪沙 一首

倾国倾城恨有余，几多红泪泣姑苏，倚风凝睇雪肌肤。　　吴主山河空落日，越王宫殿半平芜，藕花菱蔓满重湖。

小重山 一首

春到长门春草青。玉阶华露滴,月胧明。东风吹断紫箫声。宫漏促,帘外晓啼莺。　愁极梦难成。红妆流宿泪,不胜情。手挼裙带绕阶行。思君切,罗幌暗尘生。

牛峤

一首　录自花间集

〔**传记**〕　牛峤字松卿,一字延峰,陇西人,唐相僧孺之后,乾符五年(八七八),登进士第,历官拾遗、补阙、校书郎。王建镇西川,辟为判官。及开国,拜给事中。(十国春秋卷四十四前蜀十)花间集载峤词三十二首,全唐诗附词载二十七首。

望江怨 一首

东风急,惜别花时手频执,罗帏愁独入。马嘶残雨春芜湿。倚门立,寄语薄情郎:粉香和泪泣。

〔**集评**〕　况周颐云:昔人情语艳语,大都靡曼为工。牛松卿西溪子云:"画堂前,人不语,弦解语。弹到昭君怨处,翠蛾愁,不抬头。"望江怨云:"惜别花时手频执,罗帏愁独人。马嘶残雨春芜湿。倚门立,寄语薄情郎:粉香和泪泣。"繁弦促柱间有劲气暗转,愈转愈深。此等佳处,南宋名作中间一见之。北宋人虽绵博如柳屯田,顾未克办。(餐樱庑词话)

毛文锡

二首　录自花间集

〔**传记**〕　毛文锡字平珪,高阳人。唐太仆卿龟范子。年十四,登进士第。已而来成都,从高祖(王建),官翰林学士承旨,进文思殿大学士,拜司徒。及国亡,随后主(衍)降唐,未几复事孟氏,与欧阳炯等五人以小词为蜀后主所赏。所撰巫山一段云词,当世传咏之。(十国春秋卷四十一前蜀七)花间集录其词三十一首,全唐诗同。

醉花间一首

休相问,怕相问,相问还添恨。春水满塘生,鸂鶒还相趁。　　昨夜雨霏霏,临明寒一阵。偏忆戍楼人,久绝边庭信!

【餐樱庑词话】余只喜其醉花间后段,情景不奇,写出正复不易。语淡而真,亦轻清,亦沉着。

应天长一首

平江波暖鸳鸯语,两两钓舡归极浦。芦洲一夜风和雨,飞起浅沙翘雪鹭。　渔灯明远渚,兰棹今宵何处?罗袂从风轻举,愁杀采莲女。

【餐樱庑词话】毛文锡应天长云:"渔灯明远渚,兰棹今宵何处?"柳屯田雨霖铃云:"今宵酒醒何处?杨柳岸、晓风残月。"毛词简质而情景具足。后人但能歌柳词耳。"知者亦不易",诚哉是言。

牛希济

一首　录自花间集

〔传记〕　牛希济,后主时,累官翰林学士,御史中丞。蜀亡,入洛,拜雍州节度副使。(十国春秋卷四十四前蜀十)花间集录希济词十一首,全唐诗录十二首。

生查子 一首

春山烟欲收,天澹稀星小。残月脸边明,别泪临清晓。　语已多,情未了,回首犹重道:记得绿罗裙,处处怜芳草!

欧阳炯

五首　录自花间集

〔传记〕　欧阳炯（宋史作迥），益州华阳人。少事王衍，为中书舍人。后唐同光中，蜀平，随衍至洛阳。孟知祥镇成都，炯复入蜀。知祥僭号，累迁门下侍郎，兼户部尚书平章事。后从孟昶归宋，为散骑常侍。以开宝四年（九七一）卒，年七十六。炯性坦率，无检操，善长笛。（参考宋史卷四百七十九）曾为赵崇祚叙花间集。每言："愁苦之音易好，欢愉之语难工。"其词大抵婉约轻和，不欲强作愁思者也。（历代诗余卷一百十三引蓉城集）花间集收炯词十七首，尊前集收三十一首，全唐诗收四十八首。

南乡子 三首

　　画舸停桡，槿花篱外竹横桥。水上游人沙上女，回顾，笑指芭蕉林里住。
　　岸远沙平，日斜归路晚霞明。孔雀自怜金翠尾，临水，认得行人惊不起。
　　路入南中，桄榔叶暗蓼花红。两岸人家微雨后，收红豆,树底纤纤抬素手。

【汤评】短词之难,难于起得不自然,结得不悠远。诸起句无一重复,而结语皆有余思,允称合作。

献衷心 一首

见好花颜色,争笑东风,双脸上,晚妆同。闭小楼深阁,春景重重。三五夜,偏有恨,月明中。情未已,信曾通,满衣犹自染檀红。恨不如双燕,飞舞帘栊。春欲暮,残絮尽,柳条空。

【汤评】画家七十二色中有檀色,浅赭所合,妇女晕眉色似之。唐人诗词惯喜用此,此其一也。

【郑评】飘忽而来,毫端神妙,不可思议!

江城子 一首

晚日金陵岸草平,落霞明,水无情。六代繁华,暗逐逝波声。空有姑苏台上月,如西子镜照江城!

〔**集评**〕 况周颐云:欧阳炯词,艳而质,质而愈艳,行间句里,却有清气往来。大概词家如炯,求之晚唐五代,亦不多觏。其定风波云:"暖日闲窗映碧纱,小池春水浸晴霞。数树海棠红欲尽,争忍,玉闺深掩过年华? 独凭绣床方寸乱,肠断,泪珠穿破脸边花。邻舍女郎相借问,音信,教人羞道未还家。"此等词如淡妆西子,肌骨倾城。(历代词人考略卷六)

顾敻

五首 录自花间集

〔传记〕 顾敻,前蜀通正时,以小臣给事内庭,会秃鹙鸟翔摩诃池上,敻作诗刺之,祸几不测。久之,擢刺史。已而复事高祖(孟知祥),累官至太尉。敻善小词,有醉公子曲,为一时艳称。(十国春秋卷五十六后蜀九)花间集收敻词五十五首,全唐诗同。

虞美人一首

深闺春色劳思想,恨共春芜长。黄鹂娇啭泥芳妍,杏枝如画倚轻烟,锁窗前。　　凭栏愁立双蛾细,柳影斜摇砌。玉郎还是不还家,教人魂梦逐杨花,绕天涯。

【明杨慎词品卷一】俗谓柔言索物曰泥,乃计切,谚所谓软缠也。字又作㲻。花间集顾敻辞"黄莺娇啭泥芳妍",又"记得㲻人微敛黛"。字又作妮,王通叟辞:"十三妮子绿窗中。"今山东人目婢曰小妮子,其语亦古矣。

河 传一首

棹举,舟去,波光渺渺,不知何处?岸花汀草共依依,雨微,鹧鸪相逐飞。　天涯离恨江声咽,啼猿切,此意向谁说?倚兰桡,独无聊,魂销,小炉香欲焦。

【餐樱庑词话】孙光宪之"两桨不知消息,远汀时起鸂鶒",确是骤括顾词。两家并饶简劲之趣;顾尤毫不着力,自然清远。

诉衷情一首

永夜抛人何处去?绝来音。香阁掩,眉敛,月将沉,争忍不相寻?怨孤衾。换我心,为你心,始知相忆深。

【花草蒙拾】顾太尉:"换我心,为你心,始知相忆深。"自是透骨情语。徐山民:"妾心移得在君心,方知人恨深。"全袭此,然已为柳七一派滥觞。

醉公子 二首

　　漠漠秋云澹,红藕香侵槛。枕倚小山屏,金铺向晚扃。　　睡起横波慢,独望情何限!衰柳数声蝉,魂销似去年。

　　岸柳垂金线,雨晴莺百啭。家住绿杨边,往来多少年。　　马嘶芳草远,高楼帘半卷。敛袖翠蛾攒,相逢尔许难!

【郑评】极古拙,亦极高淡,非五代不能有是词境。

〔集评〕　况周颐云:顾复艳词,多质朴语,妙在分际恰合。孙光宪便涉俗。　顾太尉,五代艳词上驷也。工致丽密,时复清疏。以艳之神与骨为清,其艳乃益入神入骨。其体格如宋院画工笔折枝小帧,非元人设色所及。(餐樱庑词话)

鹿虔扆

一首　录自花间集

〔传记〕　鹿虔扆，孟蜀时登进士第，累官为学士。广政间（约九三八——九五〇），出为永泰军节度使，进检校太尉，加太保。（历代词人考略卷五）虔扆与欧阳炯、韩琮、阎选、毛文锡等俱以工小词，供奉后主，时人忌之者，号曰五鬼。虔扆思越人词有"双带绣窠盘锦荐，泪侵花暗香消"之句，词家推为绝唱。（十国春秋卷五十六后蜀九）国亡，不仕。词多感慨之音。（乐府纪闻）花间集收虔扆词六首，全唐诗同。

临江仙 一首

金锁重门荒苑静，绮窗愁对秋空。翠华一去寂无踪。玉楼歌吹，声断已随风。　　烟月不知人事改，夜阑还照深宫。藕花相向野塘中。暗伤亡国，清露泣香红。

〔集评〕　倪瓒云：鹿公高节，偶尔寄情倚声，而曲折尽变，有无限感慨淋漓处。（历代诗余卷一百十三引）

阎 选

一首　录自花间集

〔**传记**〕　阎选，故布衣也，酷善小词，有临江仙词云："画帘深殿，香雾冷风残。"又云："猿啼明月照空滩。"时人目为阎处士。（十国春秋卷五十六后蜀九）其词录入花间集者八首，全唐诗录十首。

八拍蛮 一首

愁锁黛眉烟易惨，泪飘红脸粉难匀。憔悴不知缘底事？遇人推道不宜春。

【**汤评**】仄声七言绝句，唐人以入乐府，谓之阿那曲，宋人谓之鸡叫子。平声绝句以入乐府者，非杨柳枝、竹枝，即八拍蛮也。

尹鹗

一首　录自花间集

〔传记〕　尹鹗，成都人也。工诗词，与宾贡李珣友善。珣本波斯之种。鹗性滑稽，常作诗嘲之，珣名为顿损。（十国春秋卷四十四前蜀十）鹗事王衍，为翰林校书，累官参卿。（历代诗余卷一百一）花间集录鹗词六首，全唐诗录十六首。

菩萨蛮 一首

陇云暗合秋天白，俯窗独坐窥烟陌。楼际角重吹，黄昏方醉归。　　荒唐难共语，明日还应去。上马出门时，金鞭莫与伊。

【刘承幹历代词人考略卷五】唐无名氏醉公子云："门外猧儿吠，知是萧郎至。刬袜下香阶，冤家今夜醉。扶得入罗帏，不肯脱罗衣。醉则从他醉，还胜独睡时。"前辈谓读此，可悟作诗之法。韩子苍曰："只是转折多耳。且如喜其至是一转，而苦其今夜醉，又是一转。入罗帏是一转，而不肯脱罗衣，又是一转。二句自家开释,又是一转。直是赋尽醉公子也。"见怀古录。尹鹗菩萨蛮词,由未归说到醉归,由"荒唐难共语"想到"明日出门时",层层转折,与无名氏醉公子略同。"金鞭莫与伊",尤有不尽之情,痴绝,昵绝!

李 珣

九首　录自花间集

〔传记〕　李珣字德润,先世本波斯人,家于梓州。(历代诗余卷一百一)珣有诗名,以秀才豫宾贡,事蜀主衍。国亡,不仕。有琼瑶集,多感慨之音。其妹(李舜弦)为衍昭仪,亦能词,有"鸳鸯瓦上忽然声"句,误入花蕊宫词中。(历代诗余卷一百十三引茅亭客话)花间集录珣词三十七首,全唐诗录五十四首。

渔歌子 二首

荻花秋,潇湘夜,橘洲佳景如屏画。碧烟中,明月下,小艇垂纶初罢。　水为乡,篷作舍,鱼羹稻饭常餐也。酒盈杯,书满架,名利不将心挂。

九疑山,三湘水,芦花时节秋风起。水云间,山月里,棹水穿云游戏。　鼓青琴,倾绿蚁,扁舟自得逍遥志。任东西,无定止,不议人间醒醉。

巫山一段云 一首

古庙依青嶂，行宫枕碧流。水声山色锁妆楼，往事思悠悠！　　云雨朝还暮，烟花春复秋。啼猿何必近孤舟，行客自多愁。

南乡子 五首

兰桡举，水纹开，竞携藤笼采莲来。回塘深处遥相见，邀同宴，绿酒一卮红上面。

乘彩舫，过莲塘，棹歌惊起睡鸳鸯。游女带香偎伴笑，争窈窕，竞折团荷遮晚照。

倾绿蚁，泛红螺，闲邀女伴簇笙歌。避暑信船轻浪里，闲游戏，夹岸荔枝红蘸水。

渔市散，渡船稀，越南云树望中微。行客待潮天欲暮，送春浦，愁听猩猩啼瘴雨。

相见处，晚晴天，刺桐花下越台前。暗里回眸深属意，遗双翠，骑象背人先过水。

【餐樱庑词话】周草窗云:"李珣、欧阳炯辈俱蜀人,各制南乡子数首,以志风土,亦竹枝体也。"珣所作南乡子十七阕。首阕云:"思乡处,潮退水平春色暮。"似乎志风土之作矣。乃后阕句云"采真珠处水风多",又云"夹岸荔枝红蘸水",又云"越南云树望中微",又云"愁听猩猩啼瘴雨",又云"越王台下春风暖",又云"刺桐花下越台前",又云"骑象背人先过水",又云"出向桄榔树下立",又云"拾翠采珠能几许",又云"孔雀双双迎日舞",又云"谢娘家接越王台,一曲乡歌齐抚掌",又云"椰子酒倾鹦鹉盏",又云"惯随潮水采珠来"。珣,蜀人,顾所咏皆东粤景物,何耶?其巫山一段云云:"啼猿何必近孤舟,行客自多愁。"河传云:"依旧十二峰前,猿声到客船。"则诚蜀人之言矣。

河　传一首

去去!何处?迢迢巴楚,山水相连。朝云暮雨,依旧十二峰前,猿声到客船。　愁肠岂异丁香结?因离别,故国音书绝。想佳人花下,对明月春风,恨应同。

【餐樱庑词话】李德润河传云:"想佳人花下,对明月春风,恨应同。"高竹屋齐天乐中秋夜怀梅溪云:"古驿烟寒,幽垣梦冷,应念秦楼十二。"两家用意略同。高词伤格,不可学,李词则否,其故当细审之。

〔集评〕 况周颐云:李德润临江仙云:"强整娇姿临宝镜,小池一朵芙蓉。"是人是花,一而二,二而一。句中绝无曲折,却极形容之妙。昔人名作,此等佳处,读者每易忽之。(蕙风词话卷二) 李秀才词,清疏之笔,下开北宋人体格。五代人词,大都奇艳如古蕃锦;惟李德润词,有以清胜者。如酒泉子云:"秋雨连绵,声散败荷丛里。那堪深夜枕前听,酒初醒。"前调云:"秋月婵娟,皎洁碧纱窗外。照花穿竹冷沉沉,印池心。"浣溪沙云:"翠叠画屏山隐隐,冷铺文簟水潾潾,断魂何处一蝉新。"所云下开北宋体格者也。有以质胜者,西溪子云:"归去想娇娆,暗魂消。"中兴乐云:"忍孤前约,教人花貌,虚老风光。"宋人唯吴梦窗能为此等质句,愈质愈厚,盖五代词已开其先矣。(历代词人考略卷五)

和　凝

二首　录自刘毓盘辑红叶稿

〔传记〕　和凝(八九八——九五五)字成绩,汶阳须昌人。年十七,举明经,十九登进士第。历事梁、唐、晋、汉、周五代,累官中书侍郎、平章事、太子太傅。周显德二年(九五五)卒,年五十八。凝性好修整,自释褐至登台辅,车服仆从,必加华楚,进退容止伟如也。平生为文章,长于短歌艳曲,有艳词一编,名香奁集。凝后贵,乃嫁其名为韩偓。今世传韩偓香奁集,乃凝所为也(参考旧五代史卷一百二十七)。凝少年时,好为曲子词,布于汴洛。洎入相,专托人收拾焚毁不暇。契丹入夷门,号为曲子相公。(北梦琐言卷六)花间集录凝词二十首,全唐诗录二十四首。刘毓盘辑得二十九首为红叶稿一卷(北京大学排印本)。跋尾云:"余髫龀时,侍先大夫谒秀水杜方伯筱舫(文澜)丈苏州寓庐。丈所藏有宋大字本和凝红叶稿一卷,凡百余首。末附宋人跋曰:'鲁公相晋高,悔其少作,悉索而毁之,其存者曰红叶稿,故曰唐人也。'其后人不可问,红叶稿更无知之者。"此"曲子相公"之艳词,湮没者殆不复重见矣。

江城子 二首

竹里风生月上门。理秦筝,对云屏。轻拨朱弦,恐乱马嘶声。含恨含娇独自语:今夜约,太迟生!

斗转星移玉漏频,已三更,对栖莺。历历花间,似有马蹄声。含笑整衣开绣户,斜敛手,下阶迎。

【餐樱庑词话】和鲁公江城子云:"轻拨朱弦,恐乱马嘶声。"二语熨帖入微,似乎人人意中所有,却未经前人道过,写出柔情密意,真质而不涉尖纤。又一阕云:"历历花间,似有马蹄声。"尤为浑雅,进乎高诣。

孙光宪

十二首　录自刘毓盘重刊宋本荆台佣稿

〔**传记**〕　孙光宪字孟文，贵平人。家世业农，至光宪，独读书好学。唐时为陵州判官，有声。天成初（约九二六），避地江陵。武信王（高季兴）奄有荆土，招致四方之士，用梁震荐，入掌书记。光宪事南平三世，皆处幕中，累官荆南节度副使、检校秘书少监。后教高继冲悉献三州之地，宋太祖嘉其功，授光宪黄州刺史。乾德末年卒。性嗜经籍，聚书凡数千卷。或手自钞写，孜孜校雠，老而不废。自号葆光子。所著有北梦琐言。（十国春秋卷一百二荆南三）孙词见花间集者六十首，见尊前集者二十三首，见全唐诗者八十首。刘毓盘于其内戚费文恪公家，见所藏宋元残本，有荆台佣稿一册，因录副，刊入所辑唐五代宋辽金元名家词集六十种中，共存词八十四首。

杨柳枝—首

阊门风暖落花干，飞遍江城雪不寒。独有晚来临水驿，闲人多凭赤栏干。

57

八拍蛮 一首

孔雀尾拖金线长,怕人飞起入丁香。越女沙头争拾翠,相呼归去背斜阳。

竹　枝 二首

乱绳千结_{竹枝}绊人深_{女儿},越罗万丈_{竹枝}表长寻_{女儿}。杨柳在身_{竹枝}垂意绪_{女儿},藕花落尽_{竹枝}见莲心_{女儿}。

门前春水_{竹枝}白蘋花_{女儿},岸上无人_{竹枝}小艇斜_{女儿}。商女经过_{竹枝}江欲暮_{女儿},散抛残食_{竹枝}饲神鸦_{女儿}。

思帝乡 一首

如何?遣情情更多!永日水精帘下敛羞蛾。六幅罗裙窣地,微行曳碧波。看尽满池疏雨打团荷。

酒泉子 一首

空碛无边,万里阳关道路。马萧萧,人去去,陇云愁。　香貂旧制戎衣窄,胡霜千里白。绮罗心,魂梦隔,上高楼。

【汤评】三叠文之出塞曲,而长短句之吊古战场文也。再读不禁酸鼻。

浣溪沙 四首

蓼岸风多橘柚香,江边一望楚天长,片帆烟际闪孤光。　月送征鸿飞杳杳,思随流水去茫茫,兰红波碧忆潇湘。

半踏长裾宛约行,晚帘疏处见分明,此时堪恨昧平生!　早是销魂残烛影,更愁闻著品弦声,杳无消息若为情。

轻打银筝坠燕泥,断丝高罥画楼西,花冠闲上午墙啼。　粉篁半开新竹径,红苞尽落旧桃蹊,不堪终日闭深闺。

乌帽斜攲倒佩鱼,静街偷步访仙居,隔墙应认打门初。　将见客时微掩敛,得人怜处且生疏,低头羞问壁间书。

【汤评】乐府遗音,词坛丽藻,好书不厌百回读。如此数词,亦应尔尔。

谒金门 一首

留不得!留得也应无益。白纻春衫如雪色,扬州初去日。　轻别离,甘抛掷,江上满帆风疾。却羡彩鸳三十六,孤鸾还一只。

【汤评】"满帆风,吹不上离人小船。"今南调中,最脍炙人口,只此数语,已足该括之矣。

渔歌子 一首

泛流萤,明又灭。夜凉水冷东湾阔。风浩浩,笛寥寥,万顷金波澄澈。　　杜若洲,香郁烈。一声宿雁霜时节。经霅水,过松江,尽属侬家日月。

【汤评】竟夺了张志和、张季鹰坐位,忒觉狠些。

张　泌

四首　录自花间集

〔传记〕　张泌一作佖,常州人。后主朝,仕为考功员外郎,改内史舍人。随后主入宋,以故臣在史馆。后官河南,每寒食,必亲拜后主墓,哭之甚哀。李氏子孙陵替,常分俸赡给焉。(十国春秋卷三十南唐十六)花间集收张词二十七首,全唐诗同。

浣溪沙 二首

马上凝情忆旧游,照花淹竹小溪流,钿筝罗幕玉搔头。　　早是出门长带月,可堪分袂又经秋?晚风斜日不胜愁。

枕障熏炉隔绣帏,二年终日两相思,杏花明月始应知。　　天上人间何处去?旧欢新梦觉来时,黄昏微雨画帘垂。

浣溪沙（马上凝情忆旧游）

杨柳枝一首

腻粉琼妆透碧纱,雪休夸。金凤搔头坠鬓斜,发交加。　倚着云屏新睡觉,思梦笑。红腮隐出枕函花,有些些。

【汤评】此柳枝之变体也。"红腮"一语,自见巧思。

胡蝶儿一首

胡蝶儿,晚春时。阿娇初著淡黄衣,倚窗学画伊。　还似花间见,双双对对飞。无端和泪拭燕脂,惹教双翅垂。

冯延巳

二十三首　录自四印斋本阳春集

〔**传记**〕　冯延巳(九〇四——九六〇)字正中(夏承焘冯正中年谱引焦竑笔乘,释氏六时:"可中时,巳也。正中时,午也。"因谓延巳之巳,当读为辰巳之巳),广陵人。有辞学,多伎艺。烈祖李昪以为秘书郎,使与元宗(李璟)游处。累迁驾部郎中、元帅府掌书记。保大四年(九四六),自中书侍郎拜平章事,出镇抚州。及再入相,元宗悉以庶政委之。罢为宫傅。卒,年五十七。著乐章百余阕。其鹤冲天词云:"晓月坠,宿云披,银烛锦屏帏。建章钟动玉绳低,宫漏出花迟。"又归国谣词云:"江水碧,江上何人吹玉笛?扁舟远送潇湘客,芦花千里霜月白。伤行色,明朝便是关山隔。"见称于世。(参考马令南唐书卷二十一)陈世修序其阳春集云:"公以金陵盛时,内外无事,朋僚亲旧,或当燕集,多运藻思为乐府新词,俾歌者倚丝竹而歌之,所以娱宾而遣兴也。日月寖久,录而成编。观其思深辞丽,均律调新,真清奇飘逸之才也。"又云:"公薨之后,吴王(李煜)纳土,旧帙散失,十无一二。今采获所存,勒成一帙,藏之于家云。"世修于延巳为外孙,嘉祐戊戌(一〇五八),辑成此集。清末王鹏运始从彭文勤(元瑞)传钞汲古阁未刻词录出,刊入四印斋所刻词中。其中亦有别见五代、北宋其他词家集中者,尤以鹊踏枝"谁道闲情""几日行云""庭院深深""六曲阑干"诸阕,为最杰出之作,而世传出欧阳修手。陈振孙云:"阳春录一卷,南唐冯延己撰,高邮崔公度伯易题其后,称其家所藏最为详确,而尊前、花间诸集,往往谬其姓氏,近传欧阳永叔词,亦多有之,皆失其真也。"(直斋书录解题卷二十一)据此,则冯集混入他家之作,由来久矣。延己在五代为一大作家,与温、韦分鼎三足,影响北宋诸家者尤巨。南唐歌词种子,向江西发展,辙迹可寻,冯氏实其中心人物,治词史者所不容忽也。

鹊踏枝 八首

谁道闲情抛掷久?每到春来,惆怅还依旧。日日华前常病酒,不辞镜里朱颜瘦。 河畔青芜堤上柳。为问新愁,何事年年有?独立小桥风满袖,平林新月人归后。

华外寒鸡天欲曙。香印成灰,起坐浑无绪。庭际高梧凝宿雾,卷帘双鹊惊飞去。 屏上罗衣闲绣缕。一晌关情,忆遍江南路。夜夜梦魂休谩语,已知前事无寻处。

叵耐为人情太薄。几度思量,真拟浑抛却。新结同心香未落,怎生负得当初约? 休向尊前情索莫。手举金罍,凭仗深深酌。莫作等闲相斗作,与君保取长欢乐。

萧索清秋珠泪坠。枕簟微凉,展转浑无寐。残酒欲醒中夜起,月明如练天如水。 阶下寒声啼络纬。庭树金风,悄悄重门闭。可惜旧欢携手地,思量一夕成憔悴。

烦恼韶光能几许? 肠断魂销,看却春还去。只喜墙头灵鹊语,不知青鸟全相误。 心若垂杨千万缕。水阔华蜚,梦断巫山路。满眼新愁无问处,珠帘锦帐相思否?

几日行云何处去? 忘了归来,不道春将暮。百草千华寒食路,香车系在谁家树? 泪眼倚楼频独语:双燕飞来,陌上相逢否? 撩乱春愁如柳絮,悠悠梦里无寻处。

庭院深深深几许? 杨柳堆烟,帘幕无重数。玉勒雕鞍游冶处,楼高不见章台路。 雨横风狂三月暮。门掩黄昏,无计留春住。泪眼问华华不语,乱红飞过秋千去。

六曲阑干偎碧树。杨柳风轻,展尽黄金缕。谁把钿筝移玉柱?穿帘海燕双飞去。　　满眼游丝兼落絮。红杏开时,一霎清明雨。浓睡觉来莺乱语,惊残好梦无寻处。

【谭评词辨卷一】金碧山水,一片空濛。此正周氏所谓"有寄托入,无寄托出"也。

采桑子 二首

笙歌放散人归去,独宿江楼,月上云收,一半珠帘挂玉钩。　　起来点检经由地,处处新愁。凭仗东流,将取离心过橘洲。

华前失却游春侣,独自寻芳,满目悲凉,纵有笙歌亦断肠。　　林间戏蝶帘间燕,各自双双。忍更思量?绿树青苔半夕阳。

酒泉子 一首

芳草长川,柳映危桥桥下路。归鸿飞,行人去,碧山边。　风微烟澹雨萧然,隔岸马嘶何处?九回肠,双脸泪,夕阳天。

清平乐 一首

雨晴烟晚,绿水新池满。双燕飞来垂柳院,小阁画帘高卷。　黄昏独倚朱阑,西南新月眉弯。砌下落华风起,罗衣特地春寒。

谒金门 三首

杨柳陌,宝马嘶空无迹。新着荷衣人未识,年年江海客。　梦觉巫山春色,醉眼飞华狼籍。起舞不辞无气力,爱君吹玉笛。

秋已暮,重叠关山歧路。嘶马摇鞭何处去?晓禽霜满树。　　梦断禁城钟鼓,泪滴枕檀无数。一点凝红和薄雾,翠娥愁不语。

风乍起,吹皱一池春水。闲引鸳鸯香径里,手挼红杏蕊。　　斗鸭阑干独倚,碧玉搔头斜坠。终日望君君不至,举头闻鹊喜。

【宋马令南唐书卷二十一】元宗乐府辞云"小楼吹彻玉笙寒",延己有"风乍起,吹皱一池春水"之句,皆为警策。元宗尝戏延己曰:"'吹皱一池春水',干卿何事?"延己曰:"未如陛下'小楼吹彻玉笙寒'。"元宗悦。

归自谣 二首

何处笛?终夜梦魂情脉脉,竹风桐雨寒窗滴。离人数岁无消息。今头白,不眠特地重相忆。

春艳艳,江上晚山三四点,柳丝如翦华如染。香闺寂寂门半掩。愁眉敛,泪珠滴破燕脂脸。

长命女一首

春日宴,绿酒一杯歌一遍,再拜陈三愿:一愿郎君千岁,二愿妾身常健,三愿如同梁上燕,岁岁长相见。

喜迁莺一首

宿莺啼,乡梦断,春树晓朦胧。残镫和烬闭朱栊,人语隔屏风。　　香已寒,镫已绝,忽忆去年离别:石城华雨倚江楼,波上木兰舟。

三台令三首

春色,春色,依旧青门紫陌。日斜柳暗华嫣,醉卧谁家少年?年少,年少,行乐直须及早。

明月,明月,照得离人愁绝。更深影入空床,不道怵屏夜长。长夜,长夜,梦到庭华阴下。

南浦,南浦,翠鬓离人何处?当时携手高楼,依旧楼前水流。流水,流水,中有伤心双泪。

点绛唇一首

荫绿围红,梦琼家在桃源住。画桥当路,临水双朱户。　柳径春深,行到关情处。颦不语,意凭风絮,吹向郎边去。

〔集评〕 刘熙载云:冯延己词,晏同叔得其俊,欧阳永叔得其深。(艺概卷四)　冯煦云:词虽导源李唐,然太白、乐天兴到之作,非其颛诣。逮于季叶,兹事始畅。温、韦崛兴,专精令体。南唐起于江左,祖尚声律,二主倡于上,翁(延己)和于下,遂为词家渊薮。翁俯仰身世,所怀万端,缪悠其辞,若显若晦,揆之六义,比兴为多。若三台令、归国谣、蝶恋花诸作,其旨隐,其词微,类劳人、思妇、羁臣、屏子郁伊怆悦之所为,翁何致而然耶?周师南侵,国势岌岌。中主既昧本图,汶暗不自强,强邻又鹰瞵而鹗睨之,而务高拱,溺浮采,芒乎芬乎,不知其将及也。翁负其才略,不能有所匡救,危苦烦乱之中,郁不自达者,一于词发之。其

忧生念乱,意内而言外,迹之唐、五季之交,韩致尧之于诗,翁之于词,其义一也。世亶以靡曼目之,诬已。(四印斋刻阳春集序)

又云:吾家正中翁,鼓吹南唐,上翼二主,下启欧、晏,实正变之枢纽,短长之流别。(成肇麐唐五代词选叙)　况周颐云:阳春一集,为临川、珠玉所宗,愈瑰丽,愈醇朴。南渡名家,靡丐膏馥,辄臻上乘。冯词如古蕃锦,如周、秦宝鼎彝,琳琅满目,美不胜收。词之境诣至此,不易学,并不易知,未容漫加选择,与后主词实异曲同工也。(历代词人考略卷四)　王国维云:冯正中词,虽不失五代风格,而堂庑特大,开北宋一代风气。　正中词除鹊踏枝、菩萨蛮十数阕最煊赫外,如醉花间之"高树鹊衔巢,斜月明寒草",余谓韦苏州之"流萤度高阁"、孟襄阳之"疏雨滴梧桐"不能过也。正中词品,若欲于其词句中求之,则"和泪试严妆"殆近之欤?(人间词话卷上)

李 璟

二首　录自马令南唐书

〔传记〕　李璟字伯玉,初名景通,烈祖元子也。美容止,器宇高迈,性宽仁,有文学。甫十岁,吟新竹诗云:"栖凤枝梢犹软弱,化龙形状已依稀。"人皆奇之。烈祖受禅,封吴王。累迁太尉、中书令、诸道元帅、录尚书事,改封齐王。嗣位,改元保大。在位十九年,以宋建隆二年(九六一)六月,殂于南都(南昌),年四十六。庙号元宗。(参考马令南唐书嗣主书)徐铉曰:"嗣主工笔札,善骑射,宾礼大臣,敦睦九族。每闻臣民不获其所者,辄咨嗟伤悯,形于颜色,随加救疗。居处服御,节俭得中。初立,有经营四方之志。邪臣阿谀,职为厉阶。晚岁悔之,已不及矣。少有至性,仍怀高世之量。始出阁,即命于庐山瀑布前构书斋,为他日终焉之计。及迫于绍袭,遂舍为开先精舍。"(嗣主书注)璟词传世者只四阕。据陈振孙直斋书录解题卷二十一:"南唐二主词一卷,中主李璟、后主李煜撰。卷首四阕,应天长、望远行各一,浣溪沙二,中主所作,重光尝书之。墨迹在盱江晁氏,题云:'先皇御制歌词。'余尝见之,于麦光纸上作拨镫书,有晁景迂题字。今不知何在矣?余词皆重光作。"今所传明万历间虞山吕远刊本南唐二主词,首录中主词四阕,尚仍陈本之旧,而后主词多断缺,其最后捣练子一阕,且注"出升庵词林万选",则亦明人所辑,二主词殆久无完本矣。

浣溪沙 二首

菡萏香销翠叶残,西风愁起碧波间。还与容光共憔悴,不堪看。　　细雨梦回清漏永,小楼吹彻玉笙寒。簌簌泪珠多少恨,倚栏干。

手卷珠帘上玉钩,依前春恨锁重楼。风里落花谁是主?思悠悠。　　青鸟不传云外信,丁香空结雨中愁。回首绿波春色暮,接天流。

【马令南唐书卷二十五谈谐传】王感化善讴歌,声韵悠扬,清振林木,系乐部为"歌板色"。元宗嗣位,宴乐击鞠不辍。尝乘醉命感化奏水调词,感化唯歌"南朝天子爱风流"一句,如是者数四。元宗辄悟,覆杯叹曰:"使孙、陈二主得此一句,不当有衔璧之辱也!"感化由是有宠。元宗尝作浣溪沙二阕,手写赐感化。后主即位,感化以其词札上之。后主感动,赏赐感化甚优。

【案】历代诗余卷一百十三引耆旧续闻:"金陵妓王感化,善词翰。元宗手写山花子二阕赐之。"(知不足斋丛书本耆旧续闻,未见此条。)词同南唐书所载,惟"碧波"作"绿波","容光"作"韶光","清漏永"作"鸡塞远","簌簌泪珠多少恨"作"多少泪珠何限恨","珠帘"作"真珠","春色"作"三峡"。各选本多从之。

75

【苕溪渔隐丛话前集卷五十九引雪浪斋日记】荆公问山谷:"作小词,曾看李后主词否?"云:"曾看。"荆公云:"何处最好?"山谷以"一江春水向东流"为对。荆公云:"未若'细雨梦回鸡塞远,小楼吹彻玉笙寒'最好。"

【案】"细雨"二句为中主词,荆公亦误记,可见唐、五代人词常多相混,殊不足怪耳。

【人间词话卷上】南唐中主词:"菡萏香销翠叶残,西风愁起绿波间。"大有"众芳芜秽,美人迟暮"之感。乃古今独赏其"细雨梦回鸡塞远,小楼吹彻玉笙寒",故知解人正不易得。

李 煜

十二首　录自明万历吕远刊本南唐二主词

〔**传记**〕　李煜，字重光，元宗第六子，初名从嘉。文献太子卒，以尚书令知政事，居东宫。元宗十九年，立为太子。元宗南巡，太子留金陵监国。建隆二年（九六一）嗣位，在位十五年。开宝八年（九七五），宋将曹彬攻破金陵，煜出降。明年，至京师，封违命侯。太平兴国三年（九七八）七月七夕殂，年四十二。煜嗣位初，专以爱民为急，蠲赋息役，以裕民力。尊事中原，不惮卑屈。境内赖以少安者，十有五年。殂问至江南，父老有巷哭者。然酷好浮屠，崇塔庙，度僧尼不可胜算。罢朝，辄造佛屋，易服膜拜，颇废政事。故虽仁爱足感遗民，而卒不能保社稷云。（参考陆游南唐书卷三后主纪）煜后周氏，善歌舞，尤工琵琶。故唐盛时，霓裳羽衣，最为大曲。乱离之后，绝不复传。后得残谱，以琵琶奏之。于是开元、天宝遗音，复传于世。煜以后好音律，因亦耽嗜。（陆书卷十六后妃诸王列传）煜对歌词之成就，于家庭父子夫妇间，与当时风气，皆有绝大影响，尤以周昭惠后精通乐律，从旁赞助之力为多焉。煜词传世者，有明万历庚申（一六二〇）虞山吕远墨华斋刊南唐二主词本，存后主词三十三首，中多残缺，亦有他人之作混入其中，盖皆后人辑录而成者。清康熙二十八年（一六八九）侯文灿刻十名家词集本二主词，与吕刻本殆出一源，惟无最末捣练子"云鬓乱"一首。全唐诗载后主词三十四阕,未悉所据何本。此外有刘继曾校笺本、王国维校记本,可供参证。

虞美人 一首

春花秋月何时了,往事知多少?小楼昨夜又东风,故国不堪回首月明中! 雕阑玉砌依然在,只是朱颜改。问君都有几多愁?恰似一江春水向东流。

【唐宋诸贤绝妙词选卷一】"秋月"作"秋叶","依然"作"应犹","都有"作"还有"。

【宋王铚默记卷上】徐铉归朝,为左散骑常侍,迁给事中。太宗一日问:"曾见李煜否?"铉对以:"臣安敢私见之。"上曰:"卿第往,但言朕令卿往相见可矣。"铉遂径往其居,望门下马。但一老卒守门。徐言:"愿见太尉。"卒言:"有旨,不得与人接,岂可见也?"铉曰:"我乃奉旨来见。"老卒往报。徐入,立庭下久之。老卒遂入,取旧椅子相对。铉遥望见,谓卒曰:"但正衙一椅足矣。"顷间,李主纱帽道服而出。铉方拜,而李主遽下阶,引其手以上。铉告辞宾主之礼。主曰:"今日岂有此礼?"徐引椅少偏,乃敢坐。后主相持大笑,默不言,忽长吁叹曰:

"当时悔杀了潘佑、李平!"铉去,乃有旨再对,询:"后主何言?"铉不敢隐,遂有秦王赐牵机药之事。——牵机药者,服之,前却数十回,头足相就,如牵机状也。——又后主在赐第,因七夕,命故妓作乐,声闻于外。太宗闻之,大怒。又传"小楼昨夜又东风"及"一江春水向东流"之句,并坐之,遂被祸云。

【默记卷下】韩玉汝家有李国主归朝后与金陵旧宫人书云:"此中日夕,只以眼泪洗面。"

【谭评词辨卷二】二词(谓此阕及"风回小院"阕)终当以神品目之。后主之词,足当太白诗篇,高奇无匹。

喜迁莺—首

晓月坠,宿云微,无语枕频欹。梦回芳草思依依,天远雁声稀。　啼莺散,余花乱,寂寞画堂深院。片红休扫尽从伊,留待舞人归。

清平乐—首

别来春半,触目愁肠断。砌下落梅如雪乱,拂了一身还满。　　雁来音信无凭,路遥归梦难成。离恨恰如春草,更行更远还生。

【谭评词辨卷二】"泪眼问花花不语,乱红飞过秋千去",与此同妙。

乌夜啼—首

林花谢了春红,太匆匆!常恨朝来寒重晚来风!胭脂泪,留人醉,几时重?自是人生长恨水长东!

【全唐诗附词一】"常恨"作"无奈","寒重"作"寒雨","留人"作"相留"。

【谭评词辨卷二】濡染大笔。

长相思—首

云一绢,玉一梭,澹澹衫儿薄薄罗,轻颦双黛螺。　　秋风多，雨相和，帘外芭蕉三两窠，夜长人奈何！

捣练子令一首

深院静，小庭空，断续寒砧断续风。无奈夜长人不寐，数声和月到帘栊！

浪淘沙一首

往事只堪哀！对景难排。秋风庭院藓侵阶。一行珠帘闲不卷，终日谁来？　　金锁已沉埋，壮气蒿莱。晚凉天静月华开。想得玉楼瑶殿影，空照秦淮！

【全唐诗附词一】"一行"作"一桁"，"金锁"作"金剑"，"天静"作"天净"。

虞美人一首

风回小院庭芜绿,柳眼春相续。凭阑半日独无言,依旧竹声新月似当年。　　笙歌未散尊前在,池面冰初解。烛明香暗画堂深,满鬓清霜残雪思难任。

【全唐诗附词一】"尊前"作"尊罍",是。"画堂"作"画楼","难任"作"难禁"。

破阵子一首

四十年来家国,三千里地山河。凤阁龙楼连霄汉,琼枝玉树作烟萝,几曾识干戈?　　一旦归为臣虏,沈腰潘鬓销磨。最是苍惶辞庙日,教坊犹奏别离歌,垂泪对宫娥。

【全唐诗附词一】"凤阁"作"凤阙","琼枝玉树"作"玉树琼枝","苍惶"作"苍黄","犹奏"作"独奏"。　【东坡志林卷四】"四十"作"三十",夺"凤阁"二句,"识"作"惯"。

【宋苏轼东坡志林卷四跋李王词】后主既为樊若水所卖,

举国与人,故当恸哭于九庙之外,谢其民而后行,顾乃挥泪宫娥,听教坊离曲!

浪淘沙 一首

帘外雨潺潺,春意将阑。罗衾不暖五更寒。梦里不知身是客,一晌贪欢。　　独自莫凭阑!无限关山。别时容易见时难。流水落花归去也,天上人间!

【全唐诗附词一】"将阑"作"阑珊","不暖"作"不耐","莫"作"暮","关山"作"江山","归去"作"春去"。

【苕溪渔隐丛话前集卷五十九引西清诗话】南唐李后主归朝后,每怀江国,且念嫔妾散落,郁郁不自聊,尝作长短句云"帘外雨潺潺"云云,含思凄惋,未几下世。

【苕溪渔隐丛话后集卷三十九引复斋漫录】颜氏家训云:"别易会难,古今所重。江南饯送,下泣言离。北间风俗,不屑此事,歧路言离,欢笑分首。"李后主盖用此语耳。故长短句云:"别时容易见时难。"

浪淘沙（帘外雨潺潺）

乌夜啼一首

（此首吕刊本无，依唐宋诸贤绝妙词选补。）

无言独上东楼，月如钩。寂寞梧桐深院锁清秋。剪不断，理还乱，是离愁，别是一般滋味在心头。

【唐宋诸贤绝妙词选卷一】此词最凄惋，所谓"亡国之音哀以思"。

临江仙一首

（依耆旧续闻补）

樱桃落尽春归去，蝶翻轻粉双飞。子规啼月小楼西。玉钩罗幕，惆怅暮烟垂。　　别巷寂寥人散后，望残烟草低迷。炉香闲袅凤凰儿。空持罗带，回首恨依依。

【宋陈鹄西塘集耆旧续闻卷三】蔡絛作西清诗话，载江南李后主临江仙，云："围城中书，其尾不全。"以予考之，殆不然。余家藏李后主七佛戒经及杂书二本，皆作梵叶。中有临江仙，涂注数字,未尝不全。其后则书李太白诗数章,似平日学书也。本江南中书舍人王克正家物,后归陈魏公之孙世功君懋。余,陈氏婿也。其词云"樱桃落尽"云云。后有苏子由题云:"凄凉怨慕,真亡国之音也。"

〔集评〕 余怀曰:李重光风流才子,误作人主,至有入宋牵机之恨。其所作之词,一字一珠,非他家所能及也。(玉琴斋词序)纳兰性德曰:花间之词,如古玉器,贵重而不适用。宋词适用而少质重。李后主兼有其美,兼饶烟水迷离之致。(渌水亭杂识) 周济曰:李后主词,如生马驹,不受控捉。 王嫱、西施,天下美妇人也,严妆佳,淡妆亦佳,粗服乱头,不掩国色。飞卿,严妆也;端己,淡妆也;后主则粗服乱头矣。(介存斋论词杂著) 王鹏运曰:莲峰居士(煜别号)词,超逸绝伦,虚灵在骨。芝兰空谷,未足比其芳华;笙鹤瑶天,讵能方兹清怨? 后起之秀,格调气韵之间,或月日至,得十一于千百。若小晏,若徽庙,其殆庶几。断代南渡,嗣音阒然。盖闲气所钟,以谓词中之帝,当之无愧色矣。(半塘老人遗稿)王国维曰:李重光之词,神秀也。 词至李后主而眼界始大,感慨遂深,遂变伶工之词而为士大夫之词。周介存置诸温、韦之下,可谓颠倒黑白矣。"自是人生长恨水长东""流水落花春去也,天上人间",金荃、浣花,能有此气象耶? 词人者,不失其赤子之心者也。故生于深宫之中,长于妇人之手,是后主为人君所短处,亦即为词人所长处。客观之诗人,不可不多阅世,阅世愈深,则材料愈丰富,愈变化,水浒传、红楼梦之作者是也。主观之诗人,不必多阅世,阅世愈浅,则性情愈真,李后主是也。(人间词话卷上)

潘阆

五首　录自四印斋刊宋元三十一家词本逍遥词

〔传记〕　潘阆字逍遥,大名人。尝居洛阳,卖药。太宗朝,有荐其能诗者,召见崇政殿,赐进士及第,授四门国子博士。后坐事,遁入中条山,题诗钟楼。寺僧疑而迹之,复逸去。寻出自首,谪信州,移太平。真宗朝,为滁州参军。有逍遥词一卷。(历代词人考略卷七)今所传四印斋刊本逍遥词,仅存酒泉子十首。据崇宁五年(一一〇六)武夷黄静记:"酒泉子十首,乃得之蜀人。其石本今在彭之使厅。予适为西湖吏,宜镵诸石,庶共其传。"又云:"潘阆,谪仙人也。放怀湖山,随意吟咏,词翰飘洒,非俗子所可仰望。"其流传最盛之忆余杭三首,即"长忆孤山""长忆西湖""长忆西山"(词综:"西山"作"西湖")是也。

忆余杭五首

长忆钱塘,不是人寰是天上,万家掩映翠微间,处处水潺潺。　异花四季当窗放,出入分明在屏障。别来隋柳几经秋,何日得重游?

长忆西湖，尽日凭阑楼上望，三三两两钓鱼舟，岛屿正清秋。　　笛声依约芦花里，白鸟成行忽惊起。别来闲整钓鱼竿，思入水云寒。

长忆孤山，山在湖心如黛簇，僧房四面向湖开，轻棹去还来。　　芰荷香喷连云阁，阁上清声檐下铎。别来尘土污人衣，空役梦魂飞。

长忆西山，灵隐寺前三竺后，冷泉亭上几行游，三伏似清秋。　　白猿时见攀高树，长啸一声何处去？别来几向画阑看，终是欠峰峦。

长忆观潮，满郭人争江上望，来疑沧海尽成空，万面鼓声中。　　弄潮儿向涛头立，手把红旗旗不湿。别来几向梦中看，梦觉尚心寒。

【历代诗余卷一百十四引古今词话】潘逍遥狂逸不羁，往往有出尘之语。自制忆余杭三首，一时盛传。东坡爱之，书于玉堂屏风，石曼卿使画工绘之作图。

寇　准

一首　录自词综卷四

〔**传记**〕　寇准(九六一——一〇二三)字平仲,华州下邽人。太平兴国中进士,累官尚书右仆射、集贤殿大学士。景德中,同中书门下平章事,封莱国公。乾兴元年(一〇二二),贬雷州司户参军。天圣元年(一〇二三),徙衡州司马。是年卒于雷州。后十一年,追谥忠愍。(参考宋史卷二百八十一寇准传)有巴东集。朱彝尊词综录其词三首。

阳关引—首

塞草烟光阔,渭水波声咽。春朝雨霁,轻尘敛,征鞍发。指青青杨柳,又是轻攀折。动黯然,知有后会,甚时节？　　更尽一杯酒,歌一阕。叹人生里,难欢聚,易离别。且莫辞沉醉,听取阳关彻。念故人千里,自此共明月。

范仲淹

三首　录自词综卷四

〔传记〕　范仲淹（九八九——一〇五二）字希文,其先邠人,后徙苏州吴县。大中祥符八年（一〇一五）进士,仕至枢密副使、参知政事。以资政殿学士为陕西四路宣抚使,知邠州。仲淹守边数年,羌人亲爱,呼为"龙图老子"。为将号令明白,爱抚士卒。诸羌来者,推心接之不疑,故贼亦不敢辄犯其境。以疾,请邓州,寻徙荆南、杭州、青州。卒,年六十四。谥文正。（参考宋史卷三百十四范仲淹传）仲淹词传作甚少,彊村丛书所刻范文正公诗余,只得六首,而忆王孙一首为李重元作,见唐宋诸贤绝妙词选卷七,不知何以竟行辑入也？

苏幕遮—首

碧云天,黄叶地。秋色连波,波上寒烟翠。山映斜阳天接水。芳草无情,更在斜阳外。　黯乡魂,追旅思。夜夜除非,好梦留人睡。明月楼高休独倚。酒入愁肠,化作相思泪。

【清彭孙遹金粟词话】范希文苏幕遮一调,前段多入丽语,后段纯写柔情,遂成绝唱。

【谭评词辨卷二】大笔振迅。

渔家傲一首

塞下秋来风景异,衡阳雁去无留意。四面边声连角起。千嶂里,长烟落日孤城闭。　浊酒一杯家万里,燕然未勒归无计!羌管悠悠霜满地。人不寐,将军白发征夫泪。

【宋魏泰东轩笔录卷十一】范文正公守边日,作渔家傲乐歌数阕,皆以"塞下秋来"为首句,颇述边镇之劳苦。欧阳公尝呼为穷塞主之词。及王尚书素出守平凉,文忠亦作渔家傲一词以送之,其断章曰:"战胜归来飞捷奏,倾贺酒,玉阶遥献南山寿。"顾谓王曰:"此真元帅之事也。"

【谭评词辨卷二】沉雄似张巡五言。

御街行一首

纷纷坠叶飘香砌。夜寂静,寒声碎。真珠帘卷玉楼空,天淡银河垂地。年年今夜,月华如练,长是人千里! 愁肠已断无由醉。酒未到,先成泪。残镫明灭枕头敧,谙尽孤眠滋味。都来此事,眉间心上,无计相回避。

张 先

十四首　录自彊村丛书本张子野词

〔传记〕　张先(九九〇——一〇七八)字子野,乌程人。天圣八年(一〇三〇)进士。晏殊尹京兆,辟为通判,历官都官郎中。诗格清新,尤长于乐府。晚岁优游乡里,常泛扁舟,垂钓为乐。卒年八十九,葬弁山多宝寺之右。(参考历代诗余卷一百二及湖州词征卷一引谈钥吴兴志)李公择守吴兴,招先及苏轼、陈舜俞、杨绘、刘述雅集郡圃,为六客之会。(李堂湖州府志)王安石有寄张先郎中诗,梅圣俞有送张子野屯田知渝州诗,又有送张子野知虢州先归湖州诗,可略见子野宦游踪迹。(参考乾隆辛丑葛鸣阳刻安陆集)苏轼题其词集云:"子野诗笔老妙,歌词乃其余波耳。华州西溪诗云:'浮萍破处见山影,小艇归时闻草声。'又和余诗云:'愁似鳏鱼知夜永,懒同蝴蝶为春忙。'若此之类,皆可以追配古人,而世俗但称其歌词。昔周昉画人物,皆入神品,而世但知有周昉士女,盖所谓'未见好德如好色'者欤?"(侯文灿刻十名家词本安陆集)王明清云:"本朝有两张先,皆字子野。一则枢密副使逊之孙,与欧阳文忠同在洛阳幕府,其后文忠为作墓志,称其'志守端方,临事敢决'者。一乃与东坡先生游,东坡推为前辈,诗中所谓'诗人老去莺莺在,公子归来燕燕忙',能为乐府,号'张三影'者。"(玉照新志卷一)张词传世者,有康熙时侯氏亦园刻本,乾隆时葛鸣阳刻本,并题安陆集。葛本前有诗八首,皆掇辑而来者。彊村丛书本题张子野词。鲍廷博曾得篆斐轩钞本，凡百有六阕，区分宫调，犹属宋时编次。又辑补遗二卷，合得一百八十四阕，刻入知不足斋丛书中。彊村本即从鲍本出。

醉垂鞭 一首

双蝶绣罗裙。东池宴，初相见。朱粉不深匀，闲花淡淡春。　　细看诸处好，人人道：柳腰身。昨日乱山昏，来时衣上云。

菩萨蛮 二首

忆郎还上层楼曲，楼前芳草年年绿。绿似去时袍，回头风袖飘。　　郎袍应已旧，颜色非长久。惜恐镜中春，不如花草新。

牡丹含露真珠颗，美人折向帘前过。含笑问檀郎：花强妾貌强？　　檀郎故相恼，刚道花枝好。花若胜如奴,花还解语无?

谢池春慢一首

玉仙观道中逢谢媚卿

缭墙重院,时闻有,啼莺到。绣被掩余寒,画幕明新晓。朱槛连空阔,飞絮知多少?径莎平,池水渺。日长风静,花影闲相照。　　尘香拂马,逢谢女,城南道。秀艳过施粉,多媚生轻笑。斗色鲜衣薄,碾玉双蝉小。欢难偶,春过了!琵琶流怨,都入相思调。

【历代诗余卷一百十四引古今词话】子野于玉仙观道中逢谢媚卿,作谢池春慢,一时传唱几遍。

【夏敬观评张子野词】长调中纯用小令作法,别具一种风味。晏小山亦如此。

江南柳 一首

隋堤远，波急路尘轻。今古柳桥多送别，见人分袂亦愁生，何况自关情？　　斜照后，新月上西城。城上楼高重倚望，愿身能似月亭亭，千里伴君行。

一丛花令 一首

（又见欧阳修六一词）

伤高怀远几时穷？无物似情浓。离愁正引千丝乱，更东陌飞絮濛濛。嘶骑渐遥，征尘不断，何处认郎踪？　　双鸳池沼水溶溶，南陌小桡通。梯横画阁黄昏后，又还是斜月帘栊。沉恨细思，不如桃杏，犹解嫁东风。

【历代词人考略卷十引黄孎余话】"欲见'云破月来花弄影'郎中。"此宋子京语也。范公称过庭录记张子野一丛花词云："不如桃杏，犹解嫁东风。"欧阳永叔尤爱之。子野谒永叔，永叔倒屣迎之，曰："此乃'桃杏嫁东风'郎中。"欧公标目，又与小宋不同。世但知子野以"三影"自夸，否则称为"张三中"而已。

蝶恋花一首

移得绿杨栽后院，学舞宫腰，二月青犹短。不比灞陵多送远，残丝乱絮东西岸。　　几叶小眉寒不展，莫唱阳关，真个肠先断。分付与春休细看，条条尽是离人怨。

天仙子一首

时为嘉禾小倅，以病眠，不赴府会。

水调数声持酒听，午醉醒来愁未醒。送春春去几时回？临晚镜，伤流景，往事后期空记省。　　沙上并禽池上暝，云破月来花弄影。重重帘幕密遮灯，风不定，人初静，明日落红应满径。

【渔隐丛话前集卷三十七引古今诗话】有客谓子野曰:"人皆谓公张三中,即心中事,眼中泪,意中人也。"子野曰:"何不目之为张三影?"客不晓。公曰:"云破月来花弄影。娇柔懒起,帘压卷花影。柳径无人,堕风絮无影。此余生平所得意也。"

【宋刘攽贡父诗话】欧阳文忠公见张安陆,迎谓曰:"好!云破月来花弄影。"

【渔隐丛话前集卷三十七引遁斋闲览】张子野郎中,以乐章擅名一时。宋子京尚书奇其才,先往见之,遣将命者谓曰:"尚书欲见'云破月来花弄影'郎中。"子野屏后呼曰:"得非'红杏枝头春意闹'尚书耶?"遂出,置酒,甚欢。盖二人所举,皆其警策也。

千秋岁—首

数声鶗鴂,又报芳菲歇。惜春更把残红折。雨轻风色暴,梅子青时节。永丰柳,无人尽日花飞雪。

莫把么弦拨,怨极弦能说。天不老,情难绝。心似双丝网,中有千千结。夜过也,东方未白凝残月。

木兰花 一首

乙卯吴兴寒食

龙头舴艋吴儿竞,笋柱秋千游女并。芳洲拾翠暮忘归,秀野踏青来不定。　　行云去后遥山暝,已放笙歌池院静。中庭月色正清明,无数杨花过无影。

【清朱彝尊静志居诗话】张子野吴兴寒食词:"中庭月色正清明,无数杨花过无影。"余尝叹其工绝,在世所传"三影"之上。

浣溪沙 一首

楼倚春江百尺高,烟中还未见归桡,几时期信似江潮?　　花片片飞风弄蝶,柳阴阴下水平桥,日长才过又今宵。

惜琼花 一首

汀蘋白，苕水碧。每逢花驻乐，随处欢席。别时携手看春色。萤火而今，飞破秋夕。　　汴河流，如带窄。任身轻似叶，何计归得？断云孤鹜青山极。楼上徘徊，无尽相忆。

青门引 一首

乍暖还轻冷，风雨晚来方定。庭轩寂寞近清明，残花中酒，又是去年病。　　楼头画角风吹醒，入夜重门静。那堪更被明月，隔墙送过秋千影！

菩萨蛮 一首

哀筝一弄湘江曲，声声写尽江波绿。纤指十三弦，细将幽恨传。　　当筵秋水慢，玉柱斜飞雁。弹到断肠时,春山眉黛低。

〔**集评**〕 周济曰:子野清出处、生脆处,味极隽永。只是偏才,无大起落。(宋四家词选序论) 夏敬观曰:子野词,凝重古拙,有唐、五代之遗音。慢词亦多用小令作法。在北宋诸家中,可云独树一帜。比之于书,乃钟繇之体也。(手批张子野词)

晏 殊

十七首　录自朱彊村校汲古阁六十家词本珠玉词

〔**传记**〕　晏殊(九九一——一〇五五)字同叔,抚州临川人。七岁能属文。张知白安抚江南,以神童荐。帝(真宗)召殊,与进士千余人并试廷中。殊神气不慑,援笔立成。帝嘉赏,赐同进士出身。擢秘书省正字,累官至枢密使,进同中书门下平章事。庆历(仁宗年号)中,拜集贤殿学士、同平章事,兼枢密使。殊平居好贤,当世知名之士如范仲淹、孔道辅,皆出其门。及为相,益务进贤材,而仲淹与韩琦、富弼皆进用。后降工部尚书,知颍州、陈州、许州。稍复至户部尚书,以观文殿大学士知永兴军,徙河南府。以疾请归京师,逾年卒。谥元献。殊性刚简,文章赡丽,应用不穷,尤工诗,闲雅有情思。(参考宋史卷三百十一)殊词承南唐系统,为北宋初期一大家。所传珠玉词,有明毛氏汲古阁刊宋六十家词本。清咸丰二年(一八五二)晏端书刻珠玉词钞,则从历代诗余中录出,复以毛本多出三十七首为补遗云。

浣溪沙 二首

一曲新词酒一杯,去年天气旧亭台,夕阳西下几时回?　　无可奈何花落去,似曾相识燕归来,小园香径独徘徊。

【渔隐丛话后集卷二十引复斋漫录】晏元献赴杭州,道过维扬,憩大明寺,瞑目徐行,使侍史读壁间诗板,戒其勿言爵里姓氏,终篇者无几。又俾诵一诗云:"水调隋宫曲,当年亦九成。哀音已亡国,废沼尚留春。仪凤终陈迹,鸣蛙只沸声。凄凉不可问,落日下芜城。"徐问之,江都尉王琪诗也。召至,同饭,饭已,又同步池下。时春晚,已有落花。晏云:"每得句,书墙壁间,或弥年未尝强对。且如'无可奈何花落去',至今未能对也。"王应声曰:"似曾相识燕归来。"自此辟置馆职,遂跻侍从矣。

【花草蒙拾】或问:诗词、词曲分界?予曰:"无可奈何花落去,似曾相识燕归来。"定非香奁诗。"良辰美景奈何天,赏心乐事谁家院?"(牡丹亭还魂记)定非草堂词也。

【词林纪事卷三】楘案:元献尚有示张寺丞、王校勘七律一首:"上巳清明假未开,小园幽径独徘徊。春寒不定斑斑雨,宿醉难禁滟滟杯。无可奈何花落去,似曾相识燕归来。梁园赋客多风味,莫惜青钱万选才。"中三句与此词同,只易一字。细玩"无可奈何"一联,情致缠绵,音调谐婉,的是倚声家语。若作七律,未免软弱矣。

浣溪沙（一曲新词酒一杯）

一向年光有限身，等闲离别易销魂，酒筵歌席莫辞频。　满目山河空念远，落花风雨更伤春，不如怜取眼前人。

清商怨 一首

关河愁思望处满，渐素秋向晚。雁过南云，行人回泪眼。　双鸾衾裯悔展，夜又永、枕孤人远。梦未成归，梅花闻塞管。

诉衷情 一首

芙蓉金菊斗馨香，天气欲重阳。远村秋色如画，红树间疏黄。　流水淡，碧天长，路茫茫。凭高目断，鸿雁来时，无限思量。

采桑子 一首

时光只解催人老,不信多情,长恨离亭,泪滴春衫酒易醒。　梧桐昨夜西风急,淡月胧明,好梦频惊,何处高楼雁一声?

清平乐 二首

金风细细,叶叶梧桐坠。绿酒初尝人易醉,一枕小窗浓睡。　紫薇朱槿花残,斜阳却照阑干。双燕欲归时节,银屏昨夜微寒。

红笺小字,说尽平生意。鸿雁在云鱼在水,惆怅此情难寄!　斜阳独倚西楼,遥山恰对帘钩。人面不知何处,绿波依旧东流。

撼庭秋 一首

别来音信千里,恨此情难寄。碧纱秋月,梧桐夜雨，几回无寐！　　楼高目断，天遥云黯，只堪憔悴。念兰堂红烛，心长焰短，向人垂泪。

玉楼春 三首

燕鸿过后莺归去，细算浮生千万绪。长于春梦几多时？散似秋云无觅处。　　闻琴解佩神仙侣，挽断罗衣留不住。劝君莫作独醒人，烂醉花间应有数。

池塘水绿风微暖，记得玉真初见面。重头歌韵响铮琮，入破舞腰红乱旋。　　玉钩阑下香阶畔，醉后不知斜日晚。当时共我赏花人，点检如今无一半！

【贡父诗话】晏元献尤喜江南冯延已歌词，其所自作，亦不减延已。乐府木兰花皆七言诗，有云："重头歌韵响铮琮，入破舞腰红乱旋。""重头""入破"，皆弦管家语也。

玉楼朱阁横金锁，寒食清明春欲破。窗间斜月两眉愁，帘外落花双泪堕。　　朝云聚散真无那！百岁相看能几个？别来将为不牵情，万转千回思想过。

踏莎行 四首

　　细草愁烟，幽花怯露，凭栏总是销魂处。日高深院静无人，时时海燕双飞去。　　带缓罗衣，香残蕙炷，天长不禁迢迢路。垂杨只解惹春风，何曾系得行人住？

　　祖席离歌，长亭别宴，香尘已隔犹回面。居人匹马映林嘶，行人去棹依波转。　　画阁魂消，高楼目断，斜阳只送平波远。无穷无尽是离愁，天涯地角寻思遍。

　　碧海无波，瑶台有路，思量便合双飞去。当时轻别意中人，山长水远知何处？　　绮席凝尘，香闺掩雾，红笺小字凭谁附？高楼目尽欲黄昏，梧桐叶上萧萧雨。

　　小径红稀，芳郊绿遍，高台树色阴阴见。春风不解禁杨花，濛濛乱扑行人面。　　翠叶藏莺，朱帘隔燕，炉香静逐游丝转。一场愁梦酒醒时，斜阳却照深深院。

【谭评词辨卷一】刺词。"树色阴阴"句，正与"斜阳"相映。

蝶恋花 一首

槛菊愁烟兰泣露。罗幕轻寒,燕子双飞去。明月不谙离恨苦,斜光到晓穿朱户。　　昨夜西风凋碧树。独上高楼,望尽天涯路。欲寄彩笺兼尺素,山长水阔知何处?

山亭柳 一首

赠歌者

家住西秦,赌薄艺随身。花柳上,斗尖新。偶学念奴声调,有时高遏行云。蜀锦缠头无数,不负辛勤。　　数年来往咸京道,残杯冷炙谩消魂。衷肠事,托何人? 若有知音见采,不辞遍唱阳春。一曲当筵落泪,重掩罗巾。

〔集评〕 王灼曰:晏元献公长短句,风流缊藉,一时莫及,而温润秀洁,亦无其比。(碧鸡漫志卷二)　 冯煦曰:晏同叔去五代未远,馨烈所扇,得之最先。故左宫右徵,和婉而明丽,为北宋倚声家初祖。(宋六十一家词选例言)

宋 祁

一首　录自唐宋诸贤绝妙词选卷三

〔传记〕　宋祁(九九八——一〇六一)字子京,安州安陆人,后徙开封之雍邱。与兄庠同时举进士,人呼曰二宋,以大小别之。历官翰林学士,史馆修撰。主修唐书。唐书成,进工部尚书,逾月,拜翰林学士承旨。卒,谥景文。(参考宋史卷二百八十四)近人赵万里辑宋景文公长短句一卷,得词六首,刊入校辑宋金元人词中。

玉楼春一首

东城渐觉风光好,縠皱波纹迎客棹。绿杨烟外晓寒轻,红杏枝头春意闹。　　浮生长恨欢娱少,肯爱千金轻一笑？为君持酒劝斜阳,且向花间留晚照。

【花草蒙拾】"红杏枝头春意闹尚书",当时传为美谈。吾友公㦜极叹之,以为卓绝千古。然实本花间"暖觉杏梢红",特有青蓝、冰水之妙耳。

【人间词话卷上】"红杏枝头春意闹",著一"闹"字而境界全出。"云破月来花弄影",著一"弄"字而境界全出矣。

〔**集评**〕 刘熙载曰:宋子京词,是宋初体。张子野始创瘦硬之体,虽互相称美,其实趣尚不同。(艺概卷四)

张 昇

一首　录自词综卷四

〔传记〕　张昇字杲卿,韩城人。举进士,为楚丘主簿。历知绛州、邓州、庆州、秦州、青州。嘉祐三年(一〇五八),擢枢密副使,迁参知政事,枢密使。以彰信军节度使,同中书门下平章事判许州,改镇河阳三城。拜太子太师,致仕。熙宁十年(一〇七七)卒,年八十六,谥康节。(参考宋史卷三百十八张昇传)

离亭燕一首

一带江山如画,风物向秋潇洒。水浸碧天何处断?霁色冷光相射。蓼屿荻花洲,掩映竹篱茅舍。

云际客帆高挂,烟外酒旗低亚。多少六朝兴废事,尽入渔樵闲话。怅望倚层楼,寒日无言西下。

【历代词人考略卷八】张康节离亭燕云:"怅望倚层楼,寒日无言西下。"秦少游满庭芳云:"凭阑久,疏烟淡日,寂寞下芜城。"两歇拍意境相若,而张词尤极苍凉萧远之致。

欧阳修

二十七首　录自吴氏双照楼影宋刊本欧阳文忠公近体乐府

〔传记〕　欧阳修(一〇〇七——一〇七二)字永叔,庐陵人。四岁而孤,母郑,亲诲之学。家贫,至以荻画地学书。幼敏悟过人,得唐韩愈遗稿于废书簏中,读而心慕焉,苦志探赜,至忘寝食,必欲并辔绝驰而追与之并。举进士,试南宫第一,擢甲科,调西京推官。始从尹洙游,为古文,议论当世事,迭相师友;与梅尧臣游,为诗歌相唱和;遂以文章名冠天下。入朝为馆阁校勘,累迁龙图阁直学士,知制诰,历知滁州、扬州、颍州。以翰林学士修唐书。唐书成,拜礼部侍郎,兼翰林侍读学士。迁刑部尚书,知亳州。改兵部尚书,知青州、蔡州。熙宁四年(一〇七一)以太子少师致仕,五年卒,谥文忠。修始在滁州,号醉翁,晚更号六一居士。天资刚劲,见义勇为,虽机阱在前,触发之不顾。放逐流离,至于再三,志气自若也。苏轼叙其文曰:"论大道似韩愈,论事似陆贽,记事似司马迁,诗赋似李白。"识者以为知言。(参考宋史卷三百十九欧阳修传)元吴师道云:"欧公小词,间见诸词集。陈氏书录云:'一卷,其间多有与阳春、花间相杂者,亦有鄙亵之语一二厕其中,当是仇人无名子所为。'近有醉翁琴趣外篇凡六卷,二百余首,所谓鄙亵之词,往往而是,不止一二也。"(吴礼部诗话)今传世有毛氏汲古阁六十家词本六一词,吴氏双照楼影宋刊本欧阳文忠公近体乐府及醉翁琴趣外篇。毛本即从近体乐府出,亦颇有削减云。

采桑子 十首

西湖念语

　　昔者王子猷之爱竹，造门不问于主人；陶渊明之卧舆，遇酒便留于道上。况西湖之胜概，擅东颍之佳名。虽美景良辰，固多于高会；而清风明月，幸属于闲人。并游或结于良朋，乘兴有时而独往。鸣蛙暂听，安问属官而属私？曲水临流，自可一觞而一咏。至欢然而会意，亦傍若于无人。乃知偶来常胜于特来，前言可信；所有虽非于己有，其得已多。因翻旧阕之辞，写以新声之调。敢陈薄伎，聊佐清欢。

　　轻舟短棹西湖好，绿水逶迤，芳草长堤，隐隐笙歌处处随。　　无风水面琉璃滑，不觉船移，微动涟漪，惊起沙禽掠岸飞。

　　春深雨过西湖好，百卉争妍，蝶乱蜂喧，晴日催花暖欲然。　　兰桡画舸悠悠去，疑是神仙。返照波间，水阔风高飏管弦。

　　画船载酒西湖好，急管繁弦，玉盏催传，稳泛平波任醉眠。　　行云却在行舟下，空水澄鲜，俯仰留连，疑是湖中别有天。

　　群芳过后西湖好，狼籍残红，飞絮濛濛，垂柳阑干尽日风。　　笙歌散尽游人去，始觉春空，垂下帘枕,双燕归来细雨中。

何人解赏西湖好?佳景无时,飞盖相追,贪向花间醉玉卮。　谁知闲凭阑干处,芳草斜晖,水远烟微,一点沧洲白鹭飞。

清明上巳西湖好,满目繁华,争道谁家,绿柳朱轮走钿车?　游人日暮相将去,醒醉喧哗,路转堤斜,直到城头总是花。

荷花开后西湖好,载酒来时,不用旌旗,前后红幢绿盖随。　画船撑入花深处,香泛金卮,烟雨微微,一片笙歌醉里归。

天容水色西湖好,云物俱鲜,鸥鹭闲眠,应惯寻常听管弦。　风清月白偏宜夜,一片琼田,谁羡骖鸾?人在舟中便是仙。

残霞夕照西湖好,花坞蘋汀,十顷波平,野岸无人舟自横。　西南月上浮云散,轩槛凉生,莲芰香清,水面风来酒面醒。

平生为爱西湖好,来拥朱轮。富贵浮云,俯仰流年二十春!　归来恰似辽东鹤,城郭人民,触目皆新,谁识当年旧主人?

【夏敬观评六一词】此颍州西湖词。公昔知颍,此晚居颍州所作也。十词无一重复之意。

朝中措一首

平山堂

平山栏槛倚晴空,山色有无中。手种堂前垂柳,别来几度春风? 文章太守,挥毫万字,一饮千钟。行乐直须年少,尊前看取衰翁。

【宋叶梦得避暑录话卷一】欧阳文忠公在扬州作平山堂,壮丽为淮南第一,上据蜀冈,下临江南数百里,真、润、金陵三州,隐隐若可见。公每暑时,辄凌晨携客往游。

【宋张邦基墨庄漫录卷二】扬州蜀冈上大明寺平山堂前,欧阳文忠公手植柳一株,谓之"欧公柳",公词所谓"手种堂前杨柳,别来几度春风"者。薛嗣昌作守,相对亦种一株,自榜曰"薛公柳",人莫不嗤之。嗣昌既去,为人伐之。不度德有如此者!

【渔隐丛话后集卷二十三】艺苑雌黄云:送刘贡父守维扬,作长短句云:"平山栏槛倚晴空,山色有无中。"平山堂望江左诸山甚近,或以谓永叔短视,故云"山色有无中"。东坡笑之,因赋快哉亭,道其事云:"长记平山堂上,欹枕江南烟雨,杳杳没孤鸿。认取醉翁语:'山色有无中。'"盖"山色有无中",非烟雨不能然也。

踏莎行一首

候馆梅残,溪桥柳细,草薰风暖摇征辔。离愁渐远渐无穷,迢迢不断如春水。　　寸寸柔肠,盈盈粉泪,楼高莫近危阑倚。平芜尽处是春山,行人更在春山外。

望江南一首

江南蝶,斜日一双双。身似何郎全傅粉,心如韩寿爱偷香,天赋与轻狂。　　微雨后,薄翅腻烟光。才伴游蜂来小院,又随飞絮过东墙,长是为花忙。

生查子 一首

去年元夜时,花市灯如昼。月到柳梢头,人约黄昏后。　　今年元夜时,月与灯依旧。不见去年人,泪满春衫袖。

瑞鹧鸪 一首

楚王台上一神仙,眼色相看意已传。见了又休还似梦,坐来虽近远如天。　　陇禽有恨犹能说,江月无情也解圆。更被春风送惆怅,落花飞絮两翩翩。

蝶恋花 一首

面旋落花风荡漾。柳重烟深,雪絮飞来往。雨后轻寒犹未放,春愁酒病成惆怅。　　枕畔屏山围碧浪。翠被华灯,夜夜空相向。寂寞起来褰绣幌,月明正在梨花上。

渔家傲 三首

喜鹊填河仙浪浅，云轿早在星桥畔。街鼓黄昏霞尾暗。炎光敛，金钩侧倒天西面　　一别经年今始见，新欢往恨知何限？天上佳期贪眷恋。良宵短，人间不合催银箭。

乞巧楼头云幔卷，浮花催洗严妆面。花上蛛丝寻得遍。擎笑浅，双眸望月牵红线。　　奕奕天河光不断，有人正在长生殿，暗付金钗清夜半。千秋愿：年年此会长相见。

别恨长长欢计短，疏钟促漏真堪怨！此会此情都未半。星初转，鸾琴凤乐匆匆卷。　　河鼓无言西北眄，香蛾有恨东南远，脉脉横波珠泪满。归心乱，离肠便逐星桥断。

【夏评】七夕词三阕，意皆不复，此词选韵尤新。

玉楼春 四首

尊前拟把归期说，未语春容先惨咽。人生自是有情痴,此恨不关风与月。　　离歌且莫翻新阕,一曲能教肠寸结。直须看尽洛城花,始共春风容易别。

【人间词话卷上】永叔:"人间自是有情痴,此恨不关风与月。""直须看尽洛城花,始与东风容易别。"于豪放之中,有沉着之致,所以尤高。

洛阳正值芳菲节,秾艳清香相间发。游丝有意苦相萦,垂柳无端争赠别。　　杏花红处青山缺,山畔行人山下歇。今宵谁肯远相随? 惟有寂寥孤馆月。

西湖南北烟波阔,风里丝簧声韵咽。舞余裙带绿双垂,酒入香腮红一抹。　　杯深不觉琉璃滑,贪看六么花十八。明朝车马各东西,惆怅画桥风与月。

【碧鸡漫志卷三】六么一名绿腰,一名乐世,一名录要。段安节琵琶录云:"绿腰,本录要也。乐工进曲,上令录其要者。"欧阳永叔云:"贪看六么花十八。"此曲内一叠名"花十八",前后十八拍,又四花拍,共二十二拍。乐家者流所谓花拍,盖非其正也。曲节抑扬可喜,舞亦随之,而舞"筑球六么",至"花十八",益奇。(案:"花拍"即今之"赠板",见方成培香研居词塵。)

别后不知君远近，触目凄凉多少闷！渐行渐远渐无书，水阔鱼沉何处问？　　夜深风竹敲秋韵，万叶千声皆是恨。故欹单枕梦中寻，梦又不成灯又烬。

临江仙一首

柳外轻雷池上雨，雨声滴碎荷声。小楼西角断虹明。阑干倚处，待得月华生。　　燕子飞来窥画栋，玉钩垂下帘旌。凉波不动簟纹平。水精双枕，傍有堕钗横。

【明蒋一葵尧山堂外纪】欧阳永叔任河南推官，亲一妓。时钱文僖为西京留守，梅圣俞、尹师鲁同在幕下。一日，宴于后园，客集而欧与妓俱不至。移时方来。钱责妓云："末至，何也？"妓云："中暑，往凉堂睡觉，失金钗，犹未见。"钱曰："若得欧推官一词，当为偿汝。"欧即席云"柳外轻雷池上雨"云云。坐皆击节，命妓满斟送欧，而令公库偿钗。

浪淘沙 一首

把酒祝东风，且共从容。垂杨紫陌洛城东。总是当时携手处，游遍芳丛。　　聚散苦匆匆，此恨无穷。今年花胜去年红。可惜明年花更好，知与谁同？

浣溪沙 二首

堤上游人逐画船，拍堤春水四垂天，绿杨楼外出秋千。　　白发戴花君莫笑，六么催拍盏频传，人生何处似尊前？

【能改斋漫录卷十六】晁无咎评本朝乐章，欧阳永叔浣溪沙云："堤上游人逐画船，拍堤春水四垂天，绿杨楼外出秋千。"要皆绝妙。然只一"出"字，自是后人道不到处。（侯鲭录卷八亦引此段，文字小异。）余案：唐王摩诘寒食城东即事诗云："蹴鞠屡过飞鸟上，秋千竞出垂杨里。"欧公用"出"字，盖本此。

【人间词话卷上】欧九浣溪沙词："绿杨楼外出秋千。"晁补之谓："只一出字，便后人所不能道。"余谓此本于正中（冯延己）上行杯词"柳外秋千出画墙"，但欧语尤工耳。

湖上朱桥响画轮,溶溶春水浸春云,碧琉璃滑净无尘。　当路游丝萦醉客,隔花啼鸟唤行人,日斜归去奈何春!

〔**集评**〕　刘熙载曰:冯延己词,晏同叔得其俊,欧阳永叔得其深。(艺概卷四)　冯煦曰:宋初大臣之为词者,寇莱公、晏元献、宋景文、范蜀公与欧阳文忠,并有声艺林。然数公或一时兴到之作,未为专诣。独文忠与元献,学之既至,为之亦勤,翔双鹄于交衢,驭二龙于天路。且文忠家庐陵而元献家临川,词家遂有西江一派。其词与元献同出南唐,而深致则过之。宋至文忠,文始复古,天下翕然师尊之,风尚为之一变。即以词言,亦疏隽开子瞻,深婉开少游。本传云:"超然独骛,众莫能及。"独其文乎哉?独其文乎哉?(宋六十家词选例言)

梅尧臣

一首　录自能改斋漫录

〔传记〕　梅尧臣(一〇〇二——一〇六〇)字圣俞,宣州宣城人。工为诗,以深远古淡为意,间出奇巧。用叔询荫为河南主簿。钱惟演留守西京,特嗟赏之。尧臣尝语人曰:"凡诗,意新语工,得前人所未道者,斯为善矣。必能状难写之景,如在目前;含不尽之意,见于言外,然后为至也。"世以为知言。历德兴县令,知建德、襄城县。召试,赐进士出身,累迁尚书都官员外郎。预修唐书,成,未奏而卒。有宛陵集四十卷。(参考宋史卷四百四十三文苑传五)

苏幕遮 一首

草

露堤平,烟墅杳,乱碧萋萋,雨后江天晓。独有庾郎年最少。窣地春袍,嫩色宜相照。　接长亭,迷远道。堪怨王孙,不记归期早。落尽梨花春又了。满地残阳,翠色和烟老。

【能改斋漫录卷十七】梅圣俞在欧阳公座,有以林逋草词"金谷年年,乱生青草谁为主"为美者。圣俞因别为苏幕遮一阕,云:"露堤平"云云,欧公击节赏之。

韩 缜

一首　录自词综卷四

〔传记〕　韩缜(一〇一九——一〇九七)字玉汝,开封雍丘人。登进士第,累官两浙淮南转运使,移河北。朝廷方责夏人不修职贡,欲择人诘其使。神宗命缜至驿问罪,使者引服。改使陕西,历知秦州、瀛州。熙宁七年(一〇七四),辽使萧禧来议代北地界,召缜馆客,遂报聘,令持图牒致辽主,不克见而还。知开封府。禧再至,复馆之。诏乘驿诣河东,与禧分画,以分水岭为界。哲宗立,拜尚书右仆射,以太子太保致仕。绍圣四年(一〇九七)卒,年七十九,谥庄敏。(参考宋史卷三百十五韩缜传)

凤箫吟 一首

锁离愁,连绵无际,来时陌上初熏。绣帏人念远,暗垂珠露,泣送征轮。长行长在眼,更重重远水孤云。但望极、楼高尽日,目断王孙。　　消魂!池塘别后,曾行处、绿妒轻裙。恁时携素手,乱花飞絮里,缓步香茵。朱颜空自改,向年年芳意长新。遍绿野、嬉游醉眼,莫负青春。

【历代诗余卷一百十四引乐府纪闻】韩缜有爱姬,能词。韩奉使时,姬作蝶恋花送之云:"香作风光浓著露。正恁双栖,又遣分飞去。密诉东君应不许,泪波一洒奴衷素。"神宗知之,遣使送行。刘贡父赠以诗:"卷耳幸容留婉娈,皇华何啻有光辉。"莫测中旨何自而出。后乃知姬人别曲传入内庭也。韩亦有词云云。此凤箫吟咏芳草以留别,与兰陵王咏柳以叙别同意。后人竟以芳草为调名,则失凤箫吟原唱意矣。

柳　永

二十五首　录自彊村丛书本乐章集

〔传记〕　柳永字耆卿,初名三变,崇安(历代诗余及词综皆作乐安)人。景祐元年(一〇三四)进士。(词林纪事卷四)永为举子时,多游狭邪,善为歌辞。教坊乐工,每得新腔,必求永为辞,始行于世。(避暑录话卷三)柳词骫骳从俗,天下咏之。遂传禁中。仁宗颇好其词,每对宴,必使侍从歌之再三。三变闻之,作宫词号"醉蓬莱",因内官达后宫,且求其助。仁宗闻而觉之,自是不复歌其词矣。(后山诗话)尝有鹤冲天词云:"忍把浮名,换了浅斟低唱?"及临轩放榜,特落之,曰:"此人风前月下,好去浅斟低唱,何要浮名?且填词去。"三变由此自称"奉旨填词"。后改名永,方得磨勘转官。(能改斋漫录卷十六)历余杭令,盐场大使。(余杭旧志)永亦善为他文辞,而偶先以是得名,始悔为己累。一西夏归朝官云:"凡有井水饮处,即能歌柳词。"言其传之广也。永终屯田员外郎,死,旅殡润州僧寺。王和甫为守时,求其后,不得,乃为出钱葬之。(避暑录话卷三)(案:曾敏行独醒杂志卷四:"柳耆卿风流俊迈,闻于一时。既死,葬于枣阳县花山。远近之人,每遇清明,多载酒肴,饮于耆卿墓侧,谓之吊柳会。"与叶说不同,姑录附于此。)徐度尝记柳事云:"耆卿以歌词显名于仁宗朝,官为屯田员外郎,故世号柳屯田。其词虽极工致,然多杂以鄙语,故流俗人尤喜道之。其后欧、苏诸公继出,文格一变,至为歌词,体制高雅。柳氏之作,殆不复称于文士之口,然流俗好之自若也。刘季高侍郎,宣和间,尝饭于相国寺之智海院,因谈歌词,力诋柳氏,旁若无人者。有老宦者闻之,默然而起,徐取纸笔,跪于季高之前,请曰:'子以柳词为不佳者,盍自为一篇示我乎?'刘默然无以应。"(却扫编卷五)柳作乐章集,有毛氏汲古阁宋六十家词本、吴氏石莲庵刻山左人词本、朱氏彊村丛书本。朱本晚出,最善。

甘草子 一首

秋暮,乱洒衰荷,颗颗真珠雨。雨过月华生,冷彻鸳鸯浦。　　池上凭阑愁无侣,奈此个单栖情绪!却傍金笼共鹦鹉,念粉郎言语。

【清彭孙遹金粟词话】柳耆卿:"却傍金笼教鹦鹉,念粉郎言语。"花间之丽句也。

曲玉管 一首

陇首云飞,江边日晚,烟波满目凭阑久。立望关河萧索,千里清秋,忍凝眸? 杳杳神京,盈盈仙子,别来锦字终难偶。断雁无凭,冉冉飞下汀洲,思悠悠。 暗想当初,有多少幽欢佳会,岂知聚散难期,翻成雨恨云愁!阻追游。每登山临水,惹起平生心事,一场消黯,永日无言,却下层楼。

雨霖铃一首

寒蝉凄切,对长亭晚,骤雨初歇。都门帐饮无绪,留恋处、兰舟催发。执手相看泪眼,竟无语凝噎。念去去、千里烟波,暮霭沉沉楚天阔。 多情自古伤离别,更那堪冷落清秋节!今宵酒醒何处?杨柳岸、晓风残月。此去经年,应是良辰好景虚设。便纵有千种风情,更与何人说?

【历代诗余卷一百十五引俞文豹吹剑录】东坡在玉堂日,有幕士善歌,因问:"我词何如柳七?"对曰:"柳郎中词,只合十七八女郎,执红牙板,歌'杨柳岸、晓风残月'。学士词,须关西大汉、铜琵琶、铁绰板,唱'大江东去'。"东坡为之绝倒。

雨霖铃(寒蝉凄切)

【艺概卷四】词有点、有染。柳耆卿雨霖铃云:"多情自古伤离别,更那堪冷落清秋节!今宵酒醒何处?杨柳岸、晓风残月。"上二句点出离别冷落,"今宵"二句,乃就上二句意染之。点染之间,不得有他语相隔,隔则警句亦成死灰矣。

佳人醉一首

暮景萧萧雨霁,云淡天高风细。正月华如水,金波银汉,潋滟无际。冷浸书帷梦断,却披衣重起临轩砌。　素光遥指,因念翠娥杳隔,音尘何处?相望同千里。尽凝睇,厌厌无寐,渐晓雕阑独倚。

婆罗门令一首

昨宵里恁和衣睡,今宵里又恁和衣睡。小饮归来,初更过,醺醺醉。中夜后、何事还惊起?　霜天冷,风细细,触疏窗、闪闪灯摇曳。　空床展转重追想,云雨梦、任攲枕难继。寸心万绪,咫尺千里。

好景良天，彼此，空有相怜意，未有相怜计。

凤栖梧 一首

伫倚危楼风细细。望极春愁，黯黯生天际。草色烟光残照里，无言谁会凭阑意？　　拟把疏狂图一醉。对酒当歌，强乐还无味。衣带渐宽终不悔，为伊消得人憔悴。

卜算子 一首

江枫渐老，汀蕙半凋，满目败红衰翠。楚客登临，正是暮秋天气。引疏砧、断续残阳里。对晚景、伤怀念远，新愁旧恨相继。　　脉脉人千里。念两处风情，万重烟水。雨歇天高，望断翠峰十二。尽无言、谁会凭高意？纵写得、离肠万种，奈归云谁寄！

【清周济宋四家词选】后阕一气转注,联翩而下,清真最得此妙。

二郎神 一首

炎光谢,过暮雨、芳尘轻洒。乍露冷风清庭户爽,天如水、玉钩遥挂。应是星娥嗟久阻,叙旧约、飙轮欲驾。极目处、微云暗度,耿耿银河高泻。闲雅,须知此景,古今无价。运巧思穿针楼上女,抬粉面、云鬟相亚。钿合金钗私语处,算谁在、回廊影下?愿天上人间,占得欢娱,年年今夜。

定风波 一首

自春来、惨绿愁红,芳心是事可可。日上花梢,莺穿柳带,犹压香衾卧。暖酥消,腻云䯼,终日厌厌倦梳裹。无那!恨薄情一去,音书无个! 早知恁么,悔当初、不把雕鞍锁。向鸡窗、只与蛮笺象管,拘束教吟课。镇相随,莫抛躲,针线闲拈伴伊坐,和我,免使年少光阴虚过。

【宋艳卷五引张舜民画墁录】柳三变既以词忤仁庙,吏部不放改官。三变不能堪,诣政府。晏公曰:"贤俊作曲子么?"三变曰:"只如相公亦作曲子。"公曰:"殊虽作曲子,不曾道'彩线慵拈伴伊坐'。"柳遂退。

诉衷情近—首

雨晴气爽,伫立江楼望处,澄明远水生光,重叠暮山耸翠。遥认断桥幽径,隐隐渔村,向晚孤烟起。残阳里,脉脉朱阑静倚。黯然情绪,未饮先如醉。愁无际!暮云过了,秋光老尽,故人千里,竟日空凝睇!

少年游 二首

长安古道马迟迟,高柳乱蝉嘶。夕阳岛外,秋风原上,目断四天垂。　　归云一去无踪迹,何处是前期?狎兴生疏,酒徒萧索,不似去年时。

参差烟树霸陵桥,风物尽前朝。衰杨古柳,几经攀折,憔悴楚宫腰。　　夕阳闲淡秋光老,离思满蘅皋。一曲阳关,断肠声尽,独自凭兰桡。

戚　氏 一首

晚秋天,一霎微雨洒庭轩。槛菊萧疏,井梧零乱,惹残烟。凄然,望江关,飞云黯淡夕阳间。当时宋玉悲感,向此临水与登山。远道迢递,行人凄楚,倦听陇水潺湲。正蝉吟败叶,蛩响衰草,相应喧喧。

孤馆,度日如年,风露渐变,悄悄至更阑。长天净,绛河清浅,皓月婵娟。思绵绵。夜永对景,那堪屈指,暗想从前。未名未禄,绮陌红楼,往往经岁迁延。　　帝里风光好,当年少日,暮宴朝欢。况有狂朋怪侣，遇当歌对酒竟留连。别来迅景如梭，旧游似梦，烟水程何限！念利名憔悴长萦绊，追往事、空惨愁颜。漏箭移、稍觉轻寒。渐呜咽画角数声残。对闲窗畔，停灯向晓，抱影无眠。

夜半乐一首

冻云黯淡天气，扁舟一叶，乘兴离江渚。渡万壑千岩，越溪深处，怒涛渐息，樵风乍起，更闻商旅相呼，片帆高举，泛画鹢、翩翩过南浦。　　望中酒旆闪闪，一簇烟村，数行霜树，残日下、渔人鸣榔归去。败荷零落，衰杨掩映，岸边两两三三，浣纱游女，避行客、含羞笑相语。　　到此因念：绣阁轻抛，浪萍难驻。叹后约丁宁竟何据？惨离怀、空恨岁晚归期阻，凝泪眼、杳杳神京路，断鸿声远长天暮。

【陈锐褱碧斋词话】柳词夜半乐云："怒涛渐息，樵风乍起，更闻商旅相呼，片帆高举，泛画鹢、翩翩过南浦。"此种长调，不能不有此大开大阖之笔。后吴梦窗莺啼序云:"长波妒盼,遥山羞黛,渔镫分影春江宿,记当时短楫桃根渡。"三四段均用此法。

望海潮—首

东南形胜,江吴都会,钱塘自古繁华。烟柳画桥,风帘翠幕,参差十万人家。云树绕堤沙。怒涛卷霜雪,天堑无涯。市列珠玑,户盈罗绮,竞豪奢。

重湖叠𪩘清嘉。有三秋桂子,十里荷花。羌管弄晴,菱歌泛夜,嬉嬉钓叟莲娃。千骑拥高牙。乘醉听箫鼓,吟赏烟霞。异日图将好景,归去凤池夸。

【宋罗大经鹤林玉露卷十三】孙何帅钱塘,柳耆卿作望海潮词赠之云"东南形胜"云云。此词流播,金主亮闻歌,欣然有慕于"三秋桂子,十里荷花",遂起投鞭渡江之志。近时谢处厚诗云:"谁把杭州曲子讴?荷花十里桂三秋。那知卉木无情物,牵动长江万里愁!"余谓此词虽牵动长江之愁,然卒为金主送死之媒,未足恨也。至于荷艳桂香,妆点湖山之清丽,使士夫流连于歌舞嬉游之乐,遂忘中原,是则深可恨耳!

【宋吴自牧梦粱录卷十九】柳永咏钱塘词曰"参差十万人家",此元丰前语也。自高庙车驾自建康幸杭驻跸,几近二百余年,户口蕃息,近百万余家。杭城之外城,南西东北,各数十里,人烟生聚,民物阜蕃,市井坊陌,铺席骈盛,数日经行不尽,各可比外路一州郡,足见杭城繁盛耳。

玉胡蝶 一首

望处雨收云断,凭阑悄悄,目送秋光。晚景萧疏,堪动宋玉悲凉。水风轻、蘋花渐老,月露冷、梧叶飘黄。遣情伤,故人何在?烟水茫茫。　　难忘:文期酒会,几孤风月,屡变星霜。海阔山遥,未知何处是潇湘?念双燕、难凭远信,指暮天、空识归航。黯相望,断鸿声里,立尽斜阳。

满江红 一首

暮雨初收,长川静、征帆夜落。临岛屿、蓼烟疏淡,苇风萧索。几许渔人飞短艇,尽载灯火归村落。遣行客、当此念回程,伤漂泊。　　桐江好,烟漠漠。波似染,山如削。绕严陵滩畔,鹭飞鱼跃。游宦区区成底事?平生况有云泉约。归去来、一曲仲宣吟,从军乐。

【唐宋诸贤绝妙词选卷五】题作"桐川","长川"作"长江","飞短艇"作"横短艇","尽载"作"尽将","村落"作"村郭","当此"作"到此","云泉"作"林泉","吟"作"楼"。又云:换头数语最工。

【湘山野录卷中】范文正公谪睦州,过严陵祠下。会吴俗岁祀,里巫迎神,但歌满江红,有"桐江好,烟漠漠,波似染,山如削,绕严陵滩畔,鹭飞鱼跃"之句。公曰:"吾不善音律,撰一绝送神。"曰:"汉包六合网英豪,一个冥鸿惜羽毛。世祖功臣三十六,云台争似钓台高?"吴俗至今歌之。

望远行 一首

长空降瑞,寒风剪、淅淅瑶花初下。乱飘僧舍,密洒歌楼,迤逦渐迷鸳瓦。好是渔人,披得一蓑归去，江上晚来堪画。满长安、高却旗亭酒价。　幽雅，乘兴最宜访戴，泛小棹、越溪潇洒。皓鹤夺鲜，白鹇失素，千里广铺寒野。须信幽兰歌断，彤云收尽，别有瑶台琼榭。放一轮明月，交光清夜。

八声甘州一首

对潇潇暮雨洒江天，一番洗清秋。渐霜风凄惨，关河冷落，残照当楼。是处红衰翠减，苒苒物华休。惟有长江水，无语东流。　不忍登高临远，望故乡渺邈，归思难收。叹年来踪迹，何事苦淹留？想佳人妆楼颙望，误几回天际识归舟？争知我、倚阑干处，正恁凝愁！

【宋赵令畤侯鲭录卷七】东坡云：世言柳耆卿曲俗，非也。如八声甘州云："霜风凄紧，关河冷落，残照当楼。"此语于诗句不减唐人高处。

【清刘体仁七颂堂词绎】词有与古诗同妙者："问甚时同赋，三十六陂秋色？"（姜夔惜红衣）即霸岸（王粲七哀诗）之兴

141

也。"关河冷落,残照当楼",即敕勒之歌也。

【梁令娴艺蘅馆词选乙卷】家大人(梁启超)云:飞卿词:"照花前后镜,花面交相映。"此词境颇似之。

竹马子一首

登孤垒荒凉,危亭旷望,静临烟渚。对雌霓挂雨,雄风拂槛,微收烦暑。渐觉一叶惊秋,残蝉噪晚,素商时序。览景想前欢,指神京非雾非烟深处。

向此成追感,新愁易积,故人难聚。凭高尽日凝伫,赢得消魂无语。极目霁霭霏微,暝鸦零乱,萧索江城暮。南楼画角,又送残阳去。

迷神引一首

一叶扁舟轻帆卷,暂泊楚江南岸。孤城暮角,引胡笳怨。水茫茫,平沙雁,旋惊散。烟敛寒林簇,画屏展。天际遥山小,黛眉浅。　　旧赏轻抛,到此成游宦。觉客程劳,年光晚。异乡风物,忍萧索,当愁眼?帝城赊,秦楼阻,旅魂乱。芳草连空阔,残照满。佳人无消息,断云远。

木兰花慢一首

拆桐花烂漫,乍疏雨,洗清明。正艳杏烧林,缃桃绣野,芳景如屏。倾城,尽寻胜去,骤雕鞍绀幰出郊坰。风暖繁弦脆管,万家竞奏新声。　　盈盈,斗草踏青,人艳冶,递逢迎。向路傍往往,遗簪堕珥,珠翠纵横。欢情,对佳丽地,信金罍罄竭玉山倾。拚却明朝永日,画堂一枕春醒。

【元沈义父乐府指迷】近时词人,多不详看古曲下句命意处,但随俗念过便了。如柳词木兰花云"拆桐花烂漫",此正是第一句不用空头字在上,故用"拆"字,言开了桐花烂漫也。有人不晓此意,乃云:"此花名为拆桐。"于词中云:"开到拆桐花。"开了又拆,此何意也?

忆帝京 一首

薄衾小枕凉天气,乍觉别离滋味。展转数寒更,起了还重睡。毕竟不成眠,一夜长如岁。　也拟待却回征辔,又争奈已成行计。万种思量,多方开解,只恁寂寞厌厌地。系我一生心,负你千行泪。

安公子 一首

远岸收残雨,雨残稍觉江天暮。拾翠汀洲人寂静,立双双鸥鹭。望几点、渔灯隐映蒹葭浦。停画桡、两两舟人语,道:去程今夜,遥指前村烟树。

游宦成羁旅,短樯吟倚闲凝伫。万水千山迷远近,想乡关何处？自别后、风亭月榭孤欢聚。刚断肠、惹得离情苦。听杜宇声声,劝人不如归去。

【宋四家词选】后阕音节态度,绝类拜星月慢。清真"夜色催更"一阕,全从此脱化出来,特更较跌宕耳。

倾 杯一首

鹜落霜洲,雁横烟渚,分明画出秋色。暮雨乍歇。小楫夜泊,宿苇村山驿。何人月下临风处,起一声羌笛? 离愁万绪,闻岸草切切蛩吟如织。 为忆芳容别后,水遥山远,何计凭鳞翼? 想绣阁深沉,争知憔悴损天涯行客? 楚峡云归,高阳人散,寂寞狂踪迹。望京国,空目断、远峰凝碧。

【谭评词辨卷一】耆卿正锋,以当杜诗。"何人"二句,扶质立干。"想绣阁深沉"二句,忠厚悱恻,不愧大家。"楚峡云归"三句,宽处坦夷,正见家数。

〔集评〕 陈振孙曰:柳词格固不高,而音律谐婉,语意妥帖。承平气象,形容曲尽,尤工于羁旅行役。(直斋书录解题卷二十一) 张炎曰:康(与之)柳词亦自批风抹月中来。风月二字,在我发挥,二公则为风月所使耳。(词源卷下) 彭孙遹曰:柳七亦自有唐人妙境。今人但从浅俚处求之,遂使金荃、兰畹之音,流入挂枝、黄莺之调,此学柳之过也。(金粟词话) 宋翔凤曰:柳词曲折委婉,而中具浑沦之气,虽多俚语,而高处足冠群流,倚声家当尸而祝之。如竹垞(词综)所录,皆精金粹玉。以屯田一生精力在是,不似东坡辈以余事为之也。(乐府余论) 周济曰:柳词总以平叙见长,或发端,或结尾,或换头,以一二语钩勒提掇,

145

有千钧之力。(宋四家词选) 耆卿为世訾謷久矣！然其铺叙委婉,言近意远,森秀幽淡之趣在骨。 耆卿乐府多,故恶滥可笑者多。使能珍重下笔,则北宋高手也。(介存斋论词杂著) 刘熙载曰:柳耆卿词,昔人比之杜诗,为其实说无表德也。余谓此论其体则然;若论其旨,少陵恐不许之。耆卿词,细密而妥溜,明白而家常,善于叙事,有过前人。惟绮罗香泽之态,所在多有,故觉风期未上耳。(艺概卷四) 冯煦曰:耆卿词,曲处能直,密处能疏,奡处能平,状难状之景,达难达之情,而出之以自然,自是北宋巨手。然好为俳体,词多媟黩,有不仅如提要所云"以俗为病"者。避暑录话谓:"凡有井水饮处,即能歌柳词。"三变之为世诟病,亦未尝不由于此。盖与其千夫竞声,毋宁白雪之寡和也。(宋六十一家词选例言) 郑文焯曰:屯田,北宋专家,其高浑处不减清真。长调尤能以沉雄之魄,清劲之气,写奇丽之情,作挥绰之声。 私辑柳词之深美者,精选三十余解,更冥探其一词之命意所注,确有层折,如画龙点睛,神观飞越,只在一二笔,便尔破壁飞去也。盖能见耆卿之骨,始可通清真之神。不独声律之空积忽微,以岁世绵邈而求之至难,即文字之托于音,切于情,发而中节,亦非深于文章,贯串百家,不能识其流别。(与人论词遗札) 夏敬观曰:耆卿词,当分雅、俚二类。雅词用六朝小品文赋作法,层层铺叙,情景兼融,一笔到底,始终不懈。俚词袭五代淫诐之风气,开金、元曲子之先声,比于里巷歌谣,亦复自成一格。 耆卿写景无不工,造句不事雕琢。清真效之。故学清真词者,不可不读柳词。耆卿多平铺直叙。清真特变其法,一篇之中,回环往复,一唱三叹。故慢词始盛于耆卿,大成于清真。(手评乐章集)

王安石

四首　前三首录自四部丛刊影旧钞本乐府雅词

〔传记〕　王安石(一〇二一——一〇八六)字介甫,抚州临川人。少好读书,一过目,终身不忘。其属文动笔如飞,初若不经意,既成,见者皆服其精妙。友生曾巩携以示欧阳修,修为之延誉,擢进士上第。安石议论高奇,能以辨博济其说,果于自用,慨然有矫世变俗之志,于是上万言书。俄直集贤院,知制诰。神宗立,命知江宁府。数月,召为翰林学士,兼侍讲。熙宁二年(一〇六九),拜参知政事,始行新法。三年,拜同中书门下平章事。七年,罢。八年,复相,屡谢病,出判江宁府。元丰二年(一〇七九),复拜左仆射,封舒国公,改封荆。哲宗立,加司空。元祐元年(一〇八六)卒,年六十八,谥曰文。(参考宋史卷三百二十七王安石传)安石晚居金陵,自号半山老人,工诗、文,并为北宋大家,有临川集行世。其论填词云:"古之歌者,皆先有词,后有声。故曰:'诗言志,歌永言,声依永,律和声。'如今先撰腔子,后填词,却是永依声也。"(侯鲭录卷七)安石不常作词。宋绍兴重刊临川集附有歌曲十八首,近人朱孝臧录出为临川先生歌曲一卷,又杂采诸家选本、笔记,得六首,为补遗,刻入彊村丛书中。

桂枝香 一首

登临送目,正故国晚秋,天气初肃。千里澄江似练,翠峰如簇。征帆去棹残阳里,背西风、酒旗斜矗。彩舟云淡,星河鹭起,画图难足。　念往昔、繁华竞逐,叹门外楼头,悲恨相续。千古凭高对此,漫嗟荣辱。六朝旧事随流水,但寒烟芳草凝绿。至今商女,时时犹唱,后庭遗曲。

【临川先生歌曲】"犹唱"作"犹歌"。

【历代诗余卷一百十四引古今词话】金陵怀古,诸公寄调桂枝香者三十余家,惟王介甫为绝唱。东坡见之,叹曰:"此老乃野狐精也!""画图"作"图画","芳草"作"衰草"。

【词源卷下】词以意为主,不要蹈袭前人语意。如东坡中秋水调歌、夏夜洞仙歌,王荆公金陵桂枝香,姜白石暗香赋梅,此数词,皆清空中有意趣,无笔力者未易到。

【艺蘅馆词选乙卷】梁启超云:李易安谓:"介甫文章似西汉,然以作歌词,则人必绝倒。"但此作却颉颃清真、稼轩,未可漫诋也。

菩萨蛮一首

数家茅屋闲临水,轻衫短帽垂杨里。今日是何朝?看余度石桥。　　梢梢新月偃,午醉醒来晚。何物最关情?黄鹂一两声。

【能改斋漫录卷十七】王荆公筑草堂于半山,引八功德水作小港,其上叠石作桥,为集句填菩萨蛮云:"数间茅屋闲临水,窄衫短帽垂杨里。花是去年红,吹开一夜风。　　梢梢新月偃,午醉醒来晚。何物最关情?黄鹂三两声。"其后豫章(黄庭坚)戏效其体云:"半烟半雨溪桥畔,渔翁醉着无人唤。疏懒意何长?春风花草香。　　江山如有待,此意陶潜解。问我去何之?君行即自知。"

【渔隐丛话后集卷三十九】苕溪渔隐曰:鲁直书荆公集句菩萨蛮词碑本云:"数间茅屋闲临水,窄衫短帽垂杨里。花是去年红,吹开一夜风。　　娟娟新月偃,午醉醒来晚。何许最关情?黄鹂三两声。"因阅临川集,乃云:"今日是何朝?看余度石桥。"余谓不若"花是去年红,吹开一夜风"为胜也。

渔家傲一首

平岸小桥千嶂抱，揉蓝一水萦花草。茅屋数间窗窈窕。尘不到，时时自有春风扫。　　午枕觉来闻语鸟，欹眠似听朝鸡早。忽忆故人今总老。贪梦好，茫然忘了邯郸道。

千秋岁引一首

（录自唐宋诸贤绝妙词选卷二）

秋　景

别馆寒砧，孤城画角，一派秋声入寥廓。东归燕从海上去，南来雁向沙头落。楚台风，庾楼月，宛如昨。　　无奈被些名利缚！无奈被它情担阁！可惜风流总闲却！当初谩留华表语，而今误我秦楼约。梦阑时，酒醒后，思量着。

渔家傲（平岸小桥千嶂抱）

王安国

一首　录自唐宋诸贤绝妙词选卷二

〔传记〕　王安国(一〇二八——一〇七四)字平甫,安石之弟。熙宁初,以韩绛荐,召试,赐进士及第,历官至秘阁校理。屡以新法力谏安石,又质责曾布误其兄。及安石罢相,吕惠卿遂因郑侠事陷安国,坐夺官,放归田里。卒年四十七。(参考宋史卷三百二十七王安国传)魏泰尝称:"安国性亮直,嫉恶太甚。王荆公初为参知政事,闲日因阅读晏元献公小词而笑曰:'为宰相而作小词可乎?'平甫曰:'彼亦偶然自喜而为尔,顾其事业岂止如是耶?'时吕惠卿为馆职,亦在坐,遽曰:'为政必先放郑声,况自为之乎?'平甫正色曰:'放郑声不若远佞人也。'吕大以为议己,自是尤与平甫相失。"(东轩笔录卷五)唐宋诸贤绝妙词选录安国词三首。

清平乐 一首

春　晚

留春不住,费尽莺儿语。满地残红宫锦污,昨夜南园风雨。　　小怜初上琵琶,晓来思绕天涯。不肯画堂朱户,春风自在梨花。

【词综卷七】"梨花"作"杨花"。

【宋周少隐竹坡老人诗话卷一】大梁罗叔共为余言:"顷在建康士人家,见王荆公亲写小词一纸,其家藏之甚珍。其词云'留春不住'云云。荆公平生不作是语,而有此,何也?"仪真沈彦述谓余言:"荆公诗,如'繁绿万枝红一点,动人春色不须多''春色恼人眠不得,月移花影上栏干'等篇,皆平父诗,非荆公诗也。"沈乃元龙家婿,故尝见之耳。叔共所见,未必非平甫词也。

【谭评词辨卷二】倒装二句(满地二句)以见笔力。结笔品格自高。

晏幾道

三十一首　录自彊村丛书本小山词

〔**传记**〕　晏幾道字叔原,殊第七子。(历代词人考略卷十二)监颖昌府许田镇,手写自作长短句,上府帅韩少师(维),少师报书"得新词盈卷,盖才有余而德不足者。愿郎君捐有余之才,补不足之德,不胜门下老吏之望"云。(邵氏闻见后录卷十九)年未至,乞身,退居京城赐第,不践诸贵之门。蔡京重九、冬至日,遣客求长短句,欣然两为作鹧鸪天:"九日悲秋不到心,凤城歌管有新音。风雕碧柳愁眉淡,露染黄花笑靥深。　初过雁,已闻砧,绮罗丛里胜登临。须教月户纤纤玉,细捧霞觞艳艳金。""晓日迎长岁岁同,太平箫鼓间歌钟。云高未有前村雪,梅小初开昨夜风。　罗幕翠,锦筵红,钗头罗胜写宜冬。从今屈指春期近,莫使金樽对月空。"竟无一语及蔡者。(碧鸡漫志卷二)黄庭坚序其小山词云:晏叔原,临淄公之暮子也。磊隗权奇,疏于顾忌,文章翰墨,自立规摹,常欲轩轾人,而不受世之轻重。诸公虽称爱之,而又以小谨望之,遂陆沉于下位。平生潜心六艺,玩思百家,持论甚高,未尝以沾世。余尝怪而问焉。曰:"我槃跚勃窣,犹获罪于诸公,愤而吐之,是唾人面也。"乃独嬉弄于乐府之余,而寓以诗人之句法,清壮顿挫,能动摇人心。士大夫传之,以为有临淄之风耳,罕能味其言也。余尝论:叔原,固人英也,其痴亦自绝人。爱叔原者,皆愠而问其目。曰:"仕宦连蹇,而不能一傍贵人之门,是一痴也。论文自有体,不肯一作新进士语,此又一痴也。费资千百万,家人寒饥,而面有孺子之色,此又一痴也。人百负之而不恨,已信人,终不疑其欺已,此又一痴也。"乃共以为然。虽若此,至其乐府,可谓狎邪之大雅,豪士之鼓吹,其合者高唐、洛神之流,其下者岂减桃叶、团扇哉?(彊村丛书本小山词)幾道自序其小山词云:补亡一编,补乐府之亡也。叔原往者浮沉酒中,病世之歌词,不足以析酲解愠,试续南部诸贤绪余,作五、七字语,期以自娱。不独叙其所怀,兼写一时杯酒间闻见所同游者意中事。尝思感物之情,古今不易,窃以谓篇中之意,昔人所不遗,第于今无传尔。故今所制,通以补亡名之。始时沈十二廉叔、陈十君龙家,有莲、鸿、蘋、云,品清讴娱客。每得一解,即以草授诸儿。吾三人持酒听之,为一笑乐而已。而君龙疾废卧家,廉叔下世。昔之狂篇醉句,遂与两家歌儿酒使,俱流转于人间。自尔邮传滋多,积有窜易。七月己巳,为高平公缀缉成编。追惟往昔过从饮酒之人,或坰木已长,或病不偶。考其篇中所记悲欢合离之事,如幻如电、如昨梦前尘,但能掩卷怃然,感光阴之易迁,叹境缘之无实也!(彊村丛书本小山词)观庭坚及幾道自序所言,于小山词之风格、蕲向,可窥见一斑矣。小山词传世者,有毛氏汲古阁宋六十家词本、晏端书刻二晏词钞本、朱氏彊村丛书本。

155

临江仙 一首

梦后楼台高锁,酒醒帘幕低垂。去年春恨却来时。落花人独立,微雨燕双飞。　　记得小蘋初见,两重心字罗衣,琵琶弦上说相思。当时明月在,曾照彩云归。

【宋杨万里诚斋诗话】晏叔原云:"落花人独立,微雨燕双飞。"可谓好色而不淫矣。

【谭评词辨卷一】名句(落花二句)千古不能有二。结笔,所谓柔厚在此。

【艺蘅馆词选乙卷】康南海(有为)云:起二句,纯是华严境界。

蝶恋花 三首

初捻霜纨生怅望。隔叶莺声,似学秦娥唱。午睡醒来慵一饷,双纹翠簟铺寒浪。　　雨罢蘋风吹碧涨。脉脉荷花,泪脸红相向。斜贴绿云新月上,弯环正是愁眉样。

醉别西楼醒不记。春梦秋云,聚散真容易!斜月半窗还少睡,画屏闲展吴山翠。　　衣上酒痕诗里字,点点行行,总是凄凉意。红烛自怜无好计,夜寒空替人垂泪。

梦入江南烟水路。行尽江南,不与离人遇。睡里消魂无说处,觉来惆怅消魂误。　　欲尽此情书尺素,浮雁沉鱼,终了无凭据。却倚缓弦歌别绪,断肠移破秦筝柱。

鹧鸪天 五首

彩袖殷勤捧玉钟,当年拚却醉颜红。舞低杨柳楼心月,歌尽桃花扇影风。　　从别后,忆相逢,几回魂梦与君同?今宵剩把银釭照,犹恐相逢是梦中!

【侯鲭录卷七】晁无咎言:叔原不蹈袭人语,而风调闲雅,自是一家。如"舞低杨柳楼心月,歌尽桃花扇底风",自可知此人不生在三家村中也。

【渔隐丛话前集卷五十九引雪浪斋日记】晏叔原工小词。

"舞低杨柳楼心月,歌尽桃花扇底风",不愧六朝宫掖体。

守得莲开结伴游,约开萍叶上兰舟。来时浦口云随棹,采罢江边月满楼。　花不语,水空流,年年拚得为花愁。明朝万一西风动,争奈朱颜不耐秋。

醉拍春衫惜旧香,天将离恨恼疏狂。年年陌上生秋草,日日楼中到夕阳。　云渺渺,水茫茫,征人归路许多长。相思本是无凭语,莫向花笺费泪行。

小令尊前见玉箫,银灯一曲太妖娆。歌中醉倒谁能恨?唱罢归来酒未消。　春悄悄,夜迢迢,碧云天共楚宫遥。梦魂惯得无拘检,又踏杨花过谢桥。

【邵氏闻见后录卷十九】程叔微云:伊川闻诵晏叔原"梦魂惯得无拘检,又踏杨花过谢桥"长短句,笑曰:"鬼语也!"意亦赏之。程、晏二家有连云。

十里楼台倚翠微,百花深处杜鹃啼。殷勤自与行人语,不似流莺取次飞。　惊梦觉,弄晴时,声声只道不如归。天涯岂是无归意?争奈归期未可期!

生查子 四首

金鞭美少年,去跃青骢马。牵系玉楼人,绣被春寒夜。　　消息未归来,寒食梨花谢。无处说相思,背面秋千下。

【宋曾季貍艇斋诗话】晏叔原小词:"无处说相思,背面秋千下。"吕东莱极喜诵此词,以为有思致。然此语本李义山诗云:"十五泣春风,背面秋千下。"

坠雨已辞云,流水难归浦。遗恨几时休?心抵秋莲苦!　　忍泪不能歌,试托哀弦语。弦语愿相逢,知有相逢否?

关山魂梦长,鱼雁音尘少。两鬓可怜青,只为相思老!　　归梦碧纱窗,说与人人道:真个别离难,不似相逢好。

长恨涉江遥,移近溪头住。闲荡木兰舟,误入双鸳浦。　　无端轻薄云,暗作廉纤雨。翠袖不胜寒,欲向荷花语。

南乡子 一首

新月又如眉,长笛谁教月下吹?楼倚暮云初见雁,南飞,漫道行人雁后归。 意欲梦佳期,梦里关山路不知。却待短书来破恨,应迟,还是凉生玉枕时。

清平乐 一首

留人不住,醉解兰舟去。一棹碧涛春水路,过尽晓莺啼处。 渡头杨柳青青,枝枝叶叶离情。此后锦书休寄,画楼云雨无凭。

【宋四家词选】结语殊怨,然不忍割。

木兰花 一首

秋千院落重帘幕,彩笔闲来题绣户。墙头丹杏雨余花,门外绿杨风后絮。　　朝云信断知何处？应作襄王春梦去。紫骝认得旧游踪,嘶过画桥东畔路。

【沈谦填词杂说】填词结句,或以动荡见奇,或以迷离称隽,着一实语,败矣。康伯可:"正是销魂时候也,撩乱花飞。"晏叔原:"紫骝认得旧游踪,嘶过画桥东畔路。"秦少游:"放花无语对斜晖,此恨谁知？"深得此法。

玉楼春 一首

东风又作无情计,艳粉娇红吹满地。碧楼帘影不遮愁,还似去年今日意。　　谁知错管春残事,到处登临曾费泪。此时金盏直须深,看尽落花能几醉？

阮郎归 二首

旧香残粉似当初,人情恨不如。一春犹有数行书,秋来书更疏。　　衾凤冷,枕鸳孤,愁肠待酒舒。梦魂纵有也成虚,那堪和梦无!

天边金掌露成霜,云随雁字长。绿杯红袖趁重阳,人情似故乡。　　兰佩紫,菊簪黄,殷勤理旧狂。欲将沉醉换悲凉,清歌莫断肠。

【况周颐蕙风词话卷二】"绿杯"二句,意已厚矣。"殷勤理旧狂"五字三层意。狂者,所谓"一肚皮不合时宜",发见于外者也。狂已旧矣,而理之,而殷勤理之,其狂若有甚不得已者。"欲将沉醉换悲凉",是上句注脚。"清歌莫断肠",仍含不尽之意。此词沉着厚重,得此结句,便觉竟体空灵。小晏神仙中人,重以名父之贻,贤师友相与沉瀁,其独造处,岂凡夫肉眼所能见及?"梦魂惯得无拘管,又踏杨花过谢桥",以是为至,乌足与论小山词耶?

归田乐 一首

试把花期数,便早有感春情绪。看即梅花吐。愿花更不谢,春且长住,只恐花飞又春去。　　花开还不语。问此意年年,春还会否?绛唇青鬓,渐少花前语。对花又记得,旧曾游处,门外垂杨未飘絮。

六么令 一首

绿阴春尽，飞絮绕香阁。晚来翠眉官样，巧把远山学。一寸狂心未说，已向横波觉。画帘遮币，新翻曲妙，暗许闲人带偷掐。　　前度书多隐语，意浅愁难答。昨夜诗有回纹，韵险还慵押。都待笙歌散了，记取留时霎。不消红蜡，闲云归后，月在庭花旧阑角。

【夏评】此倒押韵之法，甚峭拔。"币""掐""答""押""霎""蜡"，皆闭口音，系"合"韵与"觉"韵同叶。

更漏子 一首

柳丝长，桃叶小，深院断无人到。红日淡，绿烟轻，流莺三两声。　　雪香浓，檀晕少，枕上卧枝花好。春思重，晓妆迟，寻思残梦时。

御街行 一首

街南绿树春饶絮,雪满游春路。树头花艳杂娇云,树底人家朱户。北楼闲上,疏帘高卷,直见街南树。　　阑干倚尽犹慵去,几度黄昏雨。晚春盘马踏青苔,曾傍绿阴深驻。落花犹在,香屏空掩,人面知何处?

点绛唇 一首

花信来时,恨无人似花依旧。又成春瘦,折断门前柳。　　天与多情,不与长相守。分飞后,泪痕和酒,占了双罗袖。

少年游 二首

离多最是,东西流水,终解两相逢。浅情终似,行云无定,犹到梦魂中。　　可怜人意,薄于云水,佳会更难重。细想从来,断肠多处,不与者番同。

【夏评】云水意相对,上分述而又总之,作法变幻。

西楼别后,风高露冷,无奈月分明。飞鸿影里,捣衣砧外,总是玉关情。　　王孙此际,山重水远,何处赋西征?金闺魂梦枉丁宁,寻尽短长亭。

虞美人 二首

曲阑干外天如水,昨夜还曾倚。初将明月比佳期,长向月圆时候望人归。　　罗衣着破前香在,旧意谁教改?一春离恨懒调弦,犹有两行闲泪宝筝前。

疏梅月下歌金缕,忆共文君语:更谁情浅似春风?一夜满枝新绿替残红。　　蘋香已有莲开信,两桨佳期近。采莲时节定来无?醉后满身花影倩人扶。

留春令 一首

画屏天畔,梦回依约,十洲云水。手拈红笺寄人书,写无限伤春事。　　别浦高楼曾漫倚,对江南千里。楼下分流水声中,有当日凭高泪。

【郑文焯评小山词】晏小山留春令"楼下分流水声中,有当日凭高泪"二语,亦袭冯延已三台令:"流水,流水,中有伤心双泪。"宋人所承如是,但乏质茂气耳。

思远人 一首

红叶黄花秋意晚,千里念行客。飞云过尽,归鸿无信,何处寄书得?　　泪弹不应临窗滴,就砚旋研墨。渐写到别来,此情深处,红笺为无色。

碧牡丹 一首

翠袖疏纨扇,凉叶催归燕。一夜西风,几处伤高怀远。细菊枝头,开嫩香还遍。月痕依旧庭院。事何限? 怅望秋意晚,离人鬓华将换。静忆天涯路,比此情犹短。试约鸾笺,传素期良愿,南云应有新雁。

〔**集评**〕 王灼曰:叔原如金陵王、谢子弟,秀气胜韵,得之天然,将不可学。(碧鸡漫志卷二) 王铚曰:贺方回遍读唐人遗集,取其意以为诗词。然所得在善取唐人遗意也。不如晏叔原,尽见升平气象,所得者人情物态。叔原妙在得于妇人,方回妙在得词人遗意。(默记卷下) 陈振孙曰:叔原词在诸名胜中,独可追逼花间,高处或过之。(直斋书录解题卷二十一) 毛晋曰:诸名胜词集,删选相半,独小山集直逼花间,字字娉娉袅袅,如揽嫱、施之袂,恨不能起莲、鸿、𬞟、云,按红牙板唱和一过。晏氏父子,具足追配李氏父子云。(汲古阁本小山词跋) 周济曰:晏氏父子,仍步温、韦,小晏精力尤胜。(介存斋论词杂著) 冯煦曰:淮海、小山,古之伤心人也。其淡语皆有味,浅语皆有致。求之两宋词人,实罕其匹。子晋欲以晏氏父子追配李氏父子,诚为知言。(宋六十一家词选例言) 况周颐曰:小山词从珠玉出,而成就不同,体貌各具。珠玉比花中之牡丹,小山其文杏乎?(蕙风词话未刊稿) 夏敬观曰:晏氏父子,嗣响南唐二主,才力相敌,盖不特词胜,尤有过人之情。叔原以贵人暮子,落拓一生,华屋山丘,身亲经历,哀丝豪竹,寓其微痛纤悲,宜其造诣又过于父。山谷谓为"狎邪之大雅,豪士之鼓吹",未足以尽之也。(夏评小山词跋尾)

苏 轼

四十二首　录自彊村丛书本东坡乐府

〔传记〕　苏轼(一〇三六——一一〇一)字子瞻,眉州眉山人。父洵,游学四方。母程氏,亲授以书。闻古今成败,辄能语其要。比冠,博通经史,属文日数千言。好贾谊、陆贽书。既而读庄子,叹曰:"吾昔有见,口未能言,今见是书,得吾心矣。"嘉祐元年(一〇五六)试礼部,主司欧阳修语梅圣俞曰:"吾当避此人出一头地。"闻者始哗不厌,久乃信服。历通判杭州,知密州、徐州、湖州。御史李定、舒亶、何正臣摭其表语,并媒蘖所为诗,以为讪谤,逮赴台狱,欲置之死,锻炼久之不决。神宗独怜之,以黄州团练副使安置。轼与田父、野老相从溪山间,筑室于东坡,自号东坡居士。旋移汝州。哲宗立,复朝奉郎,知登州。累迁翰林学士,知杭州。召为吏部尚书,改翰林承旨,出知颍州。绍圣初,御史论轼掌内外制日所作词命,以为讥斥先朝,贬宁远军节度副使,惠州安置。居三年,泊然无所蒂芥。又贬琼州别驾,居昌化。初僦官屋以居,有司犹谓不可,轼遂买地筑室,儋人运甓畚土以助之。独与幼子过处,读书以为乐。徽宗立,移廉州。更三大赦,还,提举玉局观。建中靖国元年(一一〇一),卒于常州,年六十六。轼尝自谓:"作文如行云流水,初无定质,但常行于所当行,止于所不可不止,虽嬉笑怒骂之辞,皆可书而诵之。"其体浑涵光芒,雄视百代,有文章以来,盖亦鲜矣。一时文人如黄庭坚、晁补之、秦观、张耒、陈师道,举世未之识,轼待之如朋俦,未尝以师资自予也。(节录宋史卷三百三十八苏轼传)轼工诗,与黄庭坚合称"苏黄"。词更别开风气,为后世所宗仰。毛氏汲古阁宋六十家词内有东坡词,王氏四印斋所刻词有影元延祐本东坡乐府,朱氏彊村丛书复据以编年,为东坡乐府三卷。编者得傅幹注坡词残本,更依朱本编年,别作笺注,为东坡乐府笺,颇便检阅。

少年游 一首

润州作,代人寄远。

去年相送,余杭门外,飞雪似杨花。今年春尽,杨花似雪,犹不见还家。　对酒卷帘邀明月,风露透窗纱。恰似姮娥怜双燕,分明照、画梁斜。

江城子 一首

湖上与张先同赋

凤凰山下雨初晴,水风清,晚霞明。一朵芙蕖,开过尚盈盈。何处飞来双白鹭？如有意，慕娉婷。

忽闻江上弄哀筝，苦含情，遣谁听？烟敛云收，依约是湘灵。欲待曲终寻问取，人不见，数峰青。

【墨庄漫录卷一】东坡在杭州，一日，游西湖，坐孤山竹阁前临湖亭上。时二客皆有服，预焉。久之，湖心有一彩舟，渐近亭前。靓妆数人，中有一人尤丽，方鼓筝，年且三十余，风韵娴雅，绰有态度。二客竞目送之。曲未终，翩然而逝。公戏作长短句云云。

虞美人一首

有美堂赠述古

湖山信是东南美，一望弥千里。使君能得几回来？便使尊前醉倒更徘徊。　　沙河塘里镫初上，水调谁家唱？夜阑风静欲归时，惟有一江明月碧琉璃。

【傅藻纪年录】甲寅（一○七四）述古将去作。【王文诰苏诗总案】陈襄将罢任，宴僚佐于有美堂作。

南乡子 一首

送述古

回首乱山横,不见居人只见城。谁似临平山上塔,亭亭,迎客西来送客行? 归路晚风清,一枕初寒梦不成。今夜残镫斜照处,荧荧,秋雨晴时泪不晴。

【王案】甲寅七月,追送陈襄移守南都,别于临平舟中作。

永遇乐 一首

孙巨源以八月十五日离海州,坐别于景疏楼上。既而与余会于润州,至楚州,乃别。余以十一月十五日至海州,与太守会于景疏楼上,作此词以寄巨源。

长忆别时,景疏楼上,明月如水。美酒清歌,留连不住,月随人千里。别来三度,孤光又满,冷落共谁同醉?卷珠帘,凄然顾影,共伊到明无寐。 今朝有客,来从濉上,能道使君深意。凭仗清淮,分明到海,中有相思泪。而今何在?西垣清禁,夜永露华侵被。此时看、回廊晓月,也应暗记。

【纪年录】甲寅,海州寄巨源作。

减字木兰花 一首

空床响琢,花上春禽冰上雹。醉梦尊前,惊起湖风入坐寒。　转关濩索,春水流弦霜入拨。月堕更阑,更请官高奏独弹。

【朱孝臧校注东坡乐府】(以下简称朱注)本集,公与蔡景繁书:"朐山临海石室,信如所谕。某尝携家一游。时家有胡琴婢,就室中作濩索凉州,凛然有冰车、铁马之声。"案公于甲寅十一月至海州,是词疑赋胡琴婢事。

【渔隐丛话前集卷十六】蔡宽夫诗话云:近时乐家,多为新声,其音谱转移,类以新奇相胜,故古曲多不存。顷见一教坊老工,言:"惟大曲不敢增损,往往犹是唐本,而弦索家守之尤严。故言凉州者谓之濩索,取其音节繁雄;言六么者谓之转关,取其声调闲婉。"元微之诗云:"凉州大遍最豪嘈,录要散序多筳撚。""濩索""转关",岂所谓"豪嘈""筳撚"者耶？唐起乐皆以丝声,竹声次之,乐家所谓"细抹将来"者是也。故王建宫词云:"琵琶先抹绿腰头,小管丁宁侧调愁。"近世以管色起乐,而犹存"细抹"之语,盖沿袭弗悟尔。"绿腰"本名"录要",后讹为此名,今又谓之"六么"。然"六么"自白乐天时已若此云,不知何义也。

蝶恋花一首

密州上元

镫火钱塘三五夜,明月如霜,照见人如画。帐底吹笙香吐麝,更无一点尘随马。　　寂寞山城人老也！击鼓吹箫,却入农桑社。火冷镫稀霜露下,昏昏雪意云垂野。

【纪年录】乙卯作。　【年谱】熙宁八年乙卯,先生年四十,到密州任。

江城子 一首

乙卯正月二十日夜记梦

十年生死两茫茫！不思量，自难忘。千里孤坟，无处话凄凉。纵使相逢应不识，尘满面，鬓如霜。

夜来幽梦忽还乡。小轩窗，正梳妆。相顾无言，惟有泪千行。料得年年肠断处，明月夜，短松冈。

【王案】词注谓公悼亡之作。考通义君卒于治平二年乙巳（一〇六五），至是熙宁八年乙卯，正十年也。

望江南 一首

超然台作

春未老，风细柳斜斜。试上超然台上看，半壕春水一城花，烟雨暗千家。　寒食后，酒醒却咨嗟。休对故人思故国，且将新火试新茶，诗酒趁年华。

【朱注】纪年录："乙卯，于超然台作望江南。"案公于甲寅十一月，至密州任。超然台记谓："移守胶西，处之期年。园之北,因城以为台者旧矣。稍茸而新之,时相与登览,放意肆志焉。"词作于春,当属丙辰。

水调歌头一首

丙辰中秋,欢饮达旦,大醉,作此篇,兼怀子由。

明月几时有?把酒问青天。不知天上宫阙,今夕是何年? 我欲乘风归去,惟恐琼楼玉宇,高处不胜寒。起舞弄清影,何似在人间? 转朱阁,低绮户,照无眠。不应有恨,何事长向别时圆? 人有悲欢离合,月有阴晴圆缺,此事古难全。但愿人长久,千里共婵娟。

【宋蔡絛铁围山丛谈卷三】歌者袁绹,乃天宝之李龟年也。宣和间,供奉九重。尝为吾言:"东坡公昔与客游金山,适中秋夕,天宇四垂,一碧无际,加江流顶涌,俄月色如昼,遂共登金山山顶之妙高台,命绹歌其水调歌头曰:'明月几时有?把酒问青天。'歌罢,坡为起舞而顾问曰:'此便是神仙矣!'吾谓:'文章人物,诚千载一时,后世安所得乎?'"

【渔隐丛话前集卷五十九】先君尝云:坡词"低绮户",当云

水调歌头（明月几时有）

"窥绮户"。二字既改,其词益佳。 【后集卷三十九】中秋词,自东坡水调歌头一出,余词尽废。

【元李冶敬斋古今黈卷八】东坡水调歌头:"我欲乘风归去,只恐琼楼玉宇,高处不胜寒。起舞弄清影,何似在人间?"一时词手,多用此格。如鲁直云:"我欲穿花寻路,直入白云深处,浩气展虹霓。只恐花深里,红露湿人衣。"盖效坡语也。近世闲闲老(赵秉文)亦云:"我欲骑鲸归去,只恐神仙官府,嫌我醉时真。笑拍群仙手,几度梦中身?"

【艺概卷四】词以不犯本位为高。东坡满庭芳:"老去君恩未报,空回首弹铗悲歌。"语诚慷慨,究不若水调歌头:"我欲乘风归去,又恐琼楼玉宇,高处不胜寒。"尤觉空灵蕴藉。

【郑文焯评东坡乐府】发端从太白仙心脱化,顿成奇逸之笔。湘绮(王闿运)诵此词,以为此"全"字韵,可当"三语掾",自来未经人道。

洞仙歌—首

江南腊尽,早梅花开后,分付新春与垂柳。细腰肢、自有入格风流,仍更是、骨体清英雅秀。 永丰坊那畔,尽日无人,谁见金丝弄晴昼? 断肠是飞絮时,绿叶成阴,无个事、一成消瘦。又莫是东风逐君来,便吹散眉间一点春皱。

阳关曲 一首

中秋作

暮云收尽溢清寒,银汉无声转玉盘。此生此夜不长好,明月明年何处看?

【朱注】纪年录:"戊午作。是年在徐州。"案:本集书彭城观月诗云:"余十八年前,中秋与子由观月彭城,作此诗,以阳关歌之。今复此夜,宿于赣上,方迁岭表,独歌此曲,聊复书之。"公南迁过赣,在绍圣甲戌,上推至丁巳为十八年。若云戊午中秋,子由已在南京签判任矣。今改编丁巳。

浣溪沙 五首

徐门石潭谢雨道上作五首。潭在城东二十里,常与泗水增减清浊相应。

照日深红暖见鱼，连村绿暗晚藏乌，黄童白叟聚睢盱。 麋鹿逢人虽未惯，猿猱闻鼓不须呼，归来说与采桑姑。

旋抹红妆看使君，三三五五棘篱门，相排踏破蒨罗裙。 老幼扶携收麦社，乌鸢翔舞赛神村，道逢醉叟卧黄昏。

麻叶层层䔛叶光，谁家煮茧一村香？隔篱娇语络丝娘。 垂白杖藜抬醉眼，捋青捣䴬软饥肠，问言豆叶几时黄？

簌簌衣巾落枣花，村南村北响缲车，牛衣古柳卖黄瓜。 酒困路长惟欲睡，日高人渴漫思茶，敲门试问野人家。

软草平莎过雨新，轻沙走马路无尘，何时收拾耦耕身？ 日暖桑麻光似泼，风来蒿艾气如薰，使君元是此中人。

永遇乐 一首

彭城夜宿燕子楼,梦盼盼,因作此词。

明月如霜,好风如水,清景无限。曲港跳鱼,圆荷泻露,寂寞无人见。紞如三鼓,铿然一叶,黯黯梦云惊断。夜茫茫,重寻无处,觉来小园行遍。　　天涯倦客,山中归路,望断故园心眼。燕子楼空,佳人何在? 空锁楼中燕。古今如梦,何曾梦觉? 但有旧欢新怨。异时对,黄楼夜景,为余浩叹。

【白氏长庆集卷十五燕子楼三首并序】徐州故尚书(建封)有爱妓曰盼盼,善歌舞,雅多风态。予为校书郎时,游徐、泗间。张尚书宴予,酒酣,出盼盼以佐欢,欢甚,予因赠诗云:"醉娇胜不得,风袅牡丹花。"一欢而去,尔后绝不相闻,迨兹仅一纪矣。昨日司勋员外郎张仲素绩之访予,因吟新诗,有燕子楼三首,词甚婉丽。诘其由,为盼盼作也。绩之后事武宁军累年,颇知盼盼始末,云:"尚书既殁,归葬东洛,而彭城有张氏旧第,第中有小楼名燕子。盼盼念旧爱而不嫁,居是楼十余年,幽独块然,于今尚在。"予爱绩之新咏,感彭城旧游,因同其题,作三绝句:"满窗明月满帘霜,被冷灯残拂卧床。燕子楼中霜月夜,秋来只为一人长。""钿晕罗衫色似烟,几回欲着即潸然。自从不舞霓裳曲,叠在空箱十一年!""今春有客洛阳回,曾到尚书墓上来。见说白杨堪作柱,争教红粉不成灰?"

【宋曾敏行独醒杂志卷三】东坡守徐州,作燕子楼乐章,方具稿,人未知之,一日,忽哄传于城中。东坡讶焉,诘其所从来,乃谓发端于逻卒。东坡召而问之,对曰:"某稍知音律,尝夜宿张建封庙,闻有歌声,细听,乃此词也,记而传之,初不知何谓。"东坡笑而遣之。

【历代诗余卷一百十五引高斋诗话】少游自会稽入都,见东坡。坡问:"别作何词?"少游举"小楼连苑横空,下窥绣毂雕鞍骤",东坡曰:"十三个字,只说得一个人骑马楼前过。"少游问公近作,乃举"燕子楼空,佳人何在?空锁楼中燕",晁无咎曰:"只三句,便说尽张建封事。"

【宋张炎词源卷下】词,用事最难,要体认著题,融化不涩。如东坡永遇乐云:"燕子楼空,佳人何在?空锁楼中燕。"用张建封事。白石疏影云:"犹记深宫旧事,那人正睡里,飞近蛾绿。"用寿阳事。又云:"昭君不惯胡沙远,但暗忆江南江北。想佩环月夜归来,化作此花幽独。"用少陵诗。此皆用事不为事所使。

【一统志江苏徐州府】黄楼在铜山县城东门,宋郡守苏轼建。

【郑评】公以"燕子楼空"三句语秦淮海,殆以示咏古之超宕,贵神情,不贵迹象也。

南歌子 一首

雨暗初疑夜,风回便报晴。淡云斜照著山明,细草软沙溪路马蹄轻。　　卯酒醒还困,仙村梦不成。蓝桥何处觅云英?只有多情流水伴人行。

浣溪沙 二首

十二月二日,雨后微雪。太守徐君猷携酒见过,坐上作浣溪沙三首。明日,酒醒,雪大作,又作二首。

覆块青青麦未苏,江南云叶暗随车,临皋烟景世间无。　　雨脚半收檐断线,雪床(自注:京师俚语,谓霰为雪床。)初下瓦跳珠,归来冰颗乱黏须。

醉梦昏昏晓未苏,门前辘轳使君车,扶头一盏怎生无?　　废圃寒蔬挑翠羽,小槽春酒滴真珠,清香细细嚼梅须。

【诗集施元之注】徐君猷,名大受,东海人。东坡来黄州,君猷为守,厚礼之,无迁谪意。君猷秀惠列屋,杯觞流行,多为赋词。满去而殂,坡有祭文、挽词,意甚凄恻。

水龙吟 一首

闾丘大夫孝终公显,尝守黄州,作栖霞楼,为郡中胜绝。元丰五年,余谪居黄。正月十七日,梦扁舟渡江,中流回望,楼中歌乐杂作,舟中人言:"公显方会客也。"觉而异之,乃作此曲,盖越调鼓笛慢。公显时已致仕,在苏州。

小舟横截春江,卧看翠壁红楼起。云间笑语,使君高会,佳人半醉。危柱哀弦,艳歌余响,绕云萦水。念故人老大,风流未减,空回首,烟波里。

推枕惘然不见,但空江、月明千里。五湖闻道,扁舟归去,仍携西子。云梦南州,武昌东岸,昔游应记。料多情梦里,端来见我,也参差是。

【吴郡志】闾丘孝终字公显,郡人。尝守黄州。既挂冠,与诸名人耆艾为九老会。东坡经从,必访孝终,赋诗为乐。

【郑评】突兀而起,仙乎!仙乎!"翠壁"句奇崛,不露雕琢痕。上阕全写梦境,空灵中杂以凄丽。过片始言情,有沧波浩渺之致,真高格也。"云梦"二句,妙能写闲中情景。煞拍不说梦,偏说梦来见我,正是词笔高浑不犹人处。 读东坡先生词,于气韵、格律,并有悟到空灵妙境,匪可以词家目之,亦不得不目为词家。世每谓其以诗入词,岂知言哉?董文敏论画曰:"同能不如独诣。"吾于坡仙词亦云。

定风波 一首

三月七日,沙湖道中遇雨,雨具先去,同行皆狼狈,余独不觉,已而遂晴,故作此。

莫听穿林打叶声,何妨吟啸且徐行。竹杖芒鞋轻胜马,谁怕?一蓑烟雨任平生。 料峭春风吹酒醒,微冷,山头斜照却相迎。回首向来萧瑟处,归去,也无风雨也无晴。

【郑评】此足征坡翁坦荡之怀,任天而动。琢句亦瘦逸,能道眼前景。以曲笔直写胸臆,倚声能事尽之矣!

浣溪沙 一首

游蕲水清泉寺,寺临兰溪,溪水西流。

山下兰芽短浸溪,松间沙路净无泥,萧萧暮雨子规啼。 谁道人生无再少?门前流水尚能西,休将白发唱黄鸡。

【东坡志林卷一】黄州东南三十里为沙湖,亦曰螺师店。

予买田其间,因往相田得疾,闻麻桥人庞安常善医而聋,遂往求疗。安常虽聋,而颖悟绝人,以纸画字,书不数字,辄深了人意。余戏之曰:"余以手为口,君以眼为耳,皆一时异人也。"疾愈,与之同游清泉寺。寺在蕲水郭门外二里许,有王逸少洗笔泉,水极甘,下临兰溪,溪水西流。余作歌云"山下兰芽"云云。是日剧饮而归。

【独醒杂志卷二】徐公师川尝言:东坡长短句有云:"山下兰芽短浸溪,松间沙路净无泥。"白乐天诗云:"柳桥晴有絮,沙路润无泥。""净""润"两字,当有能辨之者。

哨　遍 一首

陶渊明赋归去来,有其词而无其声。余既治东坡,筑雪堂于上。人俱笑其陋,独鄱阳董毅夫(钺)过而悦之,有卜邻之意。乃取归去来词,稍加檃括,使就声律,以遗毅夫。使家僮歌之,时相从于东坡,释耒而和之,扣牛角而为之节,不亦乐乎?

为米折腰,因酒弃家,口体交相累。归去来,谁不遣君归? 觉众前皆非今是。露未晞,征夫指予归路,门前笑语喧童稚。嗟旧菊都荒,新松暗老,吾年今已如此! 但小窗容膝闭柴扉,策杖看孤云暮鸿飞,云出无心,鸟倦知还,本非有意。　噫!归去来兮,我今忘我兼忘世。亲戚无浪语,琴书中有真味。步翠麓崎岖,泛溪窈窕,涓涓暗谷流春水。观草木欣荣,幽人自感,吾生行且休矣!念寓形宇内复几时?不自觉皇皇欲何之?委吾心、去留谁计?神仙知在何处?富贵非吾志。但知临水登山啸咏,自引壶觞自醉。此生天命更何疑?且乘流、遇坎还止。

【坡仙集外纪】东坡在儋耳,常负大瓢,行歌田间,所歌皆哨遍也。一日,遇一媪,谓坡曰:"学士昔日富贵,一场春梦耳!"东坡因呼为"春梦婆"。

【词源卷下】东坡词如水龙吟咏杨花、咏闻笛,又如过秦楼(案:集中未见此词)、洞仙歌、卜算子等作,皆清丽舒徐,高出人表。哨遍一曲,隐括归去来辞,更是精妙,周、秦诸人所不能到。

洞仙歌—首

余七岁时,见眉山老尼,姓朱,忘其名,年九十岁。自言尝随其师入蜀主孟昶宫中。一日,大热,蜀主与花蕊夫人夜纳凉摩诃池上,作一词,朱具能记之。今四十年,朱已死久矣!人无知此词者,但记其首两句。暇日寻味,岂洞仙歌令乎?乃为足之云。

冰肌玉骨,自清凉无汗。水殿风来暗香满。绣帘开,一点明月窥人,人未寝,敧枕钗横鬓乱。　起来携素手,庭户无声,时见疏星渡河汉。试问夜如何?夜已三更,金波淡、玉绳低转。但屈指西风几时来?　又不道流年暗中偷换。

【朱注】公生丙子,七岁为壬午,又四十年为壬戌也。

【墨庄漫录卷九】东坡作长短句洞仙歌,所谓"冰肌玉骨,自清凉无汗"者,公自叙云:"予幼时见一老人,能言孟蜀主时事云:'蜀主尝与花蕊夫人夜起纳凉于摩诃池上,作洞仙歌令。'老人能歌之。予但记其首两句,乃为足之。"近见李公彦季成诗话,乃云:"杨元素作本事曲,记洞仙歌:'冰肌玉骨,自清凉无汗。'钱唐有老尼能诵后主诗首章两句,后人为足其意,以填此词。"其说不同。予友陈兴祖德昭云:"顷见一诗话,亦题云:'李季成作。'乃全载孟蜀主一诗:'冰肌玉骨清无汗,水殿风来暗香满。帘间明月独窥人,敧枕钗横云鬓乱。三更庭院悄无声,时见疏星度河汉。屈指西风几时来?只恐流年暗中换。'云:'东坡少年遇美人,喜洞仙歌,又邂逅处景色暗相似,故檃括稍协律以赠之也。'予以谓此说乃近之。"据此,乃诗耳,而东坡自叙乃云"是洞仙歌令",盖公以此叙自晦耳。洞仙歌腔出近世,五代及国初未之有也。

【渔隐丛话前集卷六十】漫叟诗话云:杨元素(绘)作本事曲,记洞仙歌"冰肌玉骨"云云。钱塘有一老尼,能诵后主诗首章两句,后人为足其意,以填此词。余尝见一士人诵全篇。(文同墨庄漫录,惟"满"作"暖","间"作"开","三更庭院悄"作"起来琼户启"。)苕溪渔隐曰:漫叟诗话所载本事曲云:"钱唐一老尼,能诵后主诗首章两句。"与东坡洞仙歌序全然不同,当以序为正也。

念奴娇 一首

赤壁怀古

大江东去,浪淘尽、千古风流人物。故垒西边,人道是:三国周郎赤壁。乱石崩云,惊涛裂岸,卷起千堆雪。江山如画,一时多少豪杰。　　遥想公瑾当年,小乔初嫁了,雄姿英发。羽扇纶巾,谈笑间、强虏灰飞烟灭。故国神游,多情应笑我,早生华发。人间如梦,一尊还酹江月。

【纪年录】壬戌(一〇八二)七月作。

念奴娇（大江东去，浪淘尽）

【清朱彝尊词综卷六】"浪淘尽"作"浪声沉","周郎"作"孙吴","裂"作"掠","强虏"作"樯橹","多情应笑我,早生华发"作"多情应是,笑我生华发","如梦"作"如寄",云:"从容斋随笔所载黄鲁直手书本。"

【宋张耒明道杂志】黄州江南流,在州西,其上流乃谓之东津,其下水谓之下津。去治无百步,有山入江,石崖颇峻峙,土人言:"此赤壁矶也。"按:周瑜破曹公于赤壁,云陈于江北,而黄州江东西流,无江北。至汉阳,江南北流,复有赤壁山。疑汉阳是瑜战处。南人谓山入水处为矶,而黄人呼赤壁讹为赤鼻。

【艇斋诗话】东坡大江东去词,其中云:"人道是三国周郎赤壁。"陈无己见之,言:"不必道三国。"东坡改云"当日"。今印本两出,不知东坡已改之矣。

【渔隐丛话后集卷二十八】东坡云:黄州西山麓,斗入江中,石色如丹,传云曹公败处所谓赤壁者。或曰:非也。曹公败归,由华容路,路多泥泞,使老弱先行践之而过,曰:"刘备智过人而见事迟,华容夹道皆葭苇,若使纵火,吾无遗类矣。"今赤壁少西对岸即华容镇,庶几是也。然岳州复有华容县,竟不知孰是?今日李委秀才来,因以小舟载酒,饮于赤壁下。李善吹笛,酒酣,作数弄。风起水涌,大鱼皆出,山上有栖鹘,亦惊起。坐念孟德、公瑾,如昨日耳!

【渔隐丛话前集卷五十九】苕溪渔隐曰:东坡"大江东去"赤壁词,语意高妙,真古今绝唱。　【后集卷二十六】苕溪渔隐曰：后山诗话谓："退之以文为诗，子瞻以诗为词，如教坊雷大使之舞，虽极天下之工，要非本色。"余谓后山之言过矣。子瞻佳词最多，其时杰出者，如"大江东去，浪淘尽千古风流人物。"——赤壁词，"明月几时有？把酒问青天。"——中秋词，"落日绣帘卷，亭下水连空。"——快哉亭词，"乳燕飞华屋，悄无人、桐阴转午。"——初夏词，"明月如霜，好风如水，清景无限。"——夜登燕子楼词，"楚山修竹如云，异材秀出千林表。"——咏笛词，"玉骨那愁瘴雾，冰肌自有仙风。"——咏梅词，"东武南城，新堤固、涟漪初溢。"——宴流杯亭词，"冰肌玉骨，自清凉无汗。"——夏夜词，"有情风万里卷潮来，无情送潮归。"——别参寥词，"缺月挂疏桐，漏断人初静。"——秋夜词，"霜降水痕收，浅碧鳞鳞露远洲。"——重九词，凡此十余词，皆绝去笔墨畦径间，直造古人不到处，真可使人一唱而三叹。若谓以诗为词，是大不然。子瞻自言，平生不善唱曲，故间有不入腔处，非尽如此。后山乃比之教坊司雷大使舞，是何每况愈下，盖其谬耳。

南乡子 一首

重九，涵辉楼呈徐君猷。

霜降水痕收，浅碧鳞鳞露远洲。酒力渐消风力软，飕飕，破帽多情却恋头。　　佳节若为酬，但把清尊断送秋。万事到头都是梦,休休,明日黄花蝶也愁。

临江仙 一首

夜饮东坡醒复醉,归来仿佛三更。家童鼻息已雷鸣。敲门都不应,倚杖听江声。　　长恨此身非我有,何时忘却营营？夜阑风静縠纹平。小舟从此逝,江海寄余生。

【王案】壬戌九月,雪堂夜饮,醉归临皋作。

【避暑录话卷二】子瞻在黄州,病赤眼,逾月不出,或疑有他疾,过客遂传以为死矣。有语范景仁于许昌者,景仁绝不置疑,即举袂大恸,召子弟,具金帛,遣人赒其家。子弟徐言:"此传闻未审,当先书以问其安否,得实,吊恤之,未晚。"乃走仆以往,子瞻发书大笑。故后量移汝州谢表,有云:"疾病连年,人皆相传为已死。"未几,复与数客饮江上,夜归,江面际天,风露浩然,有当其意,乃作歌辞,所谓"夜阑风静縠纹平,小舟从此逝,江海寄余生"者,与客大歌数过而散。翼日喧传:"子瞻夜作此词,挂冠服江边,挐舟长啸去矣。"郡守徐君猷闻之,惊且惧，以为州失罪人，急命驾往谒，则子瞻鼻鼾如雷，犹未兴也。然此语卒传至京师，虽裕陵亦闻而疑之。

卜算子一首

黄州定慧院寓居作

缺月挂疏桐，漏断人初静。谁见幽人独往来？缥缈孤鸿影。　惊起却回头，有恨无人省。拣尽寒枝不肯栖，寂寞沙洲冷。

【王案】壬戌十二月作。

【能改斋漫录卷十六】东坡先生谪居黄州，作卜算子云云，其属意盖为王氏女子也，读者不能解。张右史文潜继贬黄州，访潘邠老，尝得其详，题诗以志之："空江月明鱼龙眠，月中孤鸿影翩翩。有人清吟立江边，葛巾藜杖眼窥天。夜冷月堕幽虫泣，鸿影翘沙衣露湿。仙人采诗作步虚，玉皇饮之碧琳腴。"

【渔隐丛话前集卷三十九】山谷云：东坡道人在黄州，作卜算子云云，语意高妙，似非吃烟火食人语，非胸中有数万卷书，笔下无一点尘俗气，孰能至此？苕溪渔隐曰："拣尽寒枝不肯栖"之句，或云："鸿雁未尝栖宿树枝，惟在田野苇丛间，此亦语病也。"此词本咏夜景,至换头但只说鸿。正如贺新郎词"乳燕飞华屋",本咏夏景,至换头但只说榴花,盖其文章之妙,语意到处即为之,不可限以绳墨也。

满庭芳一首

有王长官者,弃官黄州三十三年,黄人谓之王先生。因送陈慥来过余,因为赋此。

三十三年,今谁存者?算只君与长江。凛然苍桧,霜干苦难双。闻道司州古县,云溪上、竹坞松窗。江南岸,不因送子,宁肯过吾邦? 摐摐,疏雨过,风林舞破,烟盖云幢。愿持此邀君,一饮空缸。居士先生老矣!真梦里、相对残釭。歌声断,行人未起,船鼓已逢逢。

【王案】癸亥五月,陈慥报荆南庄田,同王长官来作。

【诗集施注】陈季常名慥,少时慕朱家、郭解为人,稍壮,折节读书,晚乃遁于光、黄间。东坡至黄,季常数从之游。

【郑评】健句入词,更奇峰特出,此境匪稼轩所能梦到。不事雕凿,字字苍寒,如空岩霜干,天风吹堕颇黎地上,铿然作碎玉声。

水调歌头 一首

黄州快哉亭,赠张偓佺。

落日绣帘卷,亭下水连空。知君为我,新作窗户湿青红。长记平山堂上,欹枕江南烟雨,渺渺没孤鸿。认得醉翁语:山色有无中。　　一千顷,都镜净,倒碧峰。忽然浪起,掀舞一叶白头翁。堪笑兰台公子,未解庄生天籁,刚道有雌雄。一点浩然气,千里快哉风。

【朱注】王案:"癸亥六月,张梦得营新居于江上,筑亭,公榜曰快哉亭,作水调歌头。"栾城集黄州快哉亭记:"清河张君梦得,谪居齐安,即其庐之西南为亭,以览睹江流之胜,而余兄子瞻名之曰快哉。"王文诰曰:"梦得又字偓佺。"

【郑评】此等句法,使作者稍稍矜才使气,便流入粗豪一派。妙能写景中人,用生出无限情思。

定风波 一首

王定国歌儿曰柔奴,姓宇文氏,眉目娟丽,善应对,家世住京

师。定国南迁归,余问柔:"广南风土,应是不好?"柔对曰:"此心安处,便是吾乡。"因为缀词云:

　　常羡人间琢玉郎,天应乞与点酥娘。自作清歌传皓齿,风起,雪飞炎海变清凉。　　万里归来年愈少,微笑,笑时犹带岭梅香。试问:岭南应不好?却道:此心安处是吾乡。

　　【朱注】诗集施注:"王巩字定国,文正公旦之孙,懿敏公素之子。从东坡学为文。东坡下御史狱,而定国亦坐累,贬宾州监酒税,凡三年,亦几死,而无幽忧愤叹之意。"张宗橚(词林纪事卷五)曰:"柔奴"或作"寓娘"。考柳州志"王巩侍儿柔奴",与词叙同。

鹧鸪天 一首

　　林断山明竹隐墙,乱蝉衰草小池塘。翻空白鸟时时见,照水红蕖细细香。　　村舍外,古城旁,杖藜徐步转斜阳。殷勤昨夜三更雨,又得浮生一日凉。

　　【郑评】渊明诗:"啸傲东轩下,聊复得此生。"此词从陶诗中得来,逾觉清异。较"浮生半日闲"句,自是诗词异调。论者每谓坡公以诗笔入词,岂审音知言者?

浣溪沙 一首

元丰七年十二月二十四日,从泗州刘倩叔游南山。

细雨斜风作小寒,淡烟疏柳媚晴滩,入淮清洛渐漫漫。　雪沫乳花浮午盏,蓼茸蒿笋试春盘,人间有味是清欢。

水调歌头 一首

欧阳文忠公尝问余:"琴诗何者最善?"答以退之听颖师琴诗。公曰:"此诗固奇丽,然非听琴,乃听琵琶诗也。"余深然之。建安章质夫家善琵琶者,乞为歌词。余久不作,特取退之词,稍加檃括,使就声律以遗之云。

昵昵儿女语,镫火夜微明。恩怨尔汝来去,弹指泪和声。忽变轩昂勇士,一鼓填然作气,千里不留行。回首暮云远,飞絮搅青冥。　众禽里,真彩凤,独不鸣。跻攀寸步千险,一落百寻轻。烦子指间风雨,置我肠中冰炭,起坐不能平。推手从归去,无泪与君倾。

【朱注】诗集查注:"橥字质夫,浦城人,仕至资政殿学士,谥庄简。"

【昌黎先生集卷五听颖师弹琴】昵昵儿女语,恩怨相尔汝。划然变轩昂,勇士赴敌场。浮云柳絮无根蒂,天地阔远随飞扬。喧啾百鸟群,忽见孤凤凰。跻攀分寸不可上,失势一落千丈强。嗟余有两耳,未肯听丝簧。自闻颖师弹,起坐在一旁。推手遽止之,湿衣泪滂滂。颖乎尔诚能,无以冰炭置我肠。

【渔隐丛话前集卷十六】西清诗话云:三吴僧义海,以琴名世。六一居士尝问东坡:"琴诗孰优?"东坡答以退之听颖师琴。公曰:"此只是听琵琶耳。"或以问海。海曰:"欧阳公一代英伟,然斯语误矣。'昵昵儿女语,恩怨相尔汝',言轻柔细屑,真情出见也。'划然变轩昂,勇士赴敌场',精神余溢,竦观听也。'浮云柳絮无根蒂,天地阔远随飞扬',纵横变态,浩乎不失自然也。'喧啾百鸟群,忽见孤凤凰',又见颖孤绝,不同流俗下俚声也。'跻攀分寸不可上,失势一落千丈强',起伏抑扬,不主故常也。皆指下丝声妙处,惟琴为然。琵琶格上声,乌能尔耶?退之深得其趣,未易讥评也。"苕溪渔隐曰:东坡尝因章质夫家善琵琶者乞歌词,亦取退之听颖师琴诗,稍加檃括,使就声律,为水调歌头以遗之。其自序云:"欧公谓退之此诗最奇丽,然非听琴,乃听琵琶耳。余深然之。"观此,则二公皆以此诗为听琵琶矣。今西清诗话所载,义海辨证此诗,复曲折能道其趣,为是真听琴诗。世有深于琴者,必能辨之矣。

水龙吟一首

次韵章质夫杨花词

似花还似非花,也无人惜从教坠。抛家傍路,思量却是,无情有思。萦损柔肠,困酣娇眼,欲开还闭。梦随风万里,寻郎去处,又还被,莺呼起。不恨此花飞尽,恨西园、落红难缀。晓来雨过,遗踪何在?一池萍碎。春色三分,二分尘土,一分流水。细看来、不是杨花,点点是离人泪。

【唐宋诸贤绝妙词选卷五】章质夫水龙吟柳花云:"燕忙莺懒花残,正堤上柳花飞坠。轻飞点画青林,谁道(别本作"轻飞乱舞,点画青林。")全无才思。闲趁游丝,静临深院,日长门闭。傍珠帘散漫,垂垂欲下,依前被,风扶起。　兰帐玉人睡觉,怪春衣、雪沾琼缀。绣床渐满,香球无数,才圆却碎。时见蜂儿,仰黏轻粉,鱼吞池水。望章台路杳,金鞍游荡,有盈盈泪。""傍珠帘散漫"数语,形容尽矣。

【宋朱弁曲洧旧闻卷五】章楶质夫作水龙吟咏杨花,其命意用事,清丽可喜。东坡和之,若豪放不入律吕,徐而视之,声韵谐婉,便觉质夫词有织绣工夫。

【艇斋诗话】东坡和章质夫杨花词云:"思量却是,无情有思。"用老杜"落絮游丝亦有情"也。"梦随风万里,寻郎去处,依前被莺呼起。"即唐人诗云:"打起黄莺儿,莫教枝上啼,几回惊妾梦,不得到辽西。""细看来、不是杨花,点点是离人泪。"即唐人诗云:"时人有酒送张八,惟我无酒送张八,君看陌上梅花红,尽是离人眼中血。"皆夺胎换骨手。质夫,建安人。建安有二章,子厚号南章,质夫号北章。子厚(惇),弟也;质夫,兄也。

【宋魏庆之诗人玉屑卷二十】章质夫咏杨花词,东坡和之。晁叔用以为:"东坡如王嫱、西施,净洗却面,与天下妇人斗好,质夫岂可比哉?"是则然矣。余以为质夫词中所谓:"傍珠帘散漫,垂垂欲下,依前被风扶起。"亦可谓曲尽杨花妙处。东坡所和虽高,恐未能及。诗人议论不公如此!

【词源卷下】词中句法,要平妥精粹。一曲之中,安能句句高妙?只要拍搭衬副得去,于好发挥笔力处,极要用工,不可轻易放过,读之使人击节可也。如东坡杨花词云:"似花还似非花,也无人惜从教坠。"又云:"春色三分,二分尘土,一分流水。"此皆平易中有句法。词不宜强和人韵。若倡者之曲韵宽平,庶可赓歌。倘韵险,又为人所先,则必牵强赓和,句意安能融贯?徒费苦思,未见有全章妥溜者。东坡次章质夫杨花水龙吟韵,机锋相摩,起句便合让东坡出一头地,后片愈出愈奇,真是压倒今古!

【乐府指迷】近世作词者,不晓音律,乃故为豪放不羁之语,遂借东坡、稼轩诸贤自诿。诸贤之词,固豪放矣,不放处未尝不协律也。如东坡之哨遍、杨花水龙吟,稼轩之摸鱼儿之类,则知诸贤非不能也。

【艺概卷四】东坡水龙吟,起云:"似花还似非花。"此句可作全词评语,盖不离不即也。

【人间词话卷上】东坡水龙吟咏杨花,和韵而似原唱;章质夫词,原唱而似和韵,才之不可强也如是!

【郑评】煞拍画龙点睛,此亦词中一格。

八声甘州 一首

寄参寥子

有情风万里卷潮来,无情送潮归。问钱塘江上,西兴浦口,几度斜晖?不用思量今古,俯仰昔人非!谁似东坡老,白首忘机? 记取西湖西畔,正春山

八声甘州（有情风万里卷潮来）

好处，空翠烟霏。算诗人相得，如我与君稀。约他年东还海道，愿谢公雅志莫相违。西州路，不应回首，为我沾衣。

【诗集施注】僧道潜，字参寥，於潜人，能文章，尤喜为诗。东坡守钱塘，卜智果精舍居之。坡南迁，当路亦捃其诗语，谓有刺讥，得罪，反初服。

【郑评】突兀雪山，卷地而来，真似钱塘江上看潮时，添得此老胸中数万甲兵，是何气象雄且杰！妙在无一字豪宕，无一语险怪，又出以闲逸感喟之情，所谓骨重神寒，不食人间烟火气者，词境至此，观止矣！云锦成章，天衣无缝，是作从至情流出，不假熨帖之工。

木兰花令一首

次欧公西湖韵

霜余已失长淮阔，空听潺潺清颍咽。佳人犹唱醉翁词，四十三年如电抹。　　草头秋露流珠滑，三五盈盈还二八。与余同是识翁人，惟有西湖波底月！

【王案】辛未(一〇九一)五月,到阙。八月,告下,除龙图阁学士,知颍州军州事。到颍州,游西湖,闻唱木兰花令词,欧阳修所遗也,和韵。

【宋傅幹注坡词卷十一】本事曲集云:汝阴西湖,胜绝名天下,盖自欧阳永叔始。往岁子瞻自禁林出守,赏咏尤多,而去欧阳公时已久,故其继和木兰花,有"四十三年如电抹"之句。二词皆奇峭雅丽,如出一人,此所以中间歌咏,寂寥无闻也。文忠公自号醉翁。

青玉案一首

和贺方回韵,送伯固还吴中。

三年枕上吴中路,遣黄犬,随君去。若到松江呼小渡,莫惊鸳鹭,四桥尽是,老子经行处。
辋川图上看春暮,常记高人右丞句。作个归期天已许。春衫犹是,小蛮针线,曾湿西湖雨。

【诗集施注】苏伯固名坚,博学,能诗。东坡与讲宗盟,自黄移汝,同游庐山,有归朝欢词,以刘梦得比之。坡自翰林守杭,道吴兴。伯固以临濮县主簿,监杭州在城商税,自杭来会。作后六客词,伯固与焉。方经理开西湖,伯固建议,谓当参酌古今而用中策,湖成,其力为多。后一岁,又相从于广陵,有和伯固韵送李学博诗。坡归自海南,伯固在南华相待,有诗。黄鲁直谪死宜州,至大观间,伯固在岭外,护其丧归葬双井。其风义如此!

【蕙风词话卷二】东坡词青玉案用贺方回韵送伯固归吴中,歇拍云:"作个归期天已许。春衫犹是,小蛮针线,曾湿西湖雨。"上三句未为甚艳。"曾湿西湖雨"是清语,非艳语,与上三句相连属,遂成奇艳、绝艳,令人爱不忍释。坡公天仙化人,此等词犹为非其至者,后学已未易模仿其万一。

贺新郎 一首

乳燕飞华屋。悄无人、桐阴转午,晚凉新浴。手弄生绡白团扇,扇手一时似玉。渐困倚、孤眠清熟。帘外谁来推绣户? 枉教人梦断瑶台曲。又却是,风敲竹。　石榴半吐红巾蹙。待浮花浪蕊都尽,伴君幽独。秾艳一枝细看取,芳心千重似束。又恐被、西风惊绿。若待得君来向此,花前对酒未忍触。共粉泪,两簌簌。

【宋赵彦卫云麓漫钞卷四】版行东坡长短句,贺新郎词云:"乳燕飞华屋。"尝见其真迹,乃"栖华屋"。水调歌词,版行者末云"但愿人长久",真迹云"但得人长久"。以此知前辈文章,为后人妄改亦多矣!

【艇斋诗话】东坡贺新郎,在杭州万顷寺作。寺有榴花树,故词中云石榴。又是日有歌者昼寝,故词中云:"渐困倚孤眠清熟。"其真本云:"乳燕栖华屋。"今本作"飞"字,非是。

【元吴师道礼部诗话】东坡贺新郎词"乳燕飞华屋"云云,后段"石榴半吐红巾蹙"以下皆咏榴;卜算子"缺月挂疏桐"云云,"缥缈孤鸿影"以下皆说鸿,别一格也。

【谭评词辨卷二】颇欲与少陵佳人一篇互证。下阕别开异境,南宋惟稼轩有之,变而近正。

浣溪沙一首

送梅庭老赴上党学官

门外东风雪洒裾,山头回首望三吴,不应弹铗为无鱼。　上党从来天下脊,先生元是古之儒,时平不用鲁连书。

〔集评〕 王直方曰:东坡尝以所作小词示无咎、文潜,曰:"何如少游?"二人皆对云:"少游诗似小词,先生小词似诗。"(渔隐丛话前集卷四十二引王直方诗话) 王灼曰:东坡先生以文章余事作诗,溢而作词曲,高处出神入天,平处尚临镜笑春,不顾侪辈。或曰:"长短句中诗也。"为此论者,乃是遭柳永野狐涎之毒。诗与乐府同出,岂当分异? 若从柳氏家法,正自不分异耳。 东坡先生非心醉于音律者,偶尔作歌,指出向上一路,新天下耳目,弄笔者始知自振。今少年妄谓东坡移诗律作长短句,十有八九不学柳耆卿则学曹元宠,虽可笑,亦毋用笑也。(碧鸡漫志卷二) 陆游曰:世言东坡不能歌,故所作乐府,多不协律。晁以道谓:"绍圣初,与东坡别于汴上,东坡酒酣,自歌阳关曲。"则公非不能歌,但豪放,不喜剪裁以就声律耳。试取东坡诸词歌之,曲终,觉天风海雨逼人。(历代诗余卷一百十五引) 胡寅曰:词曲者,古乐府之末造也。文章豪放之士,鲜不寄意于此者,随亦自扫其迹,曰谑浪游戏而已也。唐人为之最工者。柳耆卿后出,掩众制而尽其妙,好之者以为不可复加。及眉山苏氏,一洗绮罗香泽之态,摆脱绸缪宛转之度,使人登高望远,举首高歌,而逸怀浩气,超然乎尘垢之外,于是花间为皂隶,而柳氏为舆台矣。(汲古阁本向子諲酒边词序) 王若虚曰:晁无咎云:"眉山公之词短于情,盖不更此境耳。"陈后山曰:"宋玉不识巫山神女而能赋之,岂待更而后知?"是直以公为不及于情也。呜呼! 风韵如东坡,而谓不及于情,可乎? 彼高人逸士,正当如是。其溢为小词,而闲及于脂粉之间,所谓滑稽玩戏,聊复尔尔者也。若乃纤艳淫媟,入人骨髓,如田中行、柳耆卿辈,岂公之雅趣也哉？　公雄文大手,乐府乃其游戏,顾岂与流俗争胜哉？盖其天资不凡,辞气迈往,故落笔皆绝尘耳。(潭南诗话)　元好问曰：唐歌词多宫体,又皆极力为之。自东坡一出,情性之外,不知有文字,真有"一洗万古凡马空"气象。虽时作宫体,亦岂可以宫体概之？人有言,乐府本不难作,从东坡放笔后便难作。此殆以工拙论,非知坡者。所以然者,诗三百所载小夫贱妇幽忧无聊赖之语,时猝为外物感触,满心而发,肆口而成者尔。其初果欲被管弦,谐金石,经圣人手,以与六经并传乎？小夫贱妇且然,而谓东坡翰墨游戏,乃求与前人角胜负,误矣。自今观之,东坡圣处,非有意于文字之为工,不得不然之为工也。坡以来,山谷、晁无咎、陈去非、辛幼安诸公,俱以歌词取称,吟咏情性,留连光景,清壮顿挫,能起人妙思。亦有语意拙直,不自缘饰,因病成妍者,皆自坡发之。(遗山文集卷三十六新轩乐府引)　王士祯曰：山谷云："东坡书挟海上风涛之气。"读坡词,当作如是观,琐琐与柳七较锱铢,无乃为髯公所笑？(花草蒙拾)　周济曰：人赏东坡粗豪,吾赏东坡韶秀。韶秀是东坡佳处,粗豪则病也。东坡每事俱不十分用力,古文、书、画皆尔,词亦尔。(介存斋论词杂著)　刘熙载曰：东坡词颇似老杜诗,以其无意不可入,无事不可言也。若其豪放之致,则时与太白为近。　太白忆秦娥,声情悲壮。晚唐、五代,惟趋婉丽。至东坡始能复古。后世论词者,或转以东坡为变调,不知晚唐、五代乃变调也。　东坡定风波云："尚余孤瘦雪霜姿。"荷华媚云："天然地,别是风流标格。""雪霜姿""风流标格",学坡词者,便可从此领取。　东坡词具神仙出世之姿,方外白玉蟾诸家,惜未诣此。(艺概卷四)　王鹏运曰:北宋人词,如潘逍遥之超逸,宋子京之华贵,欧阳文忠之骚雅,柳屯田之广博,晏小山之疏俊,秦太虚之婉约,张子野之流丽,黄文节之隽上,贺方回之醇肆,皆可模拟得其仿佛。唯苏文忠之清雄,夐乎轶尘绝迹,令人无从步趋。盖霄壤相悬,宁止才华而已?其性情,其学问,其襟抱,举非恒流所能梦见。词家苏辛并称,其实辛犹人境也,苏其殆仙乎!(半塘遗稿)　沈曾植曰:"东坡以诗为词,如雷大使之舞,虽极天下之工,要非本色。"此后山谈丛语也。然考蔡絛铁围山丛谈,称:"上皇在位,时属升平。手艺之人有称者,棋则有刘仲甫、晋士明,琴则有僧梵如、僧全雅,教坊琵琶则有刘继安,舞有雷中庆,世皆呼之为雷大使,笛则孟水清。此数人者,视前代之技皆过之。"然则雷大使乃教坊绝技,谓非本色,将外方乐乃为本色乎?(菌阁琐谈)　夏敬观曰:东坡词如春花散空,不着迹象,使柳枝歌之,正如天风海涛之曲,中多幽咽怨断之音,此其上乘也。若夫激昂排宕、不可一世之概,陈无己所谓:"如教坊雷大使之舞,虽极天下之工,要非本色。"乃其第二乘也。后之学苏者,惟能知第二乘,未有能达上乘者,即稼轩亦然。　东坡永遇乐词云:"纨如三鼓,铿然一叶,黯黯梦云惊断。夜茫茫,重寻无处,觉来小园行遍。"此数语,可作东坡自道圣处。(映庵手批东坡词)

黄庭坚

十四首　录自宋刊本山谷琴趣外篇者八首,录自汲古阁宋六十家词本山谷词者六首。

〔传记〕　黄庭坚(一〇四五——一一〇五)字鲁直,洪州分宁人。举进士,调叶县尉。熙宁初,教授北京国子监。苏轼尝见其诗文,以为"超轶绝尘,独立万物之表,世久无此作",由是声名始震。知太和县。哲宗立,召为校书郎,累擢起居舍人、国史编修官。绍圣初,出知宣州,改鄂州。旋贬涪州别驾,移戎州。庭坚泊然不以迁谪介意,蜀士慕从之游,讲学不倦。徽宗即位,起监鄂州税,知舒州,以吏部员外郎召,皆辞不行。丐郡,得知太平州。至之九日,罢,主管玉龙观。复除名,编管宜州。三年,徙永州,未闻命而卒,年六十一。庭坚与张耒、晁补之、秦观俱游苏轼门,天下称为四学士,而庭坚于文章尤长于诗,蜀、江西君子以庭坚配轼,故称"苏黄"。轼为侍从时,举庭坚自代,其词有"瓌伟之文,妙绝当世;孝友之行,追配古人"之语,其重之也如此!初游灊皖山谷寺石牛洞,乐其林泉之胜,因自号山谷道人云。(节录宋史卷四百四十四文苑传)庭坚词行世者,有毛氏汲古阁宋六十家词本山谷词、朱氏彊村丛书本山谷琴趣外篇。商务印书馆四部丛刊影宋本山谷琴趣外篇,为彊村本所从出。

念奴娇一首

八月十七日,同诸甥待月。有客孙彦立者,善吹笛,有名酒酌之。

断虹霁雨,净秋空、山染修眉新绿。桂影扶疏,谁便道、今夕清辉不足？万里青天,姮娥何处？驾此一轮玉。寒光零乱,为谁偏照醽渌？　　年少从我追游,晚凉幽径,绕张园森木。共倒金荷,家万里、难得尊前相属。老子平生,江南江北,最爱临风曲。孙郎微笑,坐来声喷霜竹。

【汲古阁本山谷词】题作"八月十八日,同诸生步自永安城楼,过张宽夫园,待月。偶有名酒,因以金荷酌众客。客有孙彦立,善吹笛。援笔作乐府长短句,文不加点"。"姮娥"作"常娥","从我追游"作"随我追凉","晚凉"作"晚寻","共倒"作"醉倒","临风曲"作"临风笛"。

【宋陆游老学庵笔记卷二】鲁直在戎州,作乐府曰:"老子平生,江南江北,最爱临风笛。孙郎微笑,坐来声喷霜竹。"予在蜀,见其稿。今俗本改"笛"为"曲"以协韵,非也。然亦疑笛字太不入韵。及居蜀久,习其语音,乃知泸、戎间谓"笛"为"独",故鲁直得借用,亦因以戏之耳。

【渔隐丛话后集卷三十一】山谷云:八月十七日,与诸生步自永安城,入张宽夫园,待月。以金荷叶酌客。客有孙叔敏,善长笛,连作数曲。诸生曰:"今日之会乐矣,不可以无述。"因作此曲记之,文不加点,或以为可继东坡赤壁之歌云。

水调歌头一首

瑶草一何碧? 春入武陵溪。溪上桃花无数,花上有黄鹂。我欲穿花寻路,直入白云深处,浩气展虹霓。只恐花深里,红露湿人衣。 坐玉石,敧玉枕,拂金徽。谪仙何处? 无人伴我白螺杯。我为灵芝仙草,不为朱唇丹脸,长啸亦何为? 醉舞下山去,明月逐人归。

【汲古本】"花上"作"枝上","红露"作"红雾","敧"作"倚","朱唇"作"绛唇"。

满庭芳一首

茶

北苑春风,方圭圆璧,万里名动京关。碎身粉骨,功合上凌烟。樽俎风流战胜,降春睡、开拓愁边。纤纤捧,研膏溅乳,金缕鹧鸪斑。　　相如虽病渴,一觞一咏,宾有群贤。为扶起灯前,醉玉颓山。搜搅胸中万卷,还倾动、三峡词源。归来晚,文君未寝,相对小窗前。

醉蓬莱 一首

对朝云叆叇,暮雨霏微,乱峰相倚。巫峡高唐,锁楚宫朱翠。画戟移春,靓妆迎马,向一川都会。万里投荒,一身吊影,成何欢意!　　尽道黔南,去天尺五;望极神州,万重烟水。樽酒公堂,有中朝佳士。荔颊红深,麝脐香满,醉舞裀歌袂。杜宇声声,催人到晓,不如归是。

【汲古本】"乱峰"作"翠峰","朱翠"作"佳丽","杜宇"二句作"杜宇催人,声声到晓"。

定风波一首

万里黔中一漏天,屋居终日似乘船。及至重阳天也霁,催醉,鬼门关外蜀江前。　莫笑老翁犹气岸,君看,几人黄菊上华颠?戏马台南追两谢,驰射,风流犹拍古人肩。

【汲古本】题作"次高左藏使君韵","关外"作"关近","黄菊"作"白发","台南"作"台前","风流"作"风情"。

【东坡诗集王注】戏马台在徐州彭城县,项羽所筑。宋武建第舍,重九日,引宾客登台赋诗。

清平乐一首

春归何处?寂寞无行路。若有人知春去处,唤取归来同住。　春无踪迹谁知?除非问取黄鹂。百啭无人能解,因风飞过蔷薇。

【汲古本】"飞过"作"吹过"。

【渔隐丛话后集卷三十九】复斋漫录云:王逐客送鲍浩然

之浙东长短句:"水是眼波横,山是眉峰聚。欲问行人去那边?眉眼盈盈处。　才始送春归,又送君归去。若到江南赶上春,千万和春住!"韩子苍在海陵送葛亚卿,用其意以为诗,断章云:"明日一杯愁送春,后日一杯愁送君。君应万里随春去,若到桃源记归路。"苕溪渔隐曰:山谷词云:"春归何处!寂寞无行路。若有人知春去处,唤取归来同住。"王逐客云:"若到江南赶上春,千万和春住。"体山谷语也。

鹧鸪天—首

黄菊枝头生晓寒,人生莫放酒杯干。风前横笛斜吹雨,醉里簪花倒着冠。　身健在,且加餐,舞裙歌板尽清欢。黄花白发相牵挽,付与时人冷眼看。

【汲古本】题作"坐中有眉山隐客史应之,和前韵,即席答之"。"清欢"作"情欢","时人"作"傍人"。

【清沈谦东江集钞】东坡"破帽多情却恋头",翻龙山事,特新。山谷"风前横笛斜吹雨,醉里簪花倒着冠",尤用得幻。

谒金门 一首

戏赠知命

山又水,行尽吴头楚尾。兄弟灯前家万里,相看如梦寐。　　君似成蹊桃李,入我草堂松桂。草厌岁寒无气味,余生今已矣!

【汲古本】题作"示知命弟","今"作"吾"。

满庭芳 一首

（以下不见琴趣外篇,从汲古阁本补录。）

修水浓青,新条淡绿,翠光交映虚亭。锦鸳霜鹭,荷径拾幽蘋。香渡栏干屈曲,红妆映、薄绮疏櫺。风清夜,横塘月满,水净见移星。　　堪听,微雨过,婴姗藻荇,琐碎浮萍。便移转胡床,湘簟方屏。练霭鳞云旋满,声不断、檐响风铃。重开宴,瑶池雪满,山露佛头青。

【夏敬观评山谷词】方之少游,灵动不足,严整有余。

千秋岁 一首

少游得谪,尝梦中作词云:"醉卧古藤阴下,了不知南北。"竟以元符庚辰死于藤州光华亭上。崇宁甲申,庭坚窜宜州,道过衡阳,览其遗墨,始追和其千秋岁词。

苑边花外,记得同朝退。飞骑轧,鸣珂碎。齐歌云绕扇,赵舞风回带。严鼓断,杯盘狼籍犹相对。

洒泪谁能会?醉卧藤阴盖。人已去,词空在。兔园高宴悄,虎观英游改。重感慨,波涛万顷珠沉海。

【渔隐丛话后集卷三十三】复斋漫录云:少游为千秋岁,世尤称之。秦既殁藤州,晁无咎尝和其韵以吊之云:"江头苑外,常记春朝退。飞骑轧,鸣珂碎。齐讴云绕扇,赵舞风回带。严鼓断,杯盘藉草犹相对。　　洒涕谁能会?醉卧藤阴盖。人已去,词空在。兔园高宴悄,虎观英游改。重感慨,惊涛自卷珠沉海。"中云"醉卧藤阴盖"者,少游临终作词,所谓"醉卧古藤阴下,了不知南北",故无咎用之。山谷守当涂日,郭功甫寓焉,日过山谷论文。一日,山谷云:"少游千秋岁词,叹其句意之善,欲和之而海字难押。"功甫连举数海字,若孔北海之类。山谷颇厌,未有以却之。次日,功甫又过山谷,问焉。山谷答曰:"昨晚偶寻得一海字韵。"功甫问其所以。山谷云:"羞杀人也爷娘海。"自是功甫不复论文于山谷矣。盖山谷用俚语以却之。

【词林纪事卷六】楠按:复斋漫录,此阕作晁无咎。汲古阁山谷词、琴趣外篇(晁补之作)并收,当以山谷词序为正。

虞美人—首

宜州见梅作

天涯也有江南信,梅破知春近。夜阑风细得香迟,不道晓来开遍向南枝。　玉台弄粉花应妒,飘到眉心住。平生个里愿杯深,去国十年老尽少年心。

南乡子—首

重阳日,宜州城楼宴集,即席作。

诸将说封侯,短笛长歌独倚楼。万事尽随风雨去，休休，戏马台南金络头。　　催酒莫迟留，酒味今秋似去秋。花向老人头上笑，羞羞，白发簪花不解愁。

【宋王瞱道山清话】山谷之在宜也，其年乙酉，即崇宁四年也。重九日，登郡城之楼，听边人相语"今岁当鏖战取封侯"，因作小词云："诸将说封侯"云云（"歌"作"吹"，"尽随"作"总成"，"味"作"似"，"似"作"胜"，结句作"人不羞花花自羞"），倚栏高歌，若不能堪者。是月三十日，果不起。范寥自言亲见之。

望江东 一首

江水西头隔烟树，望不见江东路。思量只有梦来去，更不怕江阑住。　　灯前写了书无数，算没个人传与。直饶寻得雁分付，又还是秋将暮。

诉衷情 一首

小桃灼灼柳鬖鬖，春色满江南。雨晴风暖烟淡，

219

天气正醺酣。　　山泼黛,水挼蓝,翠相搀。歌楼酒旆,故故招人,权典青衫。

〔**集评**〕　陈师道曰:今代词手,惟秦七、黄九耳,唐诸人不逮也。(渔隐丛话后集卷三十三)　刘熙载曰:黄山谷词,用意深至,自非小才所能办。惟故以生字、俚语侮弄世俗,若为金、元曲家滥觞。(艺概卷四)　冯煦曰:后山以秦七、黄九并称,其实黄非秦匹也。若以比柳,差为得之。盖其得也,则柳词明媚,黄词疏宕,而亵诨之作,所失亦均。(宋六十一家词选例言)　夏敬观曰:后山称:"今代词手,惟秦七、黄九。"少游清丽,山谷重拙,自是一时敌手。至用谚语作俳体,时移世易,语言变迁,后之阅者渐不能明,此亦自然之势。试检扬子云绝代语,有能一一释其义者乎?以市井语入词,始于柳耆卿;少游、山谷各有数篇,山谷特甚之又甚,至不可句读,若此类者,学者可不必步趋耳。曩疑山谷词太生硬,今细读,悟其不然。"超轶绝尘,独立万物之表;驭风骑气,以与造物者游",东坡誉山谷之语也。吾于其词亦云。(手批山谷词)

秦 观

十九首　录自彊村丛书本淮海居士长短句

〔传记〕　秦观(一〇四九——一一〇〇)字少游,一字太虚,扬州高邮人。少豪隽,慷慨溢于文词。举进士,不中。强志盛气,好大而见奇,读兵家书,与己意合。见苏轼于徐,为赋黄楼,轼以为有屈、宋才。又介其诗于王安石,安石亦谓清新似鲍、谢。轼勉以应举为亲养,始登第,调定海主簿、蔡州教授。元祐初,轼荐于朝,除太学博士,兼国史院编修官。绍圣初,坐党籍,出通判杭州,贬监处州酒税。削秩,徙郴州,继编管横州,又徙雷州。徽宗立,复宣德郎,放还,至藤州,出游华光亭,为客道梦中长短句,索水欲饮,水至,笑视之而卒。先自作挽词,其语哀甚,读者悲伤之。年五十三。观长于议论,文丽而思深。及死,轼闻之,叹曰:"少游不幸死道路,哀哉!世岂复有斯人乎?"(节录宋史卷四百四十四文苑传)秦词有毛氏汲古阁宋六十家词本淮海词、朱氏彊村丛书本淮海居士长短句。近人叶恭绰复取宋刊本二种,影印行世,最称善本。

望海潮 一首

梅英疏淡,冰澌溶泄,东风暗换年华。金谷俊游,铜驼巷陌,新晴细履平沙。长记误随车。正絮翻蝶舞,芳思交加。柳下桃蹊,乱分春色到人家。西园夜饮鸣笳。有华灯碍月,飞盖妨花。兰苑未空,行人渐老,重来是事堪嗟!烟暝酒旗斜。但倚楼极目,时见栖鸦。无奈归心,暗随流水到天涯。

【汲古阁本淮海词】题作"洛阳怀古"。

【宋四家词选】两两相形,以整见劲,以两"到"字作眼,点出"换"字精神。

【谭评词辨卷一】"长记误随车"句顿宕,"柳下桃溪"二句旋断仍连,后遍陈、隋小赋缩本,填词家不以唐人为止境也。

水龙吟 一首

小楼连远横空,下窥绣毂雕鞍骤。朱帘半卷,单衣初试,清明时候。破暖轻风,弄晴微雨,欲无还有。卖花声过尽,斜阳院落,红成阵,飞鸳甃。

玉佩丁东别后,怅佳期、参差难又。名缰利锁,天还知道,和天也瘦。花下重门,柳边深巷,不堪回首。

水龙吟（小楼连远横空）

念多情、但有当时皓月,向人依旧。

【艇斋诗话】少游词"小楼连苑横空",为都下一妓姓楼,名琬,字东玉。词中欲藏"楼琬"二字。然少游亦自用出处,张籍诗云:"妾家高楼连苑起。"

八六子一首

倚危亭,恨如芳草,凄凄刬尽还生。念:柳外青骢别后,水边红袂分时,怆然暗惊。　无端天与娉婷,夜月一帘幽梦,春风十里柔情。怎奈向、欢娱渐随流水,素弦声断,翠绡香减,那堪片片飞花弄晚,濛濛残雨笼晴。正销凝,黄鹂又啼数声。

【宋洪迈容斋四笔卷十三】秦少游八六子词云:"片片飞花弄晚,濛濛残雨笼晴。正销凝,黄鹂又啼数声。"语句清峭,为名流推激。予家旧有建本兰畹曲集,载杜牧之一词,但记其末句云:"正销魂,梧桐又移翠阴。"秦公盖效之,似差不及也。

【尊前集】杜牧八六子:"洞房深,画屏灯照,山色凝翠沉沉。听夜雨冷滴芭蕉,惊断红窗好梦,龙烟细飘绣衾。辞恩久归长信,凤帐萧疏,椒殿闲扃。 辇路苔侵,绣帘垂,迟迟漏传丹禁。舜华偷悴,翠鬟羞整,愁坐望处,金舆渐远,何时彩仗重临?正消魂,梧桐又移翠阴。"

【词源卷下】离情当如此作,全在情景交炼,得言外意。

【宋四家词选】发端神来之笔。

满庭芳 三首

山抹微云,天连衰草,画角声断谯门。暂停征棹,聊共引离尊。多少蓬莱旧事,空回首、烟霭纷纷。斜阳外,寒鸦万点,流水绕孤村。　销魂!当此际,香囊暗解,罗带轻分。谩赢得青楼,薄幸名存。此去何时见也?襟袖上、空惹啼痕。伤情处,高城望断,灯火已黄昏。

【汲古本】"天连"作"天粘","万点"作"数点","空惹"作"空染"。附注:"天粘衰草",今本改"粘"作"连",非也。韩文:"洞庭漫汗,粘天无壁。"张祜诗:"草色粘天鹎鸠恨。"山谷诗:"远水粘天吞钓舟。"邵博诗:"平浪势粘天。"赵文昇词:"玉关芳草粘天碧。"严次山词:"粘云红影伤千古。"叶梦得词:"浪粘天、蒲桃涨绿。"刘行简词:"山翠欲粘天。"刘叔安词:"暮烟细草粘天远。""粘"字极工,且有出处。若作"连天",是小儿之语也。

【避暑录话卷三】秦观少游亦善为乐府,语工而入律,知乐者谓之作家歌。元丰间,盛行于淮、楚。"寒鸦千万点,流水绕孤村",本隋炀帝诗也。少游取以为满庭芳词,而首言"山抹微云,天粘衰草",尤为当时所传。苏子瞻于四学士中最善少游,故他文未尝不极口称善,岂特乐府。然犹以气格为病,故常戏云:"山抹微云秦学士,露花倒影柳屯田。""露花倒影",柳永破阵子语也。

【铁围山丛谈卷四】范内翰祖禹,作唐鉴,名重天下,坐党锢事久之。其幼子温,字元实,与吾善。温尝预贵人家会,贵人有侍儿,善歌秦少游长短句,坐间略不顾温,温亦谨不敢吐一语。及酒酣欢洽,侍儿者始问:"此郎何人耶?"温遽起,叉手而对曰:"某乃'山抹微云'女婿也。"闻者多绝倒。

【高斋诗话】少游自会稽入都,见东坡。东坡曰:"不意别后,公却学柳七作词!"少游曰:"某虽无学,亦不如是。"东坡曰:"'销魂当此际',非柳七语乎?"

【宋四家词选】将身世之感,打并入艳情,又是一法。

【谭评词辨卷一】淮海在北宋,如唐之刘文房。下阕不假雕琢,水到渠成,非平钝所能藉口。

红蓼花繁,黄芦叶乱,夜深玉露初零。霁天空阔,云淡楚江清。独棹孤篷小艇,悠悠过、烟渚沙汀。金钩细,丝纶慢卷,牵动一潭星。　　时时横短笛,清风皓月,相与忘形。任人笑生涯,泛梗飘萍。饮罢不妨醉卧,尘劳事、有耳谁听?江风静,日高未起,枕上酒微醒。

碧水惊秋,黄云凝暮,败叶零乱空阶。洞房人静,斜月照徘徊。又是重阳近也,几处处、砧杵声催。西窗下,风摇翠竹,疑是故人来。　　伤怀,增怅望,新欢易失,往事难猜。问篱边黄菊,知为谁开?谩道愁须殢酒,酒未醒、愁已先回。凭阑久,金波渐转,白露点苍苔。

江城子一首

西城杨柳弄春柔。动离忧,泪难收。犹记多情曾为系归舟。碧野朱桥当日事,人不见,水空流。韶华不为少年留。恨悠悠,几时休?飞絮落花时候一登楼。便做春江都是泪,流不尽,许多愁。

鹊桥仙 一首

纤云弄巧,飞星传恨,银汉迢迢暗度。金风玉露一相逢,便胜却人间无数。　　柔情似水,佳期如梦,忍顾鹊桥归路。两情若是久长时,又岂在朝朝暮暮?

减字木兰花 一首

天涯旧恨,独自凄凉人不问。欲见回肠,断尽金炉小篆香。　　黛蛾长敛,任是春风吹不展。困倚危楼,过尽飞鸿字字愁。

画堂春 一首

落红铺径水平池,弄晴小雨霏霏。杏园憔悴杜鹃啼,无奈春归!　　柳外画楼独上,凭阑独拈花枝。

放花无语对斜晖,此恨谁知?

千秋岁 一首

水边沙外,城郭春寒退。花影乱,莺声碎。飘零疏酒盏,离别宽衣带。人不见,碧云暮合空相对。

忆昔西池会,鹓鹭同飞盖。携手处,今谁在?日边清梦断,镜里朱颜改。春去也!飞红万点愁如海。

【汲古本】题作"谪虔州日作"。

【艇斋诗话】少游"水边沙外,城郭春寒退"词,为张芸叟作。有简与芸叟云:"古者以代劳歌,此真所谓劳歌。"秦少游词云:"春去也,落红万点愁如海。"今人多能歌此词。方少游作此词时,传至予家丞相(曾布),丞相曰:"秦七必不久于世,岂有愁如海而可存乎?"已而少游果下世。少游第七,故云秦七。

【独醒杂志卷五】少游谪古藤,意忽忽不乐。过衡阳,孙毅甫为守,与之厚,延留,待遇有加。一日,饮于郡斋,少游作千秋岁词。毅甫览至"镜里朱颜改"之句,遽惊曰:"少游盛年,何为言语悲怆如此!"遂赓其韵以解之。居数日,别去。毅甫送之于郊,复相语终日,归谓所亲曰:"秦少游气貌大不类平时,殆不久于世矣!"未几果卒。

踏莎行一首

雾失楼台,月迷津渡,桃源望断无寻处。可堪孤馆闭春寒,杜鹃声里斜阳暮。　　驿寄梅花,鱼传尺素,砌成此恨无重数。郴江幸自绕郴山,为谁流下潇湘去?

【汲古本】题作"郴州旅舍"。词后附注:坡翁绝爱此词尾两句,自书于扇云:"少游已矣!虽万人何赎!"

【渔隐丛话前集卷五十】诗眼云:后诵淮海小词云:"杜鹃声里斜阳暮。"公(山谷)曰:"此词高绝。但既云'斜阳',又云'暮',则重出也。"欲改"斜阳"作"帘栊"。余曰:"既言'孤馆闭春寒',似无帘栊。"公曰:"亭传虽未必有帘栊,有亦无害。"余曰:"此词本模写牢落之状,若曰帘栊,恐损初意。"先生曰:"极难得好字,当徐思之。"然余因此晓句法不当重叠。

【人间词话卷上】有有我之境,有无我之境。"泪眼问花花不语,乱红飞过秋千去""可堪孤馆闭春寒,杜鹃声里斜阳暮",

踏莎行（雾失楼台）

有我之境也。"采菊东篱下,悠然见南山""寒波澹澹起,白鸟悠悠下",无我之境也。有我之境,以我观物,故物皆著我之色彩;无我之境,以物观物,故不知何者为我,何者为物。 少游词境,最为凄惋,至"可堪孤馆闭春寒,杜鹃声里斜阳暮",则变而凄厉矣。东坡赏其后二语,犹为皮相。 "风雨如晦,鸡鸣不已""山峻高以蔽日兮,下幽晦以多雨。霰雪纷其无垠兮,云霏霏而承宇""树树皆秋色,山山尽落晖""可堪孤馆闭春寒,杜鹃声里斜阳暮",气象皆相似。

浣溪沙 一首

漠漠轻寒上小楼,晓阴无赖是穷秋,淡烟流水画屏幽。 自在飞花轻似梦,无边丝雨细如愁,宝帘闲挂小银钩。

如梦令 二首

门外鸦啼杨柳,春色着人如酒。睡起爇沉香,玉腕不胜金斗。消瘦！消瘦！还是褪花时候。

遥夜沉沉如水，风紧驿亭深闭。梦破鼠窥灯，霜送晓寒侵被。无寐！无寐！门外马嘶人起。

【汲古本】调作"忆仙姿"。

阮郎归 一首

湘天风雨破寒初，深沉庭院虚。丽谯吹罢小单于，迢迢清夜徂。　　乡梦断，旅魂孤，峥嵘岁又除。衡阳犹有雁传书，郴阳和雁无！

满庭芳 一首

晓色云开，春随人意，骤雨才过还晴。古台芳榭，飞燕蹴红英。舞困榆钱自落，秋千外、绿水桥平。东风里，朱门映柳，低按小秦筝。　　多情，行乐处，珠钿翠盖，玉辔红缨。渐酒空金榼，花困蓬瀛。豆蔻梢头旧恨,十年梦、屈指堪惊。凭阑久,疏烟淡日,寂寞下芜城。

【汲古本】调下有"向误王观"四字,"晓色"作"晚色","才过"作"方过","古台芳榭"作"高台芳树"。

【宋四家词选】"秋千"句一笔挽转。

点绛唇—首

醉漾轻舟,信流引到花深处。尘缘相误,无计花间住。　烟水茫茫,千里斜阳暮。山无数,乱红如雨,不记来时路。

【汲古本】题作"桃源"。附注:"或刻苏子瞻。"

好事近—首

梦中作

春路雨添花,花动一山春色。行到小溪深处,有黄鹂千百。　　飞云当面化龙蛇,夭矫转空碧。醉卧古藤阴下,了不知南北。

【东坡跋】供奉官莫君沨官湖南,喜从迁客游,尤为吕元钧所称。又能诵少游事甚详,为予诵此词至流涕,乃录本,使藏之。

【鲁直跋少游好事近】少游醉卧古藤下,谁与愁眉唱一杯?解作江南断肠句,只今惟有贺方回。

〔集评〕　王灼曰:张子野、秦少游,俊逸精妙。少游屡困京洛,故疏荡之风不除。(碧鸡漫志卷二)　张炎曰:秦少游词,体制淡雅,气骨不衰,清丽中不断意脉,咀嚼无滓,久而知味。(词源卷下)　董士锡曰:少游正以平易近人,故用力者终不能到。(介存斋论词杂著引)　周济曰:少游最和婉醇正,稍逊清真者辣耳。少游意在含蓄,如花初胎,故少重笔。(宋四家词选序论)　刘熙载曰:少游词有小晏之妍,其幽趣则过之。　秦少游词,得花间、尊前遗韵,却能自出清新。东坡词雄姿逸气,高轶古人,且称少游为词手。山谷倾倒于少游千秋岁词"落红万点愁如海"之句,至不敢和。要其他词之妙,似此者岂少哉?(艺概卷四)　冯煦曰:少游以绝尘之才,早与胜流,不可一世,而一谪南荒,遽丧灵宝。故所为词,寄慨身世,闲雅有情思,酒边花下,一往而深,而怨悱不乱,悄乎得小雅之遗,后主而后,一人而已。昔张天如论相如之赋云:"他人之赋,赋才也;长卿,赋心也。"予于少游之词亦云：他人之词，词才也；少游，词心也；得之于内，不可以传。虽子瞻之明俊，耆卿之幽秀，犹若有瞠乎后者，况其下耶？（宋六十一家词选例言） 况周颐曰：有宋熙、丰间，词学称极盛。苏长公提倡风雅，为一代斗山。黄山谷、秦少游、晁无咎，皆长公之客也。山谷、无咎皆工倚声，体格于长公为近。惟少游自辟蹊径，卓然名家。盖其天分高，故能抽秘骋妍于寻常孺染之外，而其所以契合长公者独深。张文潜赠李德载诗，有云："秦文倩丽舒桃李。"彼所谓文，固指一切文字而言。若以其词论，直是初日芙蓉，晓风杨柳。倩丽之桃李，容犹当之有愧色焉。王晦叔碧鸡漫志云："黄、晁二家词，皆学坡公，得其七八。"而于少游独称其"俊逸精妙"，与张子野并论，不言其学坡公，可谓知少游者矣。（蕙风词话卷二） 夏敬观曰：少游词清丽婉约，辞情相称，诵之回肠荡气，自是词中上品。比之山谷，诗不及远甚，词则过之。盖山谷是东坡一派，少游则纯乎词人之词也。东坡尝讥少游："不意别后，公却学柳七！"少游学柳，岂用讳言？稍加以坡，便成为少游之词。学者细玩，当不易吾言也。（映庵手校淮海词跋）

张 耒

二首　录自赵万里校辑宋金元人词本柯山诗余

〔**传记**〕　张耒（一〇五二——一一一二）字文潜，楚州淮阴人。游学于陈，学官苏辙爱之，因得从轼游，轼称其文汪洋冲澹，有一倡三叹之声。弱冠第进士，历临淮主簿、寿安尉、咸平县丞，入为太学录。范纯仁以馆阁荐，试秘书省正字，累擢起居舍人。绍圣初，以直龙图阁知润州。坐党籍，徙宣州，谪监黄州酒税。徽宗立，起为通判黄州，知兖州。召为太常少卿，复出知颍州、汝州。崇宁初，复坐党籍落职，贬房州别驾，安置于黄。五年，得自便居陈州。耒仪观甚伟，有雄才，笔力绝健，于骚词尤长。二苏及黄庭坚、晁补之辈相继没，耒独存，士人就学者众，分日载酒殽饮食之。卒年六十一。（节录宋史卷四百四十四文苑传）耒在苏门四学士中，作词最少。近人赵万里于诸家选本及宋人笔记中辑得六首，题曰柯山诗余，刊入校辑宋金元人词中。

秋蕊香 一首

帘幕疏疏风透，一线香飘金兽。朱栏倚遍黄昏后，廊上月华如昼。　　别离滋味浓于酒，著人瘦。

此情不及墙东柳,春色年年如旧。

风流子一首

木叶亭皋下,重阳近,又是捣衣秋。奈愁入庾肠,老侵潘鬓,谩簪黄菊,花也应羞。楚天晚,白蘋烟尽处,红蓼水边头。芳草有情,夕阳无语,雁横南浦,人倚西楼。　玉容知安否?香笺共锦字,两处悠悠。空恨碧云离合,青鸟沉浮。向风前懊恼,芳心一点,寸眉两叶,禁甚闲愁?情到不堪言处,分付东流。

【历代诗余卷一百十五引尧山堂外纪】张文潜十七岁作函关赋,从东坡游。元祐中,在秘阁,上巳日集西池,张咏云:"翠浪有声黄伞动,春风无力彩旌垂。"少游云:"帘幕千家锦绣垂。"同人笑曰:"又将入小石调也。"因文潜作大石调风流子,故云。

【餐樱庑词话】张文潜风流子:"芳草有情,夕阳无语,雁横南浦,人倚西楼。"景语亦复寻常,惟用在过拍,即此顿住,便觉老当浑成。换头"玉容知安否",融景入情,力量甚大。此等句有力量,非深于词,不能知也。"香笺"至"沉浮",微嫌近滑,幸风前四句,深婉入情,为之补救,而"芳心""翠眉",又稍稍刷色。下云"情到不堪言处,分付东流",盖至是不能不用质语为结束矣。虽古人用心,未必如我所云,要不失为知人之言也。"香笺共锦字,两地悠悠",吾人填词,断不堪如此率意,势必绾两句为一句,下句更添一意,由情中、景中生出皆可,情景兼到,又尽善矣。虽然突过前人不易,或反不逮前人,视平昔之功力、临时之杼轴何如耳。

贺 铸

二十九首　录自彊村丛书本东山词及贺方回词

〔传记〕　贺铸(一○五二——一一二五)字方回,卫州人。(案:庆湖遗老诗集自序录"越人",彊村丛书本东山词题作"山阴贺铸"。)长七尺,面铁色,眉目耸拔。喜谈当世事,可否不少假借。虽贵要权倾一时,少不中意,极口诋之无遗辞。人以为近侠。博学强记,工语言,深婉丽密,如次组绣。尤长于度曲,掇拾人所弃遗,少加檃括,皆为新奇。尝言:"吾笔端驱使李商隐、温庭筠,常奔命不暇。"初娶宗女,隶籍右,选监太原工作。时江淮间有米芾,以魁岸奇谲知名。铸以气侠雄爽,适相先后。二人每相遇,瞋目抵掌,论辩锋起,终日各不能屈,谈者争传为口实。元祐中,李清臣执政,奏换通直郎,通判泗州,又倅太平州。竟以尚气使酒,不得美官,悒悒不得志,食宫祠禄,退居吴下,稍务引远世故,亦无复轩轾如平日。家藏书万余卷,手自校雠,无一字误。其所与交终始厚者,惟信安程俱。铸自哀歌词,名东山乐府,俱为序之。尝自言唐谏议大夫知章之后,居越之湖泽所谓镜湖者,本庆湖也,故铸自号庆湖遗老。(摘录宋史卷四百四十三文苑传)年七十四,以宣和七年二月甲寅,卒于常州之僧舍。(据程俱撰贺公墓志铭)谯郡张耒序其东山词云:余友贺方回,博学、业文,而乐府之词,高绝一世,携一编示余,大抵倚声而为之词,皆可歌也。或者讥方回好学、能文,而惟是为工,何哉?余应之曰:

是所谓满心而发，肆口而成，虽欲已焉而不得者。若其粉泽之工，则其才之所至，亦不自知也。夫其盛丽如游金、张之堂，而妖冶如揽嫱、施之袪，幽洁如屈、宋，悲壮如苏、李，览者自知之，盖有不可胜言者矣。（彊村丛书本东山词卷首）东山词行世者，有侯文灿名家词集本、王鹏运四印斋所刻词本、陶湘涉园景宋金元明本词续刊本、彊村丛书本。朱本晚出，最完善。

半死桐 思越人，亦名鹧鸪天　一首

重过阊门万事非，同来何事不同归？梧桐半死清霜后，头白鸳鸯失伴飞。　　原上草，露初晞，旧栖新垅两依依。空床卧听南窗雨，谁复挑灯夜补衣！

杵声齐 捣练子　一首

砧面莹，杵声齐，捣就征衣泪墨题。寄到玉关应万里，戍人犹在玉关西！

望书归 捣练子 一首

边堠远,置邮稀,附与征衣衬铁衣。连夜不妨频梦见,过年惟望得书归。

【夏敬观评东山词】观以上凡七言二句,皆唐人绝句作法。

梦江南 太平时 一首

九曲池头三月三,柳毵毵。香尘扑马喷金衔,涴春衫。　苦笋鲥鱼乡味美,梦江南。阊门烟水晚风恬,落归帆。

【夏评】多以唐人成句入词,有天衣无缝之妙。

愁风月 生查子 一首

风清月正圆,正是佳时节。不会长年来,处处愁风月。　心将熏麝焦,吟伴寒虫切。欲遽就床眠,解带翻成结。

陌上郎 生查子　一首

西津海鹘舟,径度沧江雨。双橹本无情,鸦轧如人语。　挥金陌上郎,化石山头妇。何物系君心?三岁扶床女。

芳心苦 踏莎行　一首

杨柳回塘,鸳鸯别浦,绿萍涨断莲舟路。断无蜂蝶慕幽香,红衣脱尽芳心苦。　返照迎潮,行云带雨,依依似与骚人语:当年不肯嫁春风,无端却被秋风误!

掩萧斋 减字浣溪沙 一首

落日逢迎朱雀街,共乘青舫度秦淮,笑拈飞絮罥金钗。 洞户华灯归别馆,碧梧红药掩萧斋,愿随明月入君怀。

行路难 小梅花 一首

缚虎手,悬河口,车如鸡栖马如狗。白纶巾,扑黄尘,不知我辈可是蓬蒿人?衰兰送客咸阳道,天若有情天亦老。作雷颠,不论钱,谁问旗亭美酒斗十千? 酌大斗,更为寿,青鬓常青古无有。笑嫣然,舞翩然,当垆秦女十五语如弦。遗音能记秋风曲,事去千年犹恨促。揽流光,系扶桑,争奈愁来一日却为长!

【夏评】稼轩豪迈之处,从此脱胎。豪而不放,稼轩所不能学也。

凌 歊 铜人捧露盘引 一首

控沧江，排青嶂，燕台凉。驻彩仗、乐未渠央。岩花磴蔓，妒千门珠翠倚新妆。舞闲歌悄，恨风流不管余香。　　繁华梦，惊俄顷；佳丽地，指苍茫。寄一笑、何与兴亡？ 量船载酒，赖使君相对两胡床。缓调清管，更为侬三弄斜阳。

【宋李之仪姑溪居士文集卷四十跋凌歊引后】凌歊台表见江左，异时词人墨客，形容藻绘，多发于诗句，而乐府之传，则未闻焉。一日，会稽贺方回登而赋之，借金人捧露盘以寄其声，于是昔之形容藻绘者，奄奄如九泉下人矣。至其必待到而后知者，皆因语以会其境，缘声以同其感，亦非深造而自得者，不足以击节。方回又以一时所寓，固已超然绝诣，独无桓野王辈相与周旋，遂于卒章以申其不得而已者，则方回之人物，兹可量已。

【夏评】"寄一笑"句，为全词之眼。

独倚楼 更漏子 一首

上东门，门外柳，赠别每烦纤手。一叶落，几番秋,江南独倚楼。　　曲阑干,凝伫久,薄暮更堪搔首!无际恨,见闲愁,侵寻天尽头。

台城游 水调歌头　一首

南国本萧洒,六代浸豪奢。台城游冶,擘笺能赋属宫娃。云观登临清夏,璧月留连长夜,吟醉送年华。回首飞鸳瓦,却羡井中蛙。　　访乌衣,成白社,不容车。旧时王谢,堂前双燕过谁家?楼外河横斗挂,淮上潮平霜下,樯影落寒沙。商女篷窗罅,犹唱后庭花。

宛溪柳 六么令　一首

梦云萧散,帘卷画堂晓。残熏烬烛隐映,绮席金壶倒。尘送行鞭袅袅,醉指长安道。波平天渺,兰舟欲上,回首离愁满芳草。　　已恨归期不早,枉负狂年少。无奈风月多情,此去应相笑。心记新声缥缈,翻是相思调。明年春杪,宛溪杨柳,依旧青青为谁好?

【朱孝臧评东山词】后遍笔如辘轳。

横塘路 青玉案 一首

凌波不过横塘路,但目送,芳尘去。锦瑟华年谁与度?月桥花院,琐窗朱户,只有春知处。　　飞云冉冉蘅皋暮,彩笔新题断肠句。若问闲情都几许?一川烟草,满城风絮,梅子黄时雨。

【碧鸡漫志卷二】贺方回初在钱塘(案:当作横塘),作青玉案。鲁直喜之,赋绝句云:"解道江南断肠句,只今惟有贺方回。"贺集中如青玉案者甚众。大抵二公(贺与周邦彦)卓然自立,不肯浪下笔。予故谓语意精新,用心甚苦。

【宋周少隐竹坡老人诗话卷一】贺方回尝作青玉案词,有"梅子黄时雨"之句,人皆服其工,士大夫谓之"贺梅子"。郭功父有示耿天骘一诗,王荆公尝为书之。其尾云:"庙前古木藏训狐,豪气英风亦何有?"方回晚倅姑孰,与功父游,甚欢。方回寡发,功父指其髻,谓曰:"此真贺梅子也!"方回乃捋其须曰:"君可谓郭训狐矣。"功父白髯而胡,故有是语。

【鹤林玉露卷七】诗家有以山喻愁者,杜少陵云:"忧端如山来,澒洞不可掇。"赵嘏云:"夕阳楼上山重叠,未抵闲愁一倍多。"是也。有以水喻愁者,李颀云:"请量东海水,看取浅深愁。"李后主云:"问君能有几多愁?恰似一江春水向东流。"秦少游云:"落红万点愁如海。"是也。贺方回云:"试问闲愁都几许?一川烟草,满城风絮,梅子黄时雨。"盖以三者比之愁多也,尤为新奇;兼兴中有比,意味更长。

【夏评】稼轩秾丽之处,从此脱胎。细读东山词,知其为稼轩所师也。世但言苏、辛为一派,不知方回,亦不知稼轩。

人南渡 感皇恩 一首

兰芷满芳洲,游丝横路。罗袜尘生步。迎顾,整鬟颦黛,脉脉两情难语。细风吹柳絮,人南渡。回首旧游,山无重数。花底深朱户。何处? 半黄梅子,向晚一帘疏雨。断魂分付与,春将去。

薄　幸 一首

艳真多态，更的的频回盼睐。便认得琴心相许，与写宜男双带。记画堂斜月朦胧，轻颦微笑娇无奈。便翡翠屏开，芙蓉帐掩，与把香罗偷解。　　自过了收灯后，都不见蹋青挑菜。几回凭双燕，丁宁深意，往来翻恨重帘碍。约何时再？正春浓酒暖，人闲昼永无聊赖。厌厌睡起，犹有花梢日在。

【宋四家词选】耆卿于写景中见情，故淡远。方回于言情中布景，故秾至。

伴云来 天香 一首

烟络横林，山沉远照，逦迤黄昏钟鼓。烛映帘栊，蛩催机杼，共苦清秋风露。不眠思妇，齐应和几声砧杵。惊动天涯倦宦，骎骎岁华行暮。　　当年酒狂自负，谓东君以春相付。流浪征骖北道，客樯南浦，幽恨无人晤语。赖明月曾知旧游处，好伴云来，还将梦去。

【朱评】横空盘硬语。

以上录自东山词卷上

拥鼻吟 吴音子 一首

别酒初销,怃然弭棹兼葭浦。回首不见高城,青楼更何许? 大艑轲峨,越商巴贾,万恨龙钟,篷下对语。 指征路,山缺处,孤烟起、历历闻津鼓。江豚吹浪,晚来风转夜深雨。拥鼻微吟,断肠新句,粉碧罗笺,封泪寄与。

点绛唇 一首

一幅霜绡,麝煤熏腻纹丝缕。掩妆无语,的是销凝处。 薄暮兰桡,漾下蘋花渚,风留住。绿杨归路,燕子西飞去。

清平乐 一首

林皋叶脱,楼下清江阔。船里琵琶金捍拨,弹断么弦再抹。 夜潮洲渚生寒,城头星斗阑干。忍话旧游新梦,三千里外长安!

减字浣溪沙 五首

鼓动城头啼暮鸦,过云时送雨些些,嫩凉如水透窗纱。 弄影西厢侵户月,分香东畔拂墙花,此时相望抵天涯。

烟柳春梢蘸晕黄,井阑风绰小桃香,觉时帘幕又斜阳。 望处定无千里眼,断来能有几回肠?少年禁取恁凄凉!

梦想西池辇路边,玉鞍骄马小辎轩,春风十里斗婵娟。 临水登山漂泊地,落花中酒寂寥天,个般情味已三年!

闲把琵琶旧谱寻,四弦声怨却沉吟,燕飞人静画堂深。 敧枕有时成雨梦,隔帘无处说春心,一从灯夜到如今!

　　楼角初销一缕霞,淡黄杨柳暗栖鸦,玉人和月摘梅花。　笑拈粉香归洞户,更垂帘幕护窗纱,东风寒似夜来些。

　　【渔隐丛话前集卷五十九】词句欲全篇皆好,极为难得。如贺方回"淡黄杨柳带栖鸦",秦处度"藕叶清香胜花气"二句,写景咏物,可谓造微入妙。若其全篇,皆不逮此矣。

　　以上录自贺方回词

六州歌头一首

　　少年侠气,交结五都雄。肝胆洞,毛发耸。立谈中,死生同,一诺千金重。推翘勇,矜豪纵,轻盖拥,联飞鞚,斗城东。轰饮酒垆,春色浮寒瓮。吸海垂虹。闲呼鹰嗾犬,白羽摘雕弓,狡穴俄空,乐匆匆。　似黄粱梦,辞丹凤;明月共,漾孤篷。官冗从,怀倥偬,落尘笼,簿书丛。鹖弁如云众,供粗用,忽奇功。笳鼓动,渔阳弄,思悲翁,不请长缨,

252

系取天骄种。剑吼西风。恨登山临水,手寄七弦桐,目送归鸿。

【夏评】与小梅花曲,同样功力,雄姿壮采,不可一世!

石州引 一首

薄雨收寒,斜照弄晴,春意空阔。长亭柳蓓才黄,倚马何人先折?烟横水漫,映带几点归鸿,平沙销尽龙荒雪。犹记出关来,恰如今时节。　　将发,画楼芳酒,红泪清歌,便成轻别。回首经年,杳杳音尘都绝。欲知方寸,共有几许新愁?芭蕉不展丁香结。憔悴一天涯,两厌厌风月。

【碧鸡漫志卷二】贺方回石州慢,予旧见其稿。"风色收寒,云影弄晴",改作"薄雨收寒,斜照弄晴"。又"冰垂玉筯,向午滴沥檐楹,泥融消尽墙阴雪",改作"烟横水际,映带几点归鸿,东风消尽龙沙雪"。

小梅花一首

思前别,记时节,美人颜色如花发。美人归,天一涯,娟娟姮娥三五满还亏。翠眉蝉鬓生离诀,遥望青楼心欲绝。梦中寻,卧巫云,觉来珠泪滴向湘水深。　愁无已,奏绿绮,历历高山与流水。妙通神,绝知音,不知暮雨朝云何山岑?相思无计堪相比,珠箔雕阑几千里。漏将分,月窗明,一夜梅花忽开疑是君。

天门谣一首

牛渚天门险,限南北、七雄豪占。清雾敛,与闲人登览。　待月上潮平波滟滟,塞管轻吹新阿滥。风满槛,历历数西州更点。

以上录自东山词补

〔集评〕　张炎曰:词中一个生硬字用不得,须是深加锻炼,字字敲打得响,歌诵妥溜,方为本色语。如贺方回、吴梦窗,皆善于炼字面,多于温庭筠、李长吉诗中来。(词源卷下) 王国维曰:北宋名家,以方回为最次。其词如历下、新城之诗,非不华赡,惜少真味。(人间词话卷下) 夏敬观曰:王直方诗话谓方回言:学诗于前辈,得八句云:"平淡不涉于流俗,奇古不邻于怪僻,题咏不窘于物义,叙事不病于声律,以兴深者通物理,用事工者如己出,格见于成篇浑然不可镂,气出于言外浩然不可屈。"此八语,余谓亦方回作词之诀也。 小令喜用前人成句,其造句亦恒类晚唐人诗。慢词命辞遣意,多自唐贤诗篇得来,不施破碎藻采,可谓无假脂粉,自然秾丽。张叔夏谓"与吴梦窗皆善于炼字面者,多于李长吉、温庭筠诗中来",大谬不然。方回词取材于长吉、飞卿者不多,所以整而不碎也。(手批东山词) 况周颐曰:按填词以厚为要恉。苏、辛词皆极厚,然不易学,或不能得其万一,而转滋流弊,如粗率,叫嚣,澜浪之类。东山词亦极厚,学之却无流弊。信能得其神似,进而窥苏、辛堂奥,何难矣。厚之一字,关系性情。"解道江南断肠句",方回之深于情也。企鸿轩蓄书万余卷,得力于酝酿者又可知。张叔夏作词源,于方回但许其善炼字面,讵深知方回者耶?(历代词人考略卷十四)

晁补之

十首　录自汲古阁宋六十家词本晁氏琴趣外篇

〔传记〕　晁补之(一〇五三————一一一〇)字无咎,济州巨野人。十七岁,从父官杭州倅,苏轼称其文博辩隽伟,绝人远甚,必显于世,由是知名。举进士,调北京国子监教授。元祐初,为太学正。李清臣荐堪馆阁,召试,除秘书省正字,迁校书郎,以秘阁校理通判扬州。坐修神宗实录失实,降通判应天府亳州,又贬监处、信二州酒税。徽宗立,复以著作召,拜礼部郎中,兼国史编修实录检讨官。出知河中府,徙湖州、密州、果州,遂主管鸿庆宫。还家,葺归来园,自号归来子。大观末,出党籍,起知达州,改泗州,卒,年五十八。补之才气飘逸,嗜学不知倦,文章温润典缛,其凌丽奇卓,出于天成。(节录宋史卷四百四十四文苑传)补之尝评本朝乐章云:世言柳耆卿曲俗,非也。如八声甘州云:"渐霜风凄紧,关河冷落,残照当楼。"此真唐人语,不减高处矣。欧阳永叔浣溪沙云:"堤上游人逐画船,拍堤春水四垂天,绿杨楼外出秋千。"要皆绝妙,然只一"出"字,自是后人道不到处。苏东坡词,人谓多不谐音律,然居士词横放杰出,自是曲子中缚不住者。黄鲁直间作小词,固高妙,然不是当行家语,自是著腔子唱好诗。晏元献不蹈袭人语,而风调闲雅。如"舞低杨柳楼心月,歌尽桃花扇底风",知此人不住三家村也。张子野与柳耆卿齐名,而时以子野不及耆卿;然子野韵高,是耆卿所乏处。近世以来,作者皆不及秦少游。如"斜阳外,寒鸦万点,流水绕孤村",虽不识字人,亦知是天生好言语。(能改斋漫录卷十六。渔隐丛话后集卷三十三引复斋漫录,文字小有出入。)补之词称琴趣外篇,有汲古阁刊宋六十家词本、吴昌绶双照楼景宋元明本词本。

摸鱼儿一首

东皋寓居

买陂塘、旋栽杨柳,依稀淮岸江浦。东皋嘉雨新痕涨,沙觜鹭来鸥聚。堪爱处,最好是、一川夜月光流渚。无人独舞。任翠幄张天,柔茵藉地,酒尽未能去。　　青绫被,莫忆金闺故步,儒冠曾把身误。弓刀千骑成何事?荒了邵平瓜圃。君试觑,满青镜、星星鬓影今如许!功名浪语。便似得班超,封侯万里,归计恐迟暮。

【西塘集耆旧续闻卷三】晁无咎闲居济州金乡,葺东皋归去来园,楼观堂亭,位置极萧洒,尽用陶语名目之,自画为大图,书记其上。

【艺概卷四】无咎词,堂庑颇大。人知辛稼轩摸鱼儿"更能消几番风雨"一阕,为后来名家所竞效。其实辛词所本,即无咎摸鱼儿"买陂塘、旋栽杨柳"之波澜也。

黄莺儿 一首

南园佳致偏宜暑。两两三三,修篁新笋出初齐,猗猗过檐侵户。听乱飐芰荷风,细洒梧桐雨。午余帘影参差,远林蝉声,幽梦残处。　凝伫,既往尽成空,暂遇何曾住?算人间事,岂足追思,依依梦中情绪。观数点茗浮花,一缕香萦炷。怪来人道:陶潜做得羲皇侣。

梁州令叠韵 一首

田野闲来惯,睡起初惊晓燕。樵青走挂小帘钩,南园昨夜,细雨红芳遍。　平芜一带烟花(宋本作"光",是。)浅,过尽南归雁。江云渭树俱远,凭阑送目空肠断。　好景难常占,过眼韶华如箭。莫教鹍鹉送韶华,多情杨柳,为把长条绊。　清樽满酌谁为伴?花下提壶劝:何妨醉卧花底,愁容不上春风面。

金凤钩—首

送　春

春辞我,向何处?怪草草、夜来风雨。一簪华发少欢饶,恨无计、殢春且住。　春回常恨寻无路,试向我、小园徐步。一栏红药,倚风含露,春自未曾归去。

水龙吟—首

次韵林圣予惜春

问春何苦匆匆?带风伴雨如驰骤。幽葩细萼,小园低槛,壅培未就。吹尽繁红,占春长久,不如垂柳。算春常不老,人愁春老,愁只是,人间有。

春恨十常八九,忍轻辜、芳醪经口。那知自是,桃花结子,不因春瘦。世上功名,老来风味,春归时候。纵樽前痛饮,狂歌似旧,情难依旧。

【乐府雅词卷上】"纵樽前"三句作"最多情犹有,樽前青眼,相逢依旧"。

盐角儿 一首

亳社观梅

开时似雪,谢时似雪,花中奇绝。香非在蕊,香非在萼,骨中香彻。　占溪风,留溪月,堪羞损、山桃如血。直饶更疏疏淡淡,终有一般情别。

迷神引 一首

贬玉溪,对江山作。

黯黯青山红日暮,浩浩大江东注。余霞散绮,回

(宋本无"回"字,是。)向烟波路。使人愁,长安远,在何处?几点渔灯小,迷近坞。一片客帆低,傍前浦。　暗想平生,自悔儒冠误。觉阮途穷,归心阻。断魂素月,一千里,伤平楚。怪竹枝歌,声声怨,为谁苦?猿鸟一时啼,惊岛屿。烛暗不成眠,听津鼓。

忆少年—首

别历下

无穷官柳,无情画舸,无根行客。南山尚相送,只高城人隔。　罨画园林溪绀碧,算重来、尽成陈迹。刘郎鬓如此,况桃花颜色!

临江仙—首

信州作

谪宦江城无屋买,残僧野寺相依。松间药臼竹间

忆少年（无穷官柳）

衣。水穷行到处,云起坐看时。　一个幽禽缘底事,苦来醉耳边啼?月斜西院愈声悲。青山无限好,犹道不如归。

洞仙歌一首

泗州中秋作

青烟幂处,碧海飞金镜,永夜闲阶卧桂影。露凉时,零乱多少寒螀,神京远,惟有蓝桥路近。　水晶帘不下,云母屏开,冷浸佳人淡脂粉。待都将许多明,付与金尊,投晓共流霞倾尽。更携取胡床上南楼,看玉做人间,素秋千顷。

【渔隐丛话后集卷三十九】苕溪渔隐曰:凡作诗、词,要当如常山之蛇,救首救尾,不可偏也。如晁无咎作中秋洞仙歌辞,其首云:"青烟幂处,碧海飞金镜,永夜闲阶卧桂影。"固已佳矣。其后云:"待都将许多明,付与金樽,投晓共流霞倾尽。更携取胡床上南楼,看玉做人间,素秋千顷。"若此,可谓善救首尾者也。至朱希真作中秋念奴娇,则不知出此。其首云:

"插天翠柳,被何人推上,一轮明月?照我藤床凉似水,飞入瑶台银阙。"亦已佳矣。其后云:"洗尽凡心,满身清露,冷浸萧萧发。明朝尘世,记取休向人说。"此两句全无意味,收拾得不佳,遂并全篇气索然矣。

【毛晋晁氏琴趣外篇跋】无咎虽游戏小词,不作绮艳语,殆因法秀禅师谆谆戒山谷老人,不敢以笔墨劝淫耶?大观四年(一一一〇)卒于泗州官舍。自画山水留春堂大屏上,题云:"胸中正可吞云梦,琖底何妨对圣贤?有意清秋入衡霍,为君无尽写江天。"又咏洞仙歌一阕,遂绝笔。

〔集评〕 陈振孙曰:晁尝云:"今代词手,唯秦七、黄九,他人不能及也。"然二公之词,亦自有不同者。若晁无咎佳者,固未多逊也。(直斋书录解题卷二十一) 刘熙载曰:东坡词,在当时鲜与同调,不独秦七、黄九,别成两派也。晁无咎坦易之怀,磊落之气,差堪骖靳,然悬崖撒手处,无咎莫能追躡矣。(艺概卷四)冯煦曰:晁无咎为苏门四士之一,所为诗余,无子瞻之高华,而沉咽则过之。(宋六十一家词选例言) 张尔田曰:学东坡者,必自无咎始,再降则为叶石林,此北宋正轨也。(忍寒词序)

陈师道

一首　录自汲古阁宋六十家词本后山词

〔传记〕　陈师道（一〇五三——一一〇一）字履常，一字无己，彭城人。年十六，以文谒曾巩。巩一见奇之，留受业。元祐初，苏轼、傅尧俞、孙觉荐其文行，起为徐州教授。又用梁焘荐为太学博士。家素贫，或经日不炊，妻子愠见，弗恤也。久之，召为秘书省正字。卒年四十九，友人邹浩买棺敛之。师道高介有节，喜作诗，自云学黄庭坚，至其高处，或谓过之，然小不中意，辄焚去。与赵挺之友婿，素恶其人，适预郊祀行礼，寒甚，衣无绵，妻就假于挺之家，问所从得，却去不肯服，遂以寒疾死。（摘录宋史卷四百四十四文苑传）师道所作后山词，刊入汲古阁宋六十家词内，仅四十九阕。

菩萨蛮一首

七　夕

行云过尽星河烂，炉烟未断蛛丝满。想得两眉颦，停针忆远人。　　河桥知有路，不解留郎住。天上隔年期,人间长别离。

〔集评〕 王灼曰:陈无己所作数十首,号曰语业,妙处如其诗。但用意太深,有时僻涩。(碧鸡漫志卷二) 陆游曰:陈无己诗妙天下,以其余作词,宜其工矣,顾乃不然,殆未易晓也。(放翁题跋) 王鹏运曰:词名诗余,后山词其诗之余矣。卷中精警之句,亦复隐秀在神,蕃艳为质,秦七、黄九蔑以加。昔杜少陵诗云:"文章千古事,得失寸心知。"国朝纳兰容若自言其为诗词,"如鱼饮水,冷暖自知而已"。笃行如后山,讵漫然自矜许者?(案:渔隐丛话述师道语,谓于词不减秦七、黄九。)特可为知者道耳。(历代词人考略卷十二)

王 雱

二首　录自唐宋诸贤绝妙词选卷二及词综卷八

〔传记〕　王雱字元泽,安石子。性敏甚,未冠,已著书数万言。举进士,调旌德尉。雱气豪,睥睨一世,不能作小官,作策二十余篇,极论天下事。召见,除太子中允,崇政殿说书,擢天章阁待制,兼侍讲。安石更张政事,雱实导之。常称商鞅为豪杰之士,言不诛异议者法不行。卒时才三十三。(节录宋史卷三百二十七王安石附子雱传)雱词传世,仅二阕。

倦寻芳 一首

露晞向晓,帘幕风轻,小院闲昼。翠径莺来,惊下乱红铺绣。倚危栏,登高榭,海棠著雨胭脂透。算韶华,又因循过了,清明时候。　倦游燕,风光满目,好景良辰,谁共携手？怅被榆钱,买断两眉长皱。忆得高阳人散后,落花流水还依旧。这情怀,对东风、尽成消瘦。

【词林纪事卷七引扪虱新语】王元泽一生不作小词。或者笑之,元泽遂作倦寻芳慢一首,时服其工。今人多能诵之。然元泽自此遂不复作。

眼儿媚 一首

杨柳丝丝弄轻柔,烟缕织成愁。海棠未雨,梨花先雪,一半春休。　而今往事难重省,归梦绕秦楼。相思只在,丁香枝上,豆蔻梢头。

【历代词人考略卷十八引古今词话】王荆公子雱多病,因令其妻楼居而独处,荆公别嫁之。雱念之,为作秋波媚词云云。

晁端礼

一首　录自四部丛刊影钞本乐府雅词卷中

〔传记〕　晁端礼,字次膺,其先澶州清丰人,徙家彭门。熙宁六年进士,两为县令,忤上官,坐废。(词林纪事卷六)政和癸巳(一一一三),大晟乐成,嘉瑞既至。蔡元长(京)以晁端礼次膺荐于徽宗,诏乘驿赴阙。次膺至都,会禁中嘉莲生,分苞合跗,复出天造,人意有不能形容者。次膺效乐府体,属词以进,名并蒂芙蓉。上览之,称善,除大晟府协律郎,不克受而卒。(能改斋漫录卷十六)晁补之常与唱和,称之为次膺十二叔。(晁氏琴趣外篇)曾慥乐府雅词录其词十九首。词集名闲斋琴趣,有吴昌绶双照楼影宋刊本。

鸭头绿 一首

晚云收,绀天一片琉璃。烂银盘、来从海底,皓色千里澄辉。莹无尘、素娥淡伫,静可数、丹桂参差。玉露初零,金风未凛,一年无似此佳时。露坐久,疏萤时度,乌鹊正南飞。瑶台冷,栏干凭暖,欲下迟迟。　　念佳人音尘隔后,听此应解相思。最关情、漏声正永,暗断肠、花影潜移。料得来宵,清光未减,阴晴天气又争知？共凝恋,如今别后,还是隔年期。人强健,清樽素月,长愿相随。

【渔隐丛话后集卷三十九】"绀"作"淡","露坐"作"回坐","疏萤"作"疏星","强健"作"纵健"。

【渔隐丛话后集卷三十九】苕溪渔隐曰：中秋词,自东坡水调歌头一出,余词尽废。然其后亦岂无佳词？如晁次膺绿头鸭一词殊清婉,但樽俎间歌喉,以其篇长,惮唱,故湮没无闻焉。

赵令畤

四首　前三首录自乐府雅词卷中，后一首录自唐宋诸贤绝妙词选卷六。

〔传记〕　赵令畤，初字景贶，苏轼为改字德麟，自号聊复翁，太祖次子燕王德昭玄孙。元祐六年（一〇九一），签书颍州公事。时轼为守，荐其才于朝。轼被窜，坐交通，罚金。绍圣初，官至右朝请大夫，改右监门卫大将军，历荣州防御使、洪州观察使。绍兴初，袭封安定郡王，迁宁远军承宣使，同知行在大宗正事。（历代词人考略卷十六）传世有侯鲭录，内载蝶恋花鼓子词十二阕，咏元稹会真记事。乐府雅词录赵词二十二首，唐宋诸贤绝妙词选录九首。近人赵万里从诸选本辑得三十六首，仍题聊复集一卷，刊入校辑宋金元人词第一册中。

菩萨蛮 一首

轻鸥欲下春塘浴，双双飞破春烟绿。两岸野蔷薇，翠笼薰绣衣。　　凭船闲弄水，中有相思意。忆得去年时，水边初别离。

蝶恋花 二首

欲减罗衣寒未去。不卷珠帘,人在深深处。红杏枝头花几许？啼痕只恨清明雨。　　尽日沉烟香一缕。宿酒醒迟,恼破春情绪。飞燕又将春信误,小屏风上西江路。

卷絮风头寒欲尽。坠粉飘香,日日红成阵。新酒又添残酒困,今春不减前春恨。　　蝶去莺飞无处问。隔水高楼,望断双鱼信。恼乱横波秋一寸,斜阳只与黄昏近。

【清沈雄古今词话词品卷下】山谷谓:"好词惟取陡健圆转。"屯田意过久许,笔犹未休。待制滔滔漭漭,不能尽变。如赵德麟云:"新酒又添残酒困,今春不减前春恨。"陆放翁云:"只有梦魂能再遇,堪嗟梦不由人做。"又山谷云:"春未透,花枝瘦,正是愁时候。"梁贡父云:"挤一醉留春,留春不住,醉里春归。"此则陡健圆转之榜样也。

乌夜啼 一首

春 思

楼上萦帘弱絮,墙头碍月低花。年年春事关心事,肠断欲栖鸦。　　舞镜鸾衾翠减,啼朱凤蜡红斜。重门不锁相思梦,随意绕天涯。

【花草蒙拾】"重门不锁相思梦,随意绕天涯",与"枕上片时春梦中,行尽江南数千里"同一机杼,然赵词较胜岑诗。

〔集评〕 王灼曰:赵德麟、李方叔(廌),皆东坡客,其气味殊不近,赵婉而李俊,各有所长。晚年皆荒醉汝、颍、京、洛间,时出滑稽语。(碧鸡漫志卷二)

李 廌

一首　录自唐宋诸贤绝妙词选卷四

〔**传记**〕 李廌，字方叔，其先自郓徙华。谒苏轼于黄州，贽文求知。轼谓其笔墨澜翻，有飞沙走石之势。拊其背曰："子之才，万人敌也。抗之以高节，莫之能御矣。"乡举试礼部，轼典贡举，遗之，赋诗以自责。中年绝进取意，谓颍为人物渊薮，始定居长社，县令李佐及里人买宅处之，卒年五十一。（节录宋史卷四百四十四文苑传）唐宋诸贤绝妙词选录存其虞美人、清平乐各一首。

虞美人 一首

玉阑干外清江浦，渺渺天涯雨。好风如扇雨如帘，时见岸花汀草涨痕添。　　青林枕上关山路，卧想乘鸾处。碧芜千里思悠悠，惟有霎时凉梦到南州。

【蕙风词话卷二】李方叔虞美人过拍云："好风如扇雨如帘，时见岸花汀草涨痕添。"春夏之交，近水楼台，确有此景。"好风"句绝新，似乎未经人道。歇拍云："碧芜千里思悠悠，唯有霎时凉梦到南州。"尤极淡远清疏之致。

晁冲之

二首　录自赵万里辑晁叔用词

〔传记〕　晁冲之,字叔用,一字用道,巨野人。举进士。绍圣初,以党论被逐,隐居具茨山下,号具茨先生。(历代诗余卷一百三)乐府雅词卷中录冲之词十三首,唐宋诸贤绝妙词选卷五录五首。赵万里辑得十六首为晁叔用词一卷,刊入校辑宋金元人词第一册中。

临江仙一首

忆昔西池池上饮,年年多少欢娱？别来不寄一行书。寻常相见了,犹道不如初。　安稳锦屏今夜梦,月明好渡江湖。相思休问定何如。情知春去后,管得落花无？

汉宫春一首

梅

潇洒江梅，向竹梢稀处，横两三枝。东君也不爱惜，雪压风欺。无情燕子，怕春寒、轻失花期。惟是有、南来归雁，年年长见开时。　　清浅小溪如练，问玉堂何似，茅舍疏篱？伤心故人去后，冷落新诗。微云淡月，对孤芳、分付他谁？空自倚、清香未减，风流不在人知。

【独醒杂志卷四】政和间，置大晟乐府，建立长属。晁冲之叔用作梅词以见蔡攸，攸持以白其父曰："今日于乐府中得一人。"元长（京）览之，即除大晟丞。词中云："无情燕子，怕春寒、常失花期。惟有南来塞雁，年年长占开时。"时以为燕雁与梅不相关，而挽入，故见笔力。

〔集评〕　况周颐曰：晁叔用慢词，纡徐排调，略似柳耆卿。（历代词人考略卷十六）

王 观

二首　录自赵万里辑冠柳集

〔传记〕　王观,字通叟,如皋人。试开封府第一,中元祐二年(一〇八七)进士第,官翰林学士,以赋应制词被谪,因自号逐客。(历代诗余卷一百三词人姓氏。编者案:能改斋漫录卷十七:"王观学士尝应制撰清平乐词云'黄金殿里'云云,高太皇以为媟渎神宗,翌日罢职,世遂有逐客之号。")一云:高邮人,嘉祐二年(一〇五七)进士,累迁大理丞,知江都县,著扬州赋、芍药谱,有冠柳词。(词林纪事卷五)唐宋诸贤绝妙词选卷五录通叟词九首。赵万里辑冠柳集一卷,都十五首,刊入校辑宋金元人词第一册中。

卜算子 一首

送鲍浩然之浙东

水是眼波横,山是眉峰聚。欲问行人去那边?眉眼盈盈处。　才始送春归,又送君归去。若到江南赶上春,千万和春住。

【能改斋漫录卷十六】王逐客送鲍浩然游浙东,作长短句云:"水是眼波横"云云。韩子苍在海陵送葛亚卿诗断章云:"今日一杯愁送君,明日一杯愁送君。君应万里随春去,若到桃源问归路。"诗、词意同。

庆清朝慢一首

调雨为酥,催冰做水,东君分付春还。何人便将轻暖,点破残寒?结伴踏青去好,平头鞋子小双鸾。烟郊外,望中秀色,如有无间。　　晴则个,阴则个,饾饤得天气有许多般。须教镂花拨柳,争要先看。不道吴绫绣袜,香泥斜沁几行斑。东风巧,尽收翠绿,吹在眉山。

【唐宋诸贤绝妙词选卷五】风流楚楚,词林中之佳公子也。世谓柳耆卿工为浮艳之词,方之此作,蔑矣。词名"冠柳",岂偶然哉?

【皱水轩词筌】词之最丑者,为酸腐,为怪诞,为粗莽。然险丽,贵矣,须泯其镂划之痕乃佳。如蒋捷"灯摇缥晕茸窗冷",可谓工矣,觉斧痕犹在。如王通叟春游曰"晴则个,阴则个"云云,则痕迹都无,真犹石尉香尘,汉皇掌上也。两"个"字尤弄姿无限。

〔集评〕 王灼曰:王逐客才豪,其新丽处与轻狂处,皆足惊人。(碧鸡漫志卷二)

舒亶

三首　录自四部丛刊影钞本乐府雅词卷中

〔传记〕　舒亶,字信道,明州慈溪人。试礼部第一,调临海尉。张商英称其材,用为审官院主簿,迁奉礼郎。郑侠既贬,复被逮。亶承命往捕,遇诸陈,搜侠箧,得所录名士谏草,有言新法事及亲朋书,悉按姓名治之,窜侠岭南,冯京、王安国诸人皆得罪。擢亶太子中允。元丰初,加集贤校理,同李定劾苏轼作为歌诗讥讪时事。始亶以商英荐得用,后反陷之。超拜给事中,权直学士院。逾月,为御史中丞,举劾多私,气焰薰灼,见者侧目。坐罪废斥,远近称快。崇宁初,知南康军。蔡京使知荆南,以开边功,由直龙图阁进待制,卒。(节录宋史卷三百二十九舒亶传)乐府雅词录其词四十八首,赵万里辑为舒学士词一卷,刊入校辑宋金元人词第一册中。

虞美人一首

寄公度

芙蓉落尽天涵水,日暮沧波起。背飞双燕贴云寒,独向小楼东畔倚栏看。　浮生只合樽前老,雪满长安道。故人早晚上高台,赠我江南春色一枝梅。

一落索 一首

蒋园和李朝奉

正是看花天气,为春一醉。醉来却不带花归,悄不解看花意。　试问此花明媚,将花谁比?只应花好似年年,花不似人憔悴。

菩萨蛮 一首

画船摧鼓催君去,高楼把酒留君住。去住若为情,西江潮欲平。　江潮容易得,只是人南北。今日此樽空,知君何日同?

【艇斋诗话】舒信道亦工小词,如云"画船椎鼓催君去"云云,亦甚有思致。

〔**集评**〕 王灼曰:舒信道、李元膺,思致妍密,要是波澜小。(碧鸡漫志卷二) 丁绍仪曰:舒亶与苏门四学士同时,词亦不减秦、黄。(听秋声馆词话卷二)

毛 滂

一首　录自彊村丛书本东堂词

〔**传记**〕　毛滂,字泽民,江山人。元祐间,为杭州法曹。元符二年(一〇九九),知武康县。苏轼尝以文章典丽可备著述科荐之。官至祠部员外郎,知秀州。(历代词人考略卷十四)王明清曾记其轶事云:"毛泽民受知曾文肃,擢置馆阁。文肃南迁,坐党与得罪,流落久之。蔡元度镇润州,与泽民俱临川王氏婿,泽民倾心事之惟谨。一日,家集,观池中鸳鸯,元度席上赋诗,末句云:'莫学饥鹰饱便飞。'泽民即席和以呈元度曰:'贪恋恩波未肯飞。'元度夫人笑曰:'岂非适从曾相公池中飞过来者耶?'泽民惭,不能举首。"(挥麈后录卷七)滂所作东堂乐府二卷,见陈振孙直斋书录解题。今行世者改题东堂词,有汲古阁宋六十家词及彊村丛书本。

惜分飞 一首

富阳僧舍代作别语

泪湿阑干花著露,愁到眉峰碧聚。此恨平分取,更无言语空相觑。　　断雨残云无意绪,寂寞朝朝暮暮。今夜山深处,断魂分付潮回去。

【宋周煇清波杂志卷九】秦少游发郴州,反顾有所属,其词曰"雾失楼台"云云。山谷云:"语意极似刘梦得楚、蜀间语。""泪湿阑干花著露"云云,毛泽民元祐间罢杭州法曹至富阳所作赠别词也。因是受知东坡。语尽而意不尽,意尽而情不尽,何酷似少游也? 乾道间,舅氏张仁仲宰武康,煇往,见留三日,遍览东堂之胜。盖泽民尝宰是邑,于彼老士人家见别语墨迹。

李元膺

二首　录自四部丛刊影钞本乐府雅词卷上

〔**传记**〕　李元膺,东平人,南京教官。绍圣间,李孝美作墨谱法式,元膺为序,盖此时人也。(词林纪事卷七)乐府雅词录元膺词八首。赵万里辑得九首,为李元膺词一卷,刊入校辑宋金元人词第一册中。

鹧鸪天—首

寂寞秋千两绣旗,日长花影转阶迟。燕惊午梦周遭语,蝶困春游落拓飞。　　思往事,入颦眉。柳梢阴重又当时。薄情风絮难拘束,飞过东墙不肯归。

洞仙歌—首

一年春物,惟梅柳间意味最深。至莺花烂熳时,则春已衰迟,使人无复新意。予作洞仙歌,使探春者歌之,无后时之悔。

雪云散尽,放晓晴池院,杨柳于人便青眼。更风流多处,一点梅心,相映远,约略颦轻笑浅。　　一年春好处,不在浓芳,小艳疏香最娇软。到清明时候,百紫千红,花正乱,已失春风一半。奍占取韶光共追游,但莫管春寒,醉红自暖。

【词品卷二】潘佑,南唐人,事后主,与徐铉、汤悦、张泌俱有文名,而佑好直谏,尝应后主令作小词,有云:"楼上春寒山四面,桃李不须夸烂熳,已失了春风一半。"盖讽其地渐侵削也。可谓得讽谕之旨。

【历代词人考略卷十八】李元膺洞仙歌句云:"已失春风一半。"刘公勇谓是"鲵居之讽"(七颂堂词绎),则此词殆作于南渡后乎?

张舜民

一首　录自知不足斋丛书本画墁集卷四

〔**传记**〕　张舜民，字芸叟，邠州人。第进士。元祐初，除监察御史。徽宗朝，以龙图阁待制知同州。坐元祐党，贬商州（历代诗余卷一百三作"谪楚州"），卒。自号浮休居士，又号矴斋。娶陈师道之姊。有画墁集。（词林纪事卷七）彊村丛书有辑本画墁词，仅四首。

卖花声 一首

题岳阳楼

木叶下君山，空水漫漫。十分斟酒敛芳颜。不是渭城西去客，休唱阳关。　　醉袖抚危栏，天淡云闲。何人此路得生还？回首夕阳红尽处，应是长安。

【宋张舜民画墁集卷八郴行录】辛卯，登岳阳楼。据图志，岳阳楼经始于张燕公（说），终唐之世，屡圮，皆完葺。庆历中，滕宗谅谪守，始大加增饰，规制宏敞，甲冠上流。

【宋费衮梁溪漫志卷七】张芸叟词云:"回首夕阳红尽处,应是长安。"人喜诵之。乐天题岳阳楼诗云:"春岸绿时连梦泽,夕波红处近长安。"盖芸叟用此换骨也。

【艺蘅馆词选乙卷】麦孺博云:声可裂石。

僧 挥

五首　录自四部丛刊影明刊本唐宋诸贤绝妙词选卷九

〔传记〕　僧仲殊,名挥,姓张氏,安州进士,弃家为僧,居杭州吴山宝月寺,东坡所称"蜜殊"者是也。有词七卷,沈注为序。(唐宋诸贤绝妙词选卷九)其逸事散见诸宋人笔记,采录二则如下:【东坡志林卷二】苏州仲殊师利和尚,能文、善诗及歌词,皆操笔立成,不点窜一字。予(苏轼)曰:"此僧胸中无一毫发事,故与之游。"【老学庵笔记卷七】族伯父彦远言:"少时识仲殊长老,东坡为作安州老人食蜜歌者。一日,与数客过之,所食皆蜜也。豆腐、面筋、牛乳之类,皆渍蜜食之。客多不能下箸,惟东坡性亦酷嗜蜜,能与之共饱。崇宁中,忽上堂辞众,是夕闭方丈门自缢死。及火化,舍利五色,不可胜计。邹忠公为作诗云:'逆行天莫测,雉作渎中经。沤灭风前质,莲开火后形。钵盂残蜜白,炉篆冷烟青。空有谁家曲,人间得细听。'"彦远又云:"殊少为士人,游荡不羁,为妻投毒羹蔌中,几死,啖蜜而解。医言:'复食肉则毒发不可复疗。'遂弃家为浮屠。邹公所谓'谁家曲'者,谓其雅工于乐府词,犹有不羁之余习也。"仲殊词集已失传,赵万里辑得三十首为宝月集一卷,刊入校辑宋金元人词第一册中。

诉衷情 二首

宝月山作

清波门外拥轻衣,杨花相送飞。西湖又还春晚,水树乱莺啼。　闲院宇,小帘帏,晚初归。钟声已过,篆香才点,月到门时。

寒　食

涌金门外小瀛洲,寒食更风流。红船满湖歌吹,花外有高楼。　晴日暖,淡烟浮,恣嬉游。三千粉黛,十二阑干,一片云头。

【唐宋诸贤绝妙词选卷九】仲殊之词多矣,佳者固不少,而小令为最,小令之中,诉衷情一调又其最。盖篇篇奇丽,字字清婉,高处不减唐人风致也。

南柯子 一首

忆　旧

十里青山远,潮平路带沙。数声啼鸟怨年华,又

南柯子(十里青山远)

是凄凉时候在天涯！　　白露收残月，清风散晓霞。绿杨堤畔问荷花：记得年时沽酒那人家？

柳梢青 一首

吴 中

岸草平沙，吴王故苑，柳袅烟斜。雨后寒轻，风前香软，春在梨花。　　行人一棹天涯，酒醒处、残阳乱鸦。门外秋千，墙头红粉，深院谁家？

夏云峰 一首

伤 春

天阔云高，溪横水远，晚日寒生轻晕。闲阶静、杨花渐少，朱门掩、莺声犹嫩。悔匆匆过却清明，旋占得余芳，已成幽恨。都几日阴沉，连宵慵困，起来韶华都尽。　　怨入双眉闲斗损。乍品得情怀，看承全近。深深态、无非自许,厌厌意、终羞人问。争知道梦里蓬莱,待忘了余香,时传音信。纵留得莺花,东风不住,也则眼前愁闷。

〔集评〕 王灼曰:贺方回、周美成、晏叔原、僧仲殊,各尽其才力,自成一家。贺、周语意精新,用心甚苦。毛泽民、黄载万次之。叔原如金陵王、谢子弟,秀气胜韵,得之天然,将不可学。仲殊次之。殊之赡,晏反不逮也。(碧鸡漫志卷二)

李之仪

三首　录自汲古阁宋六十家词本姑溪词

〔传记〕　李之仪,字端叔,沧州无棣人。登第几三十年,乃从苏轼于定州幕府,历枢密院编修官,通判原州。元符中,监内香药库。御史石豫言其尝从苏轼辟,不可以任京官。诏勒停。徽宗初,提举河东常平,坐为范纯仁遗表作行状,编管太平,遂居姑熟。久之,徙唐州,终朝议大夫。之仪能为文,尤工尺牍,轼谓"入刀笔三昧"。(宋史卷三百四十四李之纯传附)年八十而卒。(挥麈后录卷六)之仪论词云:"长短句于遣词中最为难工,自有一种风格,稍不如格,便觉龃龉。唐人但以诗句而用和声抑扬以就之,若今之歌阳关词是也。至唐末,遂因其声之长短句而以意填之,始一变以成音律。大抵以花间集中所载为宗,然多小阕。至柳耆卿,始铺叙展衍,备足无余,形容盛明,千载如逢当日。较之花间所集,韵终不胜。由是知其为难能也。张子野独矫拂而振起之,虽刻意追逐,要是才不足而情有余。良可佳者晏元宪、欧阳文忠、宋景文则以其余力游戏,而风流闲雅,超出意表,又非其类也。谛味研究,字字皆有据,而其妙见于卒章,语尽而意不尽,意尽而情不尽,岂平平可得仿佛哉?"(姑溪居士文集卷四十跋吴师道小词)自作有姑溪词,在汲古阁刊宋六十家词内。

谢池春 一首

残寒销尽,疏雨过,清明后。花径敛余红,风沼萦新皱。乳燕穿庭户,飞絮沾襟袖。正佳时,仍晚昼。著人滋味,真个浓如酒。　频移带眼,空只恁厌厌瘦,不见又思量,见了还依旧。为问频相见,何似长相守?　天不老,人未偶。且将此恨,分付庭前柳。

卜算子 一首

我住长江头,君住长江尾。日日思君不见君,共饮长江水。　此水几时休?此恨何时已?只愿君心似我心,定不负相思意。

【毛晋姑溪词跋】中多次韵小令,更长于淡语、景语、情语。如"鸳衾半拥空床月",又如"步懒恰寻床,卧看游丝到地长",又如"时时浸手心头熨,受尽无人知处凉",即置之片玉、漱玉集中,莫能伯仲。至若"我住长江头,君住长江尾,日日思君不见君,共饮长江水",真是古乐府俊语矣。

忆秦娥一首

用太白韵

清溪咽,霜风洗出山头月。山头月,迎得云归,还送云别。　　不知今是何时节?凌歊望断音尘绝。音尘绝,帆来帆去,天际双阙。

〔**集评**〕　冯煦曰:姑溪词长调近柳,短调近秦,而均有未至。(宋六十一家词选例言)

魏夫人

二首　录自四部丛刊影钞本乐府雅词卷下

〔传记〕　魏夫人，襄阳人，道辅之姊，曾子宣（布）丞相之妻，封鲁国夫人。朱晦庵（熹）云："本朝妇人能文者，唯魏夫人及李易安二人而已。"（词林纪事卷十九）曾子宣丞相，元丰间，帅庆州，未至，召还，至陕府，复还庆州，往来潼关。夫人魏氏作诗戏丞相云："使君自为君恩厚，不是区区爱华山。"（老学庵笔记卷七）乐府雅词录魏夫人词十首。

菩萨蛮二首

溪山掩映斜阳里，楼台影动鸳鸯起。隔岸两三家，出墙红杏花。　绿杨堤下路，早晚溪边去。三见柳绵飞，离人犹未归。

红楼斜倚连溪曲，楼前溪水凝寒玉。荡漾木兰船，船中人少年。　荷花娇欲语，笑入鸳鸯浦。波上暝烟低，菱歌月下归。

周邦彦

三十一首　录自郑文焯校覆宋淳熙刊本清真集

〔传记〕　周邦彦(一〇五七——一一二一)字美成,钱塘人。疏隽少检,不为州里推重,而博涉百家之书。元丰初,游京师,献汴都赋万余言。神宗异之,命侍臣读于迩英阁,召赴政事堂,自太学诸生一命为正。居五岁不迁,益尽力于辞章。出教授庐州,知溧水县。还为国子主簿。哲宗召对,使诵前赋,除秘书省正字,历校书郎、考功员外郎、卫尉宗正少卿,兼议礼局检讨,以直龙图阁知河中府。徽宗欲使毕礼书,复留之。逾年,乃知隆德府,徙明州。入拜秘书监,进徽猷阁待制,提举大晟府。未几,知顺昌府,徙处州,卒,年六十六。邦彦好音乐,能自度曲,制乐府长短句,词韵清蔚,传于世。(宋史卷四百四十四文苑传)邦彦词名片玉集,有汲古阁宋六十家词本、西泠词萃本。又名清真集,有四印斋所刻词本、郑文焯校刊本。又陈元龙注片玉集,有武进陶氏涉园景宋金元明本词续本、归安朱氏彊村丛书本。

瑞龙吟 一首

章台路,还见褪粉梅梢,试华桃树。愔愔坊陌人家,定巢燕子,归来旧处。　黯凝伫,因记个人痴小,乍窥门户,侵晨浅约宫黄,障风映袖,盈盈笑语。　前度刘郎重到,访邻寻里,同时歌舞,唯有旧家秋娘,声价如故。吟笺赋笔,犹记燕台句。知谁伴、名园露饮,东城闲步?　事与孤鸿去。探春尽是伤离意绪。官柳低金缕。归骑晚,纤纤池塘飞雨。断肠院落,一帘风絮。

【唐宋诸贤绝妙词选卷七】今按:此词自"章台路"至"归来旧处"是第一段,自"黯凝伫"至"盈盈笑语"是第二段,此谓之"双拽头",属正平调。自"前度刘郎"以下,即犯大石,系第三段。至"归骑晚"以下四句,再归正平。今诸本皆于"吟笺赋笔"处分段者,非也。

【乐府指迷】结句须要放开,合有余不尽之意,以景结情最好。如清真之"断肠院落,一帘风絮",又"掩重关、遍城钟鼓"之类是也。

【宋四家词选】"事与孤鸿去"一句,化去町畦。不过"人面桃花"旧曲翻新耳。看其由无情入、结归无情、层层脱换、笔笔往复处。

【夏敬观评清真集】词中对偶句,最忌堆砌板重。如此词"褪粉"二句、"名园"二句,皆极流动,所以妙也。"愔愔""侵晨"挺接。末段挺接处尤妙,用"潜气内转"之笔行之。

风流子 二首

枫林凋晚叶,关河迥,楚客惨将归。望一川暝霭,雁声哀怨;半规凉月,人影参差。酒醒后,泪花销凤蜡,风幕卷金泥。砧杵韵高,唤回残梦;绮罗香减,牵起余悲。 亭皋分襟地,难堪处,偏是掩面牵衣。何况怨怀长结,重见无期? 想寄恨书中,银钩空满;断肠声里,玉箸还垂。多少暗愁密意,唯有天知。

【夏评】此词四句对偶凡三处,句调皆变换不同。通篇一气衔贯。

新绿小池塘,风帘动,碎影舞斜阳。羡金屋去来,旧时巢燕;土花缭绕,前度莓墙。绣阁里,凤帏深几许?听得理丝簧。欲说又休,虑乖芳信;未歌先噎,愁转清商。 遥知新妆了,开朱户,应自待月西厢。最苦梦魂,今宵不到伊行。问甚时却与,佳音密耗,寄将秦镜,偷换韩香?天便教人,霎时厮见何妨?

【蕙风词话卷二】元人沈伯时作乐府指迷,于清真词推许甚至,唯以"天便教人,霎时厮见何妨""梦魂凝想鸳侣"等句为不可学,则非真能知词者也。清真又有句云:"多少暗愁密意,唯有天知。""最苦梦魂,今宵不到伊行。""拼今生对花对酒,为伊泪落。"此等语愈朴愈厚,愈厚愈雅,至真之情,由性灵肺腑中流出,不妨说尽而愈无尽。

兰陵王一首

柳

柳阴直,烟里丝丝弄碧。隋堤上,曾见几番,拂水飘绵送行色? 登临望故国。谁识,京华倦客? 长亭路,年去岁来,应折柔条过千尺。　闲寻旧踪迹。又酒趁哀弦,灯照离席。梨花榆火催寒食。愁一箭风快,半篙波暖,回头迢递便数驿,望人在天北。　凄恻,恨堆积。渐别浦萦回,津堠岑寂。斜阳冉冉春无极。念月榭携手,露桥闻笛。沉思前事,似梦里,泪暗滴。

【宋毛开樵隐笔录】绍兴初，都下盛行周清真咏柳兰陵王慢，西楼南瓦皆歌之，谓之"渭城三叠"。以周词凡三换头，至末段，声尤激越，惟教坊老笛师能倚之以节歌者。其谱传自赵忠简家。忠简于建炎丁未九日南渡，泊舟仪真江口，遇宣和大晟乐府协律郎某，叩获九重故谱，因令家伎习之，遂流传于外。

【宋四家词选】客中送客，一"愁"字代行者设想，以下不辨是情、是景，但觉烟霭苍茫。"望"字、"念"字尤幻。

【谭评词辨卷一】已是磨杵成针手段，用笔欲落不落。(谓起处)此类喷醒，非玉田所知。(谓第二段过片)"斜阳"七字，微吟千百遍，当入三昧，出三昧。

【艺蘅馆词选乙卷】梁启超云："斜阳"七字，绮丽中带悲壮，全首精神提起。

隔浦莲近拍一首

中山县圃姑射亭避暑作

新篁摇动翠葆，曲径通深窈。夏果收新脆，金丸落，惊飞鸟。浓霭迷岸草。蛙声闹，骤雨鸣池沼。水亭小，浮萍破处，檐花帘影颠倒。纶巾羽扇，困卧北窗清晓。屏里吴山梦自到。惊觉，依然身在江表！

苏幕遮一首

燎沉香,消溽暑。鸟雀呼晴,侵晓窥檐语。叶上初阳乾宿雨。水面清圆,一一风荷举。　故乡遥,何日去?家住吴门,久作长安旅。五月渔郎相忆否?小楫轻舟,梦入芙蓉浦。

【人间词话卷上】美成青玉案(案:当作苏幕遮)词:"叶上初阳乾宿雨。水面清圆,一一风荷举。"此真能得荷之神理者。觉白石念奴娇、惜红衣二词,犹有隔雾看花之恨。

齐天乐一首

绿芜雕尽台城路,殊乡又逢秋晚。暮雨生寒,鸣蛩劝织,深阁时闻裁剪。云窗静掩。叹重拂罗裀,顿疏花簟。尚有练囊,露萤清夜照书卷。　荆江留滞最久,故人相望处,离思何限?渭水西风,长安乱叶,空忆诗情宛转。凭高眺远。正玉液新刍,蟹螯初荐。醉倒山翁,但愁斜照敛。

【宋四家词选】此清真荆南作也,胸中犹有块垒。南宋诸公多模仿之。身在荆南,所思在关中,故有"渭水""长安"之句。碧山用作故实。

【谭评词辨卷一】起句亦是以扫为生法。"荆江"句应"殊乡"。"渭水"二句,点化成句,开后来多少章法。结束出奇,正是哀乐无端。

六　丑 一首

蔷薇谢后作

正单衣试酒,恨客里光阴虚掷。愿春暂留,春归如过翼,一去无迹。为问花何在? 夜来风雨,葬楚宫倾国。钗钿堕处遗香泽。乱点桃蹊,轻翻柳陌。多情最谁追惜? 但蜂媒蝶使,时叩窗隔。　　东园岑寂,渐蒙笼暗碧。静绕珍丛底,成叹息。长条故惹行客。似牵衣待话,别情无极。残英小、强簪巾帻。终不似一朵钗头颤袅,向人欹侧。漂流处、莫趁潮汐。恐断红尚有相思字,何由见得?

【宋四家词选】"愿春暂留,春归如过翼,一去无迹。"十三字,千回百折,千锤百炼,以下如鹏羽自逝。 不说人惜花,却说花恋人。不从无花惜春,却从有花惜春。不惜已簪之"残英",偏惜欲去之"断红"。

【谭评词辨卷一】"愿春"三句,逆入平出,亦平入逆出。"为问"三句,搏兔用全力。"静绕珍丛底"以下,处处断,处处连。"强簪巾帻"应"愿春暂留","莫趁潮汐"应"春归如过翼"。结笔仍用逆挽,此片玉所独。

【夏评】一气贯注,转折处如"天马行空"。所用虚字,无一不与文情相合。

夜飞鹊一首

别　情

河桥送人处,良夜何其？斜月远堕余辉。铜盘烛泪已流尽,霏霏凉露沾衣。相将散离会,探风前津鼓,树杪参旗。花骢会意,纵扬鞭、亦自行迟。

迢递路回清野,人语渐无闻,空带愁归。何意重经前地,遗钿不见,斜径都迷。兔葵燕麦,向残阳、影与人齐。但徘徊班草,欷歔酹酒,极望天西。

【宋四家词选】"班草"是散会处,"酹酒"是送人处,二处皆前地也,双起,故须双结。

【艺蘅馆词选乙卷】"兔葵燕麦"二句,与柳屯田之"晓风残月",可称送别词中双绝,皆熔情入景也。

满庭芳一首

夏日溧水无想山作

风老莺雏,雨肥梅子,午阴佳树清圆。地卑山近,衣润费炉烟。人静乌鸢自乐,小桥外、新渌溅溅。凭阑久,黄芦苦竹,疑泛九江船。　　年年,如社燕,飘流瀚海,来寄修椽。且莫思身外,长近尊前。憔悴江南倦客,不堪听、急管繁弦。歌筵畔,先安簟枕,容我醉时眠。

【郑文焯校语】案清真集强焕序云:"溧水为负山之邑。待制周公,元祐癸酉(一〇九三)为邑长于斯。所治后圃,有亭曰姑射,有堂曰萧闲,皆取神仙中事,揭而名之。"此云无想山,盖亦美成所名,亦神仙家言也。

【乐府指迷】词中多有句中韵,人多不晓,不惟读之可听,而歌时最要叶韵应拍,不可以为闲字而不押。如木兰花云"倾城尽寻胜去","城"字是韵,又如满庭芳过处"年年如社燕","年"字是韵,不可不察也。

【宋四家词选】"人静"二句,体物入微,夹入上下文中,似褒似贬,神味最远。

【艺蘅馆词选乙卷】最颓唐语,却最含蓄。

花　犯一首

咏　梅

粉墙低,梅花照眼,依然旧风味。露痕轻缀。疑净洗铅华,无限佳丽。去年胜赏曾孤倚,冰盘共燕喜。更可惜、雪中高士,香篝熏素被。　　今年对花最匆匆,相逢似有恨,依依愁悴。吟望久,青苔上、旋看飞坠。相将见、脆圆荐酒,人正在、空江烟浪里。但梦想、一枝潇洒,黄昏斜照水。

【唐宋诸贤绝妙词选卷七】此只咏梅花,而纡余反复,道尽三年间事。昔人谓好诗圆美流转如弹丸,余于此词亦云。

【宋四家词选】清真词之清婉者如此,故知建章千门,非一匠所营。

【谭评词辨卷一】"依然"句逆入,"去年胜赏"句平出,"今年对花"句放笔为直干,"吟望久"以下筋摇脉动,"相将见"二句如颜鲁公书,力透纸背。

大　酺 一首

春　雨

对宿烟收,春禽静,飞雨时鸣高屋。墙头青玉旆,洗铅霜都尽,嫩梢相触。润逼琴丝,寒侵枕障,虫网吹黏帘竹。邮亭无人处,听檐声不断,困眠初熟。奈愁极频惊,梦轻难记,自怜幽独。　　行人归意速,最先念、流潦妨车毂。怎奈向、兰成憔悴,乐广清羸,等闲时、易伤心目。未怪平阳客,双泪落、笛中哀曲。况萧索青芜国,红糁铺地,门外荆桃如菽。夜游共谁秉烛?

【乐府指迷】词中用事,使人姓名,须委曲得不用出最好。清真词多要两人名对使,亦不可学。他如宴清都云"庾信愁多，江淹恨极";西平乐云"东陵晦迹，彭泽归来";大酺云"兰成憔悴，卫玠清羸";过秦楼云"才减江淹，情伤荀倩"之类是也。

【谭评词辨卷一】"墙头"三句，辟灌皆有赋心。前周后吴，所以为大家也。"行人"二句，亦新亭之泪。"况萧索"下，一句一折，一步一态，然周昉美人，非时世妆也。

【艺蘅馆词选乙卷】"流潦妨车毂"句，托想奇拙，清真最善用之。

渡江云一首

晴岚低楚甸，暖回雁翼，阵势起平沙。骤惊春在眼，借问何时，委曲到山家。涂香晕色，盛粉饰、争作妍华。千万丝、陌头杨柳，渐渐可藏鸦。　　堪嗟，清江东注，画舸西流，指长安日下。愁宴阑、风翻旗尾，潮溅乌纱。今宵正对初弦月，傍水驿、深舣蒹葭。沉恨处，时时自剔灯花。

应天长 一首

寒 食

条风布暖,霏雾弄晴,池台遍满春色。正是夜堂无月,沉沉暗寒食。梁间燕,社前客,似笑我、闭门愁寂。乱花过,隔院芸香,满地狼籍。　　长记那回时,邂逅相逢,郊外驻油壁。又见汉官传烛,飞烟五侯宅。青青草,迷路陌,强载酒、细寻前迹。市桥远,柳下人家,犹自相识。

【宋四家词选】前遍生辣,后遍"青青草"以下,反剔所寻不见。

玉楼春 一首

桃溪不作从容住,秋藕绝来无续处。当时相候赤阑桥,今日独寻黄叶路。　　烟中列岫青无数,雁背夕阳红欲暮。人如风后入江云,情似雨余黏地絮。

【宋四家词选】只赋天台事,态浓意远。

玉楼春（桃溪不作从容住）

蝶恋花一首

早 行

　　月皎惊乌栖不定。更漏将阑，辘轳牵金井。唤起两眸清炯炯，泪花落枕红绵冷。　　执手霜风吹鬓影。去意徘徊，别语愁难听。楼上阑干横斗柄，露寒人远鸡相应。

　　【明王世贞艺苑卮言】美成能作景语，不能作情语，能入丽字，不能入雅字，以故价微劣于柳。然至"枕痕一线红生玉"，又"唤起两眸清炯炯，泪花落枕红绵冷"，其形容睡起之妙，真能动人。

少年游一首

感 旧

　　并刀如水，吴盐胜雪，纤指破新橙。锦幄初温，兽香不断，相对坐吹笙。　　低声问：向谁行宿？城上已三更。马滑霜浓，不如休去，直是少人行！

【宋四家词选】此亦本色佳制也。本色至此便足,再过一分,便入山谷恶道矣。

【谭评词辨卷一】丽极而清,清极而婉,然不可忽过"马滑霜浓"四字。

解连环一首

怨怀无托。嗟情人断绝,信音辽邈。纵妙手能解连环,似风散雨收,雾轻云薄。燕子楼空,暗尘锁一床弦索。想移根换叶,尽是旧时手种红药。　　汀洲渐生杜若。料舟依岸曲,人在天角。漫记得、当日音书,把闲语闲言,待总烧却。水驿春回,望寄我江南梅萼。拚今生、对花对酒,为伊泪落。

忆旧游一首

记愁横浅黛,泪洗红铅,门掩秋宵。坠叶惊离思,听寒螀夜泣,乱雨萧萧。凤钗半脱云鬓,窗影烛花摇。渐暗竹敲凉,疏萤照晓,两地魂销。迢迢,问音信,道径底花阴,时认鸣镳。也拟临朱户,叹因郎憔悴,羞见郎招。旧巢更有新燕,杨柳拂河桥。但满眼京尘,东风竟日吹露桃。

拜星月慢一首

夜色催更,清尘收露,小曲幽坊月暗。竹槛灯窗,识秋娘庭院。笑相遇,似觉琼枝玉树相倚,暖日明霞光烂。水盼兰情,总平生稀见。　　画图中、旧识春风面。谁知道、自到瑶台畔,眷恋雨润云温,苦惊风吹散。念荒寒寄宿无人馆,重门闭、败壁秋虫叹。怎奈向、一缕相思,隔溪山不断。

【宋四家词选】全是追思,却纯用实写,但读前阕,几疑是赋也。换头再为加倍跌宕之,他人万万无此力量。

关河令 一首

秋阴时晴渐向暝,变一庭凄冷。伫听寒声,云深无雁影。　更深人去寂静,但照壁孤灯相映。酒已都醒,如何消夜永?

解语花 一首

上 元

风销绛蜡,露浥红莲,灯市光相射。桂华流瓦,纤云散、耿耿素娥欲下。衣裳淡雅,看楚女纤腰一把。箫鼓喧,人影参差,满路飘香麝。　因念都城放夜,望千门如昼,嬉笑游冶。钿车罗帕,相逢处、自有暗尘随马。年光是也,唯只见旧情衰谢。清漏移,飞盖归来,从舞休歌罢。

【词源卷下】昔人咏节序,不为不多,付之歌喉者,类是率俗,不过为应时纳祜之声耳。所谓清明"拆桐花烂漫",端午"梅霖初歇",七夕"炎光谢",若律以词家调度,则皆未然。岂如美成解语花赋元夕云"风销焰蜡"云云,如此等妙词,不独措辞精粹,又且见时序风物之盛,人家宴乐之同。

【宋四家词选】此美成在荆南作,当与齐天乐同时,到处歌舞太平,京师尤为绝盛。

【人间词话卷上】词忌用替代字。美成解语花之"桂华流瓦",境界极妙,惜以"桂华"二字代"月"耳。梦窗以下,则用代字更多。其所以然者,非意不足则语不妙也。盖意足则不暇代,语妙则不必代。此少游之"小楼连苑""绣毂雕鞍",所以为东坡所讥也。

过秦楼 一首

水浴清蟾,叶喧凉吹,巷陌马声初断。闲依露井,笑扑流萤,惹破画罗轻扇。人静夜久凭阑,愁不归眠,立残更箭。叹年华一瞬,人今千里,梦沉书远。　空见说、鬓怯琼梳,容销金镜,渐懒趁时匀染。梅风地溽,虹雨苔滋,一架舞红都变。谁信无聊为伊,才减江淹,情伤荀倩。但明河影下,还看稀星数点。

【宋四家词选】入"梅风地溽"以下三句,意味深厚。

【陈洵海绡说词】换头三句承"人今千里","梅风"三句承"年华一瞬",然后以"无聊为伊"三句结情,以"明河影下"两句结景,篇法之妙,不可思议。

氐州第一 一首

波落寒汀,村渡向晚,遥看数点帆小。乱叶翻鸦,惊风破雁,天角孤云缥缈。官柳萧疏,甚尚挂微微残照?景物关情,川途换目,顿来催老。　　渐解狂朋欢意少,奈犹被思牵情绕。座上琴心,机中锦字,觉最萦怀抱。也知人悬望久,蔷薇谢、归来一笑。欲梦高唐,未成眠、霜空已晓。

尉迟杯 一首

离　恨

隋堤路,渐日晚、密霭生深树。阴阴淡月笼沙,还宿河桥深处。无情画舸,都不管烟波隔前浦。等行人醉拥重衾,载将离恨归去。　　因思旧客京华,长偎傍疏林小槛欢聚。冶叶倡条俱相识,仍惯见珠歌翠舞。如今向渔村水驿,夜如岁、焚香独自语。有何人念我无聊?梦魂凝想鸳侣。

【宋四家词选】南宋诸公所断不能到者,出之平实,故胜。一结拙甚。

绕佛阁 一首

旅　况

暗尘四敛,楼观迥出,高映孤馆。清漏将短,厌闻夜久签声动书幔。桂华又满,闲步露草,偏爱幽远。花气清婉。望中迤逦城阴度河岸。　　倦客最萧索,醉倚斜桥穿柳线。还似汴堤虹梁横水面,看浪飐春灯,舟下如箭。此行重见。叹故友难逢,羁思空乱,两眉愁、向谁舒展?

西 河 一首

金陵怀古

　　佳丽地，南朝盛事谁记？山围故国，绕清江、髻鬟对起。怒涛寂寞打孤城，风樯遥度天际。　　断崖树，犹倒倚，莫愁艇子曾系。空余旧迹，郁苍苍、雾沉半垒。夜深月过女墙来，伤心东望淮水。　　酒旗戏鼓甚处市？想依稀王谢邻里。燕子不知何世，向寻常巷陌人家相对，如说兴亡斜阳里。

【艺蘅馆词选乙卷】张玉田谓："清真最长处，在善融化诗句，如自己出。"读此词，可见此中三昧。

瑞鹤仙 一首

　　悄郊原带郭，行路永、客去车尘漠漠。斜阳映山落，敛余红犹恋，孤城阑角。凌波步弱，过短亭、何用素约？有流莺劝我，重解绣鞍，缓引春酌。　　不记归时早暮，上马谁扶？醒眠朱阁。惊飙动幕。

扶残醉,绕红药。叹西园已是花深无地,东风何事又恶? 任流光过却,犹喜洞天自乐。

【宋四家词选】只闲闲说起。不扶残醉,不见红药之系情,东风之作恶。因而追溯昨日送客后,薄暮入城,因所携之妓,倦游访伴,小憩复成酣饮。换头句透出一醒字,"惊飙"句倒插"东风",然后以"扶残醉"三字点睛,结构精奇,金针度尽。

浪淘沙慢一首

晓阴重,霜凋岸草,雾隐城堞。南陌脂车待发,东门帐饮乍阕。正拂面垂杨堪揽结,掩红泪、玉手亲折。念汉浦离鸿去何许? 经时信音绝。 情切,望中地远天阔。向露冷风清无人处,耿耿寒漏咽。嗟万事难忘,唯是轻别。翠尊未竭,凭断云留取西楼残月。罗带光销纹衾叠,连环解、旧香顿歇。怨歌永、琼壶敲尽缺。恨春去不与人期,弄夜色,空余满地梨花雪。

【宋四家词选】空际出力,梦窗最得其诀。"翠尊"以下三句,一气赶下,是清真长技。 钩勒劲健峭举。

浣溪沙 一首

雨过残红湿未飞,疏篱一带透斜晖,游蜂酿蜜窃香归。 金屋无人风竹乱,衣篝尽日水沉微,一春须有忆人时。

夜游宫 一首

叶下斜阳照水,卷轻浪、沉沉千里。桥上酸风射眸子,立多时,看黄昏,灯火市。 古屋寒窗底,听几片、井桐飞坠。不恋单衾再三起。有谁知? 为萧娘,书一纸。

【宋四家词选】此亦是层层加倍写法。本只"不恋单衾"一句耳,加上前阕,方觉精力弥满。

〔集评〕 陈振孙曰:清真词多用唐人诗语,檃括入律,浑然天成;长调尤善铺叙,富艳精工,词人之甲乙也。(直斋书录解题卷二十) 陈郁曰:美成自号清真,二百年来,以乐府独步。贵人、学士、市儇、妓女,皆知美成词为可爱。(藏一话腴) 刘肃曰:周美成以旁搜远绍之才,寄情长短句,缜密典丽,流风可仰。其征辞引类,推古夸今,或借字用意,言言皆有来历,真足冠冕词林,欢筵歌席,率知崇爱。(陈元龙集注本片玉集序) 张炎曰:古之乐章、乐府、乐歌、乐曲,皆出于雅正。粤自隋、唐以来,声诗闲为长短句,至唐人则有尊前、花间集。迄于崇宁,立大晟府,命周美成诸人讨论古音,审定古调。沦落之后,少得存者,由此八十四调之声稍传。而美成诸人又复增演慢曲、引、近,或移宫换羽,为三犯、四犯之曲,按月律为之,其曲遂繁。美成负一代词名,所作之词,浑厚和雅,善于融化诗句,而于音谱且间有未谐,可见其难矣。(词源卷下) 沈义父曰:凡作词当以清真为主。盖清真最为知音,且无一点市井气,下字运意,皆有法度,往往自唐、宋诸贤诗句中来,而不用经、史中生硬字面,此所以为冠绝也。(乐府指迷) 彭孙遹曰:美成词如十三女子,玉艳珠鲜,政未可以其软媚而少之也。(金粟词话) 周济曰:美成思力,独绝千古,如颜平原书,虽未臻两晋,而唐初之法,至此大备。后有作者,莫能出其范围矣。 读得清真词多,觉他人所作,都不十分经意。钩勒之妙,无如清真。他人一钩勒便薄,清真愈钩勒愈浑厚。(介存斋论词杂著) 刘熙载曰:周美成词,或称其无美不备。余谓论词莫先于品。美成词信富艳精工,只是当不得一个贞字。是以士大夫不肯学之,学之则不知终日意萦何处矣。周美成律最精审,史邦卿句最警炼,然未得为君子之词者,周旨荡而史意贪也。(艺概卷四)　　冯煦曰:陈氏子龙曰:"以沉挚之思,而出之必浅近,使读之者骤遇之如在耳目之前,久诵之而得隽永之趣,则用意难也。以儇利之词,而制之必工炼,使篇无累句,句无累字,圆润明密,言如贯珠,则铸词难也。其为体也纤弱,明珠翠羽,犹嫌其重,何况龙鸾?必有鲜妍之姿,而不藉粉泽,则设色难也。其为境也婉媚,虽以惊露取妍,实贵含蓄不尽,时在低回唱叹之余,则命篇难也。"张氏纲孙曰:"结构天成,而中有艳语、隽语、奇语、豪语、苦语、痴语、没要紧语,如巧匠运斤,毫无痕迹。"毛氏先舒曰:"北宋词之盛也,其妙处不在豪快而在高健,不在艳冶而在幽咽。豪快可以气取,艳冶可以言工,高健幽咽,则关乎神理,难可强也。"又曰:"言欲层深,语欲浑成。"诸家所论,未尝专属一人,而求之两宋,惟片玉、梅溪,足以备之。周之胜史,则又在浑之一字,词至于浑而无可复进矣。(宋六十一家词选例言)

王国维曰:美成深远之致,不及欧、秦,唯言情体物,穷极工巧,故不失为第一流之作者。但惟创调之才多,创意之才少耳。　　词之雅、郑,在神不在貌。永叔、少游,虽作艳语,终有品格,方之美成,便有淑女与倡伎之别。(人间词话卷上)　　以宋词比唐诗,则东坡似太白,欧、秦似摩诘,耆卿似乐天,方回、叔原则大历十子之流,南宋惟一稼轩可比昌黎,而词中老杜,非先生不可。读先生之词,于文字之外,须更味其音律。今其声虽亡,读其词者,犹觉拗怒之中,自饶和婉,曼声促节,繁会相宣,清浊抑扬,辘轳交往,两宋之间,一人而已。(清真先生遗事)

323

万俟咏

五首　录自唐宋诸贤绝妙词选卷七

〔传记〕　万俟雅言，自号词隐。崇宁中，充大晟府制撰，与晁次膺按月律进词。其清明应制一首尤佳，即"见梨花初带夜月，海棠半含朝雨"之词也。（历代诗余卷二百十六引古今词话）有大声集五卷，周美成为序，山谷亦称之为一代词人。（唐宋诸贤绝妙词选卷七）王灼记雅言行实云："万俟咏雅言，元祐诗赋科老手也。三舍法行，不复进取，放意歌酒，自号大梁词隐。每出一章，信宿喧传都下。政和初，召试补官，置大晟乐府制撰之职。新广八十四调，患谱弗传。雅言请以盛德大业及祥瑞事迹制词实谱。有旨：'依月用律，月进一曲。'自此新谱稍传。"又称："沈公述、李景元、孔方平、处度叔侄、晁次膺、万俟雅言，皆有佳句，就中雅言又绝出。然六人者，源流从柳氏来，病于无韵。雅言初自集分两体：曰'雅词'，曰'侧艳'，目之曰'胜萱丽藻'。后召试入官，以侧艳体无赖太甚，削去之。再编成集，分五体：曰'应制'，曰'风月脂粉'，曰'雪月风花'，曰'脂粉才情'，曰'杂类'。周美成目之曰'大声'。"（碧鸡漫志卷二）大声集失传已久，刘毓盘、赵万里各有辑本，刘辑得二十三首，赵辑得二十七首，赵辑晚出，较精审。

昭君怨 一首

春到南楼雪尽,惊动灯期花信。小雨一番寒,倚阑干。 莫把阑干频倚,一望几重烟水。何处是京华?暮云遮。

诉衷情 一首

送春

一鞭清晓喜还家,宿醉困流霞。夜来小雨新霁,双燕舞风斜。 山不尽,水无涯,望中赊。送春滋味,念远情怀,分付杨花。

忆少年 一首

陇首山

陇云溶泄,陇山峻秀,陇泉呜咽。行人暂驻马,已不胜愁绝。　　上陇首、凝眸天四阔,更一声塞雁凄切。征书待寄远,有知心明月。

长相思 二首

雨

一声声,一更更。窗外芭蕉窗里灯,此时无限情。　　梦难成,恨难平。不道愁人不喜听,空阶滴到明。

山　驿

短长亭,古今情。楼外凉蟾一晕生,雨余秋更清。　　暮云平,暮山横。几叶秋声和雁声,行人不要听。

〔**集评**〕　黄昇曰:雅言之词,词之圣者也。发妙音于律吕之中,运巧思于斧凿之外,平而工,和而雅,比诸刻琢句意而求精丽者远矣。(唐宋诸贤绝妙词选卷七)

曹组

四首　录自四部丛刊影钞本乐府雅词卷下

〔传记〕　曹组字元宠,阳翟人。宣和三年(一一二一),登进士第。(宋诗纪事卷四十)以阁门宣赞舍人为睿思殿应制,以占对开敏得幸。(宋史卷三百七十九)王灼曰:"元祐间王齐叟彦龄,政和间曹组元宠,皆能文,每出长短句,脍炙人口。彦龄以滑稽语噪河朔。组潦倒无成,作红窗迥及杂曲数百解,闻者绝倒,滑稽无赖之魁也。贪缘遭遇,官至防御使。"(碧鸡漫志卷二)组有箕颍集,久佚。乐府雅词录其词三十一首。刘毓盘、赵万里各有辑本,赵辑得三十五首,校勘精审胜刘辑。

如梦令 一首

门外绿阴千顷,两两黄鹂相应。睡起不胜情,行到碧梧金井。人静,人静,风动一枝花影。

忆少年 一首

年时酒伴,年时去处,年时春色。清明又近也,却天涯为客。 念过眼光阴难再得,想前欢、尽成陈迹。登临恨无语,把阑干暗拍。(原缺暗字,依唐宋诸贤绝妙词选卷八补。)

品 令 一首

乍寂寞,帘栊静、夜久寒生罗幕。窗儿外、有个梧桐树,早一叶两叶落。 独倚屏山欲寐,月转惊飞乌鹊。促织儿声响虽不大,敢教贤睡不着。

青玉案 一首

碧山锦树明秋霁,路转陡,疑无地。忽有人家临曲水。竹篱茅舍,酒旗沙岸,一簇成村市。 凄凉只恐乡心起,凤楼远、回头谩凝睇。何处今宵孤馆里?一声征雁,半窗残月,总是离人泪。

苏庠

二首　录自四部丛刊影钞本乐府雅词卷下

〔传记〕　苏庠字养直,沣州人,伯固(坚)之子。初以病目,自号眚翁,徙居丹阳之后湖,更号后湖病民。(宋诗纪事卷四十一)绍兴间,与徐师川(俯)同召,师川赴,养直辞。师川造朝,便道过养直,留饮甚欢。二公平日对弈,徐高于苏。是日,养直拈一子,笑视师川曰:"今日须还老夫下此一着。"师川有愧色。(鹤林玉露卷五)乐府雅词录庠词二十三首。刘毓盘辑后湖词一卷,得二十六首。易大厂校印北宋三家词,内有后湖词一卷,亦据旧辑本也。

菩萨蛮 一首

宜兴作

北风振野云平屋,寒溪浙浙流冰谷。落日送归鸿,夕岚千万重。　荒陂垂斗柄,直北乡山近。何必苦言归?石亭春满枝。

木兰花一首

江云叠叠遮鸳浦,江水无情流薄暮。归帆初张去声苇边风,客梦不禁篷背雨。　　渚花不解留人住,只作深愁无尽处。白沙烟树有无中,雁落沧洲何处所?

李 甲

一首　录自四部丛刊影钞本乐府雅词卷下

〔传记〕　李甲字景元,华亭人。(词综卷十)善为词,小令有闻于时。工画,得意外之趣,米海岳尝称之。有自题山水诗曰:"谁拨烟云六尺绡,寒山秋树晚萧萧。十年来往吴淞口,错认溪南旧板桥。"苏轼东坡集亦有题嘉兴景福寺李景元画竹诗曰:"闻说神仙郭恕先,醉中狂笔势澜翻。百年寥落何人在?只有华亭李景元。"其见重如此。(刘毓盘辑李景元词跋)乐府雅词录景元词八首。刘辑本得十四首,其中忆王孙四首,出于唐宋诸贤绝妙词选卷七,题为李重元作,殆不容牵合为出于景元之手也。

帝台春一首

芳草碧色,萋萋遍南陌。暖絮乱红,也知人春愁无力。忆得盈盈拾翠侣,共携赏凤城寒食。到今来、海角逢春,天涯为客。　　愁旋释,还似织;泪暗拭,又偷滴。漫伫立、倚遍危栏,尽黄昏、也只是暮云凝碧。拚则而今已拚了,忘则怎生便忘得?又还问鳞鸿,试重寻消息。

鲁逸仲

一首 录自唐宋诸贤绝妙词选卷八

〔传记〕 孔夷字方平,孔子四十七代孙,元祐中隐士。父旼,隐居汝州龙兴县龙山之滍阳城,夷因自号滍皋渔父。所作词或托名鲁逸仲云。(历代词人考略卷十八)王灼曰:"兰畹曲会,孔宁极先生之子方平所集,序引称无为莫知非,其自作者称鲁逸仲,皆方平隐名,如子虚、乌有、亡是之类。孔平日自号滍皋渔父,与侄处度齐名,李方叔诗酒侣也。"(碧鸡漫志卷二)黄昇曰:"鲁逸仲词意婉丽,似万俟雅言。"(唐宋诸贤绝妙词选卷八)花庵词选录逸仲词三首。

南　浦 一首

旅　怀

风悲画角,听单于三弄落谯门。投宿骎骎征骑,飞雪满孤村。酒市渐阑灯火,正敲窗乱叶舞纷纷。送数声惊雁,下离烟水,嘹唳度寒云。　　好在半胧溪月,到如今、无处不销魂。故国梅花归梦,愁损绿罗裙。为问暗香闲艳,也相思万点付啼痕。算翠屏应是,两眉余恨倚黄昏。

廖世美

二首　录自唐宋诸贤绝妙词选卷四

好事近—首

夕　景

落日水镕金,天淡暮烟凝碧。楼上谁家红袖? 靠阑干无力。　　鸳鸯相对浴红衣,短棹弄长笛。惊起一双飞去,听波声拍拍。

烛影摇红—首

（安陆齐云楼原题"别愁",此从词综卷十改。）

霭霭春空,画楼森耸凌云渚。（原作汉,依词综改。）紫薇登览最关情,绝妙夸能赋。惆怅相思迟暮,记当日、朱栏共语。塞鸿难问,岸柳何穷,别愁纷绪。　　催促年光,旧来流水知何处? 断肠何必更残阳,极目伤平楚。晚霁波声带雨,悄无人、舟横古渡。数峰江上，芳草天涯，参差烟树。

【蕙风词话卷二】廖世美烛影摇红过拍云："塞鸿难问，岸柳何穷？别愁纷絮。"神来之笔，即已佳矣。换头云："催促年光，旧来流水知何处？断肠何必更残阳，极目伤平楚。晚霁波声带雨，悄无人、舟横古渡。"语淡而情深，令子野、太虚辈为之，容或未必能到。此等词一再吟诵，辄沁入心脾，毕生不能忘。花庵绝妙词选中，真能不愧"绝妙"二字，如世美之作，殊不多觏。

陈 克

二首　录自四部丛刊影钞本乐府雅词卷下

〔传记〕　陈克字子高,天台人。吕安老帅建康,辟为参议。(唐宋诸贤绝妙词选卷八)一云:临海人。绍兴中,为敕令所删定官。自号赤城居士,侨居金陵。(词林纪事卷十)乐府雅词录克词三十六首。彊村丛书本赤城词一卷,共四十首。赵万里别有辑本,得四十一首,刊入校辑宋金元人词第一册中。

菩萨蛮 二首

赤栏桥尽香街直,笼街细柳娇无力。金碧上青空,花晴帘影红。　　黄衫飞白马,日日青楼下。醉眼不逢人,午香吹暗尘。

绿芜墙绕青苔院,中庭日淡芭蕉卷。蝴蝶上阶飞,烘帘自在垂。　　玉钩双语燕,宝甃杨花转。几处簸钱声,绿窗春睡轻。

【词林纪事卷十】卢申之云:子高菩萨蛮云:"几处簸钱声,

绿窗春梦轻。"谒金门云:"檀炷绕窗灯背壁,画檐闻雨滴。"殊觉其香艳。

〔**集评**〕 陈振孙曰:子高词格颇高丽,晏、周之流亚也。(直斋书录解题卷二十一) 周济曰:子高不甚有重名,然格韵绝高,昔人谓"晏、周之流亚"。晏氏父子俱非其敌,以方美成,则又拟于不伦;其温、韦高弟乎?比温则薄,比韦则悍,故当出入二氏之门。(介存斋论词杂著)

李清照

十三首　录自赵万里辑本漱玉词

〔传记〕　易安居士李清照,宋济南人。父格非,母王状元拱辰孙女,皆工文章。居历城城西南之柳絮泉上。易安幼有才藻。元符二年(一〇九九),年十八,适太学生诸城赵明诚。明诚父挺之,时为吏部侍郎,格非为礼部员外郎。李、赵宦族,然素贫俭。每朔望,明诚太学谒告出,质衣,取半千钱,步入相国寺,市碑文、果实归,夫妻相对展玩咀嚼,尝自谓"葛天氏之民"也。后二年,明诚出仕宦,挺之为宰相,居政府,亲旧在馆阁者多,有亡诗、逸史、汲冢、鲁壁所未见之书,尽力传写。或古今名人书画、三代奇器,质衣物市之。挺之在徽宗时,易安进诗曰:"炙手可热心可寒。"挺之排元祐党人甚力,格非以党籍罢。易安上诗挺之曰:"何况人间父子情?"读者哀之。易安自少年兼有诗名,才力华赡,逼近前辈。传诵者:"诗情如夜鹊,三绕未能安。""少陵也是可怜人,更待明年试春草。"世又传:"两汉本继绍,新室如赘疣,所以嵇中散,至死薄殷周。"以为佳境。明诚后屏居乡里十年,衣食有余。及起知青、莱二州,皆政简,日事铅椠,易安与共校勘,作金石录,考证精凿,多足正史书之失。每获一书,即校勘、整集、签题,得书画、彝鼎,摩玩舒卷,指摘疵病,夜尽一烛为率。所藏纸札精致,字画完整,冠诸收书家。易安性强记,每饭罢,与明诚坐归来堂,烹茶,指堆积书史,言某事在某书几卷、几叶、几行,以中否决胜负为饮茶先后,中即举杯,往往大笑,茶倾复怀中,反不得饮而起。其收藏既富,归来堂起书库,大橱簿甲乙,置书册,当讲读,即请钥上簿,关出卷帙,或少损污,必惩责、揩完、涂改。又置副本,便翻讨。书史百家字不刓、本不误谬者,常兼三四本,皆精绝。靖康二年(一一二七)春,明诚奔母丧于金陵,半弃所藏。其年十二日,金人陷青州,火其书十余屋。建炎二年(一一二八),明诚起复,知江宁府。易安在江宁日,每值天大雪,即顶笠、披簑,循城远览,得句必邀赓和,明诚每苦之。三年,明诚罢,将家于赣水。四月,高宗如江宁,诏明诚知湖州。明诚赴行在,感暑,疟发,八月卒。

绍兴元年(一一三一),易安之越,二年之杭,年五十有一矣,作金石录后序。四年,避乱西上,过严子陵钓台,至金华,卜居焉。居金华,有武陵春词曰:"风住尘香花已尽,日晚倦梳头。物是人非事事休,欲语泪先流。 闻说双溪春尚好,也拟泛轻舟。只恐双溪舴艋舟,载不动许多愁。"流寓有故乡之思。其事非闺闱文笔自记者莫能知,或曰依弟迒,老于金华。(节录俞正燮癸巳类稿易安居士事辑)易安尝历评唐、宋以来歌词,皆摘其短,无一免者。其言曰:"乐府声诗并著,最盛于唐。开元、天宝间,有李八郎者,能歌擅天下。时新及第进士开宴曲江。榜中一名士先召李,使易服,隐名姓,衣冠故敝,精神惨沮,与同之宴所,曰:'表弟愿与坐末。'众皆不顾。既酒行,乐作,歌者进。时曹元谦、念奴为冠,歌罢,众皆咨嗟称赏。名士忽指李曰:'请表弟歌。'众皆哂,或有怒者。及转喉发声歌一曲,众皆泣下,罗拜,曰:'此李八郎也。'自后郑、卫之声日炽,流靡之变日烦,已有菩萨蛮、春光好、莎鸡子、更漏子、浣溪沙、梦江南、渔父等词,不可遍举。五代干戈,四海瓜分豆剖,斯文道熄。独江南李氏君臣尚文雅,故有'小楼吹彻玉笙寒''吹皱一池春水'之词,语虽奇甚,所谓'亡国之音哀以思'也。逮至本朝,礼乐文武大备,又涵养百余年,始有柳屯田永者,变旧声作新声,出乐章集,大得声称于世,虽协音律,而词语尘下。又有张子野、宋子京兄弟、沈唐、元绛、晁次膺辈继出,虽时时有妙语,而破碎何足名家。至晏元献、欧阳永叔、苏子瞻,学际天人,作为小歌词,直如酌蠡水于大海,然皆句读不葺之诗尔,又往往不协音律者。何耶?盖诗文分平侧,而歌词分五音,又分五声,又分六律,又分清浊、轻重。且如近世所谓声声慢、雨中花、喜迁莺,既押平声韵,又押入声韵。玉楼春本押平声韵,又押上、去声,又押入声。本押仄声韵,如押上声则协,如押入声则不可歌矣。王介甫、曾子固文章似西汉,若作一小歌词,则人必绝倒,不可读也。乃知别是一家,知之者少。后晏叔原、贺方回、秦少游、黄鲁直出,始能知之。又晏苦无铺叙,贺苦少典重;秦即专主情致而少故实,譬如贫家美女,虽极妍丽丰逸,而终乏富贵态;黄即尚故实而多疵病,譬如良玉有瑕,价自减半矣。"(苕溪渔隐丛话后集卷三十三)易安所为漱玉词,直斋书录解题作一卷,唐宋诸贤绝妙词选作三卷,宋史艺文志作六卷,元以后皆不存。今所见虞山毛氏诗词杂俎本及临桂王氏四印斋本,俱非其旧,惟乐府雅词所载二十三首为最可信耳。近人赵万里辑得四十三首,附录十七首,为漱玉词定本一卷,刊入校辑宋金元人词第二册中，较世行各本为精审。别有大兴李文椅辑漱玉集，兼收诗文，亦足为研讨之助。

如梦令 一首

昨夜雨疏风骤，浓睡不消残酒。试问卷帘人，却道海棠依旧。知否？知否？应是绿肥红瘦。

【渔隐丛话前集卷六十】苕溪渔隐云：近时妇人能文词如李易安，颇多佳句。小词云："绿肥红瘦。"此语甚新。又九日词云："帘卷西风，人似黄花瘦。"此语亦妇人所难到也。

浣溪沙 二首

淡荡春光寒食天，玉炉沉水袅残烟，梦回山枕隐花钿。　海燕未来人斗草，江梅已过柳生绵，黄昏疏雨湿秋千。

髻子伤春懒更梳，晚风庭院落梅初，淡云来往月

如梦令（昨夜雨疏风骤）

疏疏。　玉鸭熏炉闲瑞脑,朱樱斗帐掩流苏,通犀还解辟寒无?

【谭评词辨卷一】易安居士独此篇有唐调。选家炉冶,遂标此奇。

醉花阴一首

薄雾浓云愁永昼,瑞脑消金兽。佳节又重阳,玉枕纱厨,半夜凉初透。　东篱把酒黄昏后,有暗香盈袖。莫道不消魂,帘卷西风,人比黄花瘦。

【元伊世珍嫏嬛记卷中】易安以重阳醉花阴词函致明诚。明诚叹赏,自愧弗逮,务欲胜之,一切谢客,忘食忘寝者三日夜,得五十阕,杂易安作以示友人陆德夫。德夫玩之再三,曰:"只三句绝佳。"明诚诘之,答曰:"莫道不消魂,帘卷西风,人似黄花瘦。"政易安作也。

鹧鸪天 一首

寒日萧萧上琐窗,梧桐应恨夜来霜。酒阑更喜团茶苦,梦断偏宜瑞脑香。　　秋已尽,日犹长,仲宣怀远更凄凉。不如随分尊前醉,莫负东篱菊蕊黄。

小重山 一首

春到长门春草青。江梅些子破,未开匀。碧云笼碾玉成尘。留晓梦,惊破一瓯春。　　花影压重门。疏帘铺淡月,好黄昏。二年三度负东君。归来也!著意过今春。

一剪梅 一首

红藕香残玉簟秋。轻解罗裳,独上兰舟。云中谁寄锦书来?雁字回时,月满西楼。　　花自飘零水自流。一种相思,两处闲愁。此情无计可消除,才下眉头,却上心头。

【嫏嬛记卷中】赵明诚、易安结褵未久,明诚即负笈远游,易安殊不忍别,觅锦帕,书一剪梅词以送之。

蝶恋花—首

暖雨晴风初破冻。柳眼梅腮,已觉春心动。酒意诗情谁与共?泪融残粉花钿重。 乍试夹衫金缕缝。山枕斜敧,枕损钗头凤。独抱浓愁无好梦,夜阑犹剪灯花弄。

渔家傲—首

天接云涛连晓雾,星河欲转千帆舞。仿佛梦魂归帝所。闻天语,殷勤问我归何处? 我报路长嗟日暮,学诗漫有惊人句。九万里风鹏正举。风休住,蓬舟吹取三山去。

凤凰台上忆吹箫 一首

（依乐府雅词卷下）

香冷金猊，被翻红浪，起来人未梳头。任宝奁闲掩，日上帘钩。生怕闲愁暗恨，多少事、欲说还休。今年瘦，非干病酒，不是悲秋。　　明朝，这回去也，千万遍阳关，也即难留。念武陵春晚，云锁重楼。记取楼前绿水，应念我、终日凝眸。凝眸处，从今更数，几段新愁。

【唐宋诸贤绝妙词选卷十】"人未"作"慵自"，"闲掩"作"尘满"，"闲愁暗恨"作"离怀别苦"，"今年"作"新来"，"明朝"作"休休"，"也即"作"也则"，"春晚"作"人远"，"云锁重楼"作"烟锁秦楼"，"记取"作"惟有"，"绿水"作"流水"，"更数几段"作"又添一段"。

凤凰台上忆吹箫（香冷金猊）

声声慢一首

寻寻觅觅,冷冷清清,凄凄惨惨戚戚。乍暖还寒时候,最难将息。三杯两盏淡酒,怎敌他、晚来风急?雁过也,正伤心,却是旧时相识。　满地黄花堆积,憔悴损,如今有谁堪摘?守著窗儿,独自怎生得黑?梧桐更兼细雨,到黄昏、点点滴滴。这次第,怎一个愁字了得?

【宋罗大经鹤林玉露卷十二】近时李易安词云:"寻寻觅觅,冷冷清清,凄凄惨惨戚戚。"起头连叠七字,以一妇人乃能创意出奇如此!

【清刘体仁七颂堂词绎】易安居士"最难将息""怎一个愁字了得",深妙稳雅,不落蒜酪,亦不落绝句,真此道本色当行第一人也。

念奴娇一首

萧条庭院,又斜风细雨,重门须闭。宠柳娇花寒食近,种种恼人天气。险韵诗成,扶头酒醒,别是闲滋味。征鸿过尽,万千心事难寄。　　楼上几日春寒,帘垂四面,玉阑干慵倚。被冷香消新梦觉,不许愁人不起。清露晨流,新桐初引,多少游春意!日高烟敛,更看今日晴未?

【唐宋诸贤绝妙词选卷十】前辈尝称易安"绿肥红瘦"为佳句。余谓此篇"宠柳娇花"之语,亦甚奇俊,前此未有能道之者。

【清王又华古今词论】毛稚黄曰:李易安春情:"清露晨流,新桐初引。"用世说全句,浑妙。尝论词贵开宕,不欲沾滞,忽悲忽喜,乍远乍近,斯为妙耳。如游乐词,须微著愁思,方不痴肥。李春情词本闺怨,结云"多少游春意""更看今日晴未",忽尔拓开,不但不为题束,并不为本意所苦,直如行云舒卷自如,人不觉耳。

【金粟词话】李易安:"被冷香消新梦觉,不许愁人不起。""守著窗儿,独自怎生得黑?"皆用浅俗之语,发清新之思,词意并工,闺情绝调。

永遇乐一首

落日镕金,暮云合璧,人在何处?染柳烟浓,吹梅笛怨,春意知几许?元宵佳节,融和天气,次第岂无风雨? 来相召、香车宝马,谢他酒朋诗侣。

中州盛日,闺门多暇,记得偏重三五。铺翠冠儿,拈金雪柳,簇带争济楚。如今憔悴,风鬟雾鬓,怕见夜间出去。不如向帘儿底下,听人笑语。

【贵耳集卷上】易安居士李氏,赵明诚之妻。金石录亦笔削其间。南渡以来,常怀京、洛旧事,晚年赋元宵永遇乐词云:"落日熔金,暮云合璧。"已自工致。至于"染柳烟轻,吹梅笛怨,春意知几许",气象更好。后段云:"于今憔悴,风鬟霜鬓,怕见夜间出去。"皆以寻常语度入音律,炼句精巧则易,平淡入调者难。

〔集评〕 王灼曰:易安居士作长短句,能曲折尽人意,轻巧尖新,姿态百出。(碧鸡漫志卷二) 沈谦曰:男中李后主,女中李易安,极是当行本色。(填词杂说) 王士禛曰:张南湖论词派有二:一曰婉约,一曰豪放。仆谓婉约以易安为宗,豪放惟幼安称首,皆吾济南人,难乎为继矣!(花草蒙拾) 李调元曰:易安在宋诸媛中,自卓然一家,不在秦七、黄九之下。词无一首不工,其炼处可夺梦窗之席,其丽处直参片玉之班,盖不徒俯视巾帼,直欲压倒须眉。(雨村词话卷三) 沈曾植曰:易安跌宕昭彰,气度极类少游,刻挚且兼山谷,篇章惜少,不过窥豹一斑,闺房之秀,固文士之豪也。才锋太露,被谤殆亦因此。自明以来,堕情者醉其芬馨,飞想者赏其神骏,易安有灵,后者当许为知己。渔洋称易安、幼安为济南二安,难乎为继,易安为婉约主,幼安为豪放主,此论非明代诸公所及。(菌阁琐谈)

孙道绚

二首　录自唐宋诸贤绝妙词选卷十

〔传记〕　孙道绚，号冲虚居士，黄谷城之母。(唐宋诸贤绝妙词选卷十)谷城名铢，字子厚，富沙浦城人。与朱文公(熹)为交友，长于诗。刘潜夫(克庄)宰建阳，刻其谷城集于县斋。黄之母笔力甚高，张世南曾亲见铢亲录其遗词六首以赠郑昭先。(张世南游宦纪闻卷八)唐宋诸贤绝妙词选称为"孙夫人"，录其词五首，有三首与铢手录相同。赵万里辑得九首，附录三首，为冲虚词一卷，刊入校辑宋金元人词第二册中。

清平乐 一首

雪

悠悠扬扬，做尽轻模样。夜半萧萧窗外响，多在梅边竹上。　朱楼向晓帘开，六花片片飞来。无奈熏炉烟雾，腾腾扶上金钗。

醉思仙一首

寓居妙湛,悼亡,作此。

晚霞红,看山迷暮霭,烟暗孤松。动翩翩风袂,轻若惊鸿。心似鉴,鬓如云,弄清影,月明中。谩悲凉,岁冉冉,舜华潜改衰容。　　前事销凝久,十年光景匆匆。念云轩一梦,回首春空。彩凤远,玉箫寒,夜悄悄,恨无穷。叹黄尘,久埋玉,断肠挥泪东风。

张元幹

七首　录自汲古阁宋六十家词本芦川词

〔传记〕　张元幹(一〇九一——一一六〇后)字仲宗,三山人,太学上舍。绍兴中,坐送胡铨及寄李纲词除名。自号芦川居士。(历代诗余卷一百四)周必大云:"长乐张元幹,字仲宗,在政和、宣和间,已有能乐府声,今传于世,号芦川集,凡百六十篇,以贺新郎二篇为首。"(益公题跋)芦川词有毛氏汲古阁宋六十家词本、吴氏双照楼影宋元明本词本。

贺新郎 二首

送胡邦衡待制赴新州

梦绕神州路。怅秋风、连营画角,故宫离黍。底事昆仑倾砥柱,九地黄流乱注?聚万落千村狐兔。天意从来高难问,况人情老易悲难诉!更南浦,送君去。　　凉生岸柳催残暑。耿斜河、疏星淡月,断云微度。万里江山知何处?回首对床夜语。雁不到、书成谁与?目尽青天怀今古,肯儿曹恩怨相尔汝?举大白,听金缕。

【宋王明清挥麈后录卷十】绍兴戊午(一一三八),秦会之(桧)再入相,遣王正道(伦)为计议使,以修和盟。十一月,枢密院编修官胡铨邦衡上书(文长不录),请斩王伦、秦桧、孙近三人之头。疏入,责为昭州盐仓,而改送吏部,与合入差遣,注福州签判,盖上初无深怒之意也。至壬戌岁(一一四二),慈宁归养,秦讽台臣,论其前言弗效,诏除名勒停,送新州编管。张仲宗元幹寓居三山,以长短句送其行。

寄李伯纪丞相

曳杖危楼去。斗垂天、沧波万顷,月流烟渚。扫尽浮云风不定,未放扁舟夜渡。宿雁落寒芦深处。怅望关河空吊影,正人间鼻息鸣鼍鼓。谁伴我,醉中舞? 十年一梦扬州路。倚高寒、愁生故国,气吞骄虏。要斩楼兰三尺剑,遗恨琵琶旧语。谩暗涩铜华尘土。唤取谪仙平章看,过苕溪尚许垂纶否?风浩荡,欲飞举。

【四库全书总目卷一百九十八芦川词提要】绍兴八年十一月,待制胡铨谪新州,元幹作贺新郎以送,坐是除名。又李纲疏谏和议,在是年十一月。纲斯时已提举洞霄宫矣,元幹又有寄词一阕。今观此集,即以此二阕压卷,盖有深意。其词慷慨悲凉,数百年后,尚想其抑塞磊落之气。然其他作,则多清丽婉转,与秦观、周邦彦可以肩随。

满江红一首

自豫章阻风吴城山作

春水迷天,桃花浪、几番风恶。云乍起、远山遮尽,晚风还作。绿遍芳洲生杜若,楚帆带雨烟中落。傍向来沙嘴共停桡,伤飘泊。　寒犹在,衾偏薄。肠欲断,愁难著。倚篷窗无寐,引杯孤酌。寒食清明都过却,最怜轻负年时约。想小楼终日望归舟,人如削。

兰陵王一首

春 恨

卷珠箔,朝雨轻阴乍阁。阑干外、烟柳弄晴,芳草侵阶映红药。东风妒花恶,吹落,梢头嫩萼。屏山掩、沉水倦熏,中酒心情怕杯勺。　　寻思旧京洛,正年少疏狂,歌笑迷著。障泥油壁催梳掠。曾驰道同载,上林携手,灯夜初过早共约。又争信飘泊?寂寞,念行乐。甚粉淡衣襟,音断弦索?琼枝璧月春如昨。怅别后华表,那回双鹤。相思除是,向醉里,暂忘却。

石州慢一首

己酉秋,吴兴舟中。

雨急云飞,瞥然惊散,暮天凉月。谁家疏柳低迷,几点流萤明灭。夜帆风驶,满湖烟水苍茫,菰蒲零乱秋声咽。梦断酒醒时,倚危樯清绝。　　心折,长庚光怒,群盗纵横,逆胡猖獗。欲挽天河,一洗中原膏血。两宫何处?塞垣只隔长江,唾壶空击悲歌缺。万里想龙沙,泣孤臣吴越。

水调歌头

追 和

举手钓鳌客,削迹种瓜侯。重来吴会,三伏行见五湖秋。耳畔风波摇荡,身外功名飘忽,何路射庞头? 孤负男儿志,怅望故园愁。　梦中原,挥老泪,遍南州。元龙湖海豪气,百尺卧高楼。短发霜黏两鬓,清夜盆倾一雨,喜听瓦鸣沟。犹有壮心在,付与百川流。

浣溪沙 一首

山绕平湖波撼城,湖光倒影浸山青,水晶楼下欲三更。　雾柳暗时云度月,露荷翻处水流萤,萧萧散发到天明。

〔集评〕 毛晋曰:芦川词,人称其长于悲愤。及读花庵、草堂所选,又极妩秀之致,真堪与片玉、白石并垂不朽。(芦川词跋)

357

叶梦得

七首　录自汲古阁宋六十家词本石林词

〔传记〕　叶梦得(一〇七七————一一四八)字少蕴,苏州吴县人。(据湖州府志:叶元辅居乌程,至梦得已四世。)嗜学早成,多识前言往行。绍圣四年(一〇九七)登进士第。徽宗朝,自婺州教授,召为议礼武选编修官。用蔡京荐,召对。累官龙图阁直学士,知汝州、蔡州,移帅颍昌府。高宗驻跸杭州,以梦得深晓财赋,乃除资政殿学士,提举中太一宫,专一提领户部财用,充车驾巡幸顿递使,辞不拜。绍兴初,起为江东安抚大使,兼知建康府。八年(一一三八),除江东安抚制置大使,兼知建康府,行宫留守。梦得兼总四路漕计,以给馈饷,军用不乏,故诸将得悉力以战。诏加观文殿学士,移知福州,兼福建安抚使。上章请老,特迁一官,提举临安府洞霄宫,寻拜崇信军节度使,致仕。十八年,卒湖州。(节录宋史卷四百四十五文苑传)有石林词一卷,刊入汲古阁宋六十家词中。

贺新郎 一首

睡起流莺语。掩苍苔、房栊向晚,乱红无数。吹尽残花无人见,惟有垂杨自舞。渐暖霭初回轻暑。宝扇重寻明月影,暗尘侵、上有乘鸾女。惊旧恨,遽如许! 　　江南梦断横江渚。浪黏天、葡萄涨绿,半空烟雨。无限楼前沧波意,谁采蘋花寄取? 但怅望兰舟容与。万里云帆何时到? 送孤鸿、目断千山阻。谁为我,唱金缕?

【宋刘昌诗芦浦笔记卷十】叶石林贺新郎词,有"谁采蘋花寄与? 但怅望兰舟容与",下"与"字去声。汉礼乐志:"练时日,澹容与。"颜注:"闲舒也。"今歌者不辨音义,乃以其叠两"与"字,妄改上"与"作"寄取"而不以为非,良可笑也。庆元庚申(一二〇〇),石林之孙筠守临江,尝从容语及,谓赋此词时,年方十八。而传者乃云为仪真妓女作。详味句意,皆不相干,或是书此以遗之尔。

水调歌头 二首

九月望日,与客习射西园,余病不能射。

霜降碧天静,秋事促西风。寒声隐地初听,中夜入梧桐。起瞰高城回望,寥落关河千里,一醉与君同。叠鼓闹清晓，飞骑引雕弓。　　岁将晚，客争笑，问衰翁：平生豪气安在？走马为谁雄？何似当筵虎士，挥手弦声响处，双雁落遥空。老矣真堪愧！回首望云中。

前　调

秋色渐将晚，霜信报黄花。小窗低户深映，微路绕敧斜。为问山公何事？坐看流年轻度，拚却鬓双华。徙倚望沧海，天净水明霞。　　念平昔，空飘荡，遍天涯。归来三径重扫，松竹本吾家。却恨悲风时起，冉冉云间新雁，边马怨胡笳。谁似东山老，谈笑净胡沙？

八声甘州一首

寿阳楼八公山作

故都迷岸草，望长淮依然绕孤城。想乌衣年少，芝兰秀发，戈戟云横。坐看骄兵南渡，沸浪骇奔鲸。

转眄东流水,一顾功成。千岁八公山下,尚断崖草木,遥拥峥嵘。漫云涛吞吐,无处问豪英。信劳生空成今古,笑我来何事怆遗情？东山老,可堪岁晚,独听桓筝!

临江仙 二首

与客湖上饮归

不见跳鱼翻曲港,湖边特地经过。萧萧疏雨乱风荷。微云吹尽散,明月堕平波。白酒一杯还径醉,归来散发婆娑。无人能唱采菱歌。小轩敧枕簟,檐影挂星河。

熙春台与王取道、贺方回、曾公衮会别。

自笑天涯无定准,飘然到处迟留。兴阑却上五湖舟。鲈蒓新有味,碧树已惊秋。台上微凉初过雨,一尊聊记同游。寄声时为到沧洲。遥知敧枕处,万壑看交流。

虞美人 一首

雨后，同幹誉、才卿置酒来禽花下作。

落花已作风前舞，又送黄昏雨。晓来庭院半残红，惟有游丝千丈罥晴空。　　殷勤花下同携手，更尽杯中酒。美人不用敛蛾眉，我亦多情无奈酒阑时！

〔集评〕 关注曰：叶公以经术文章，为世宗儒，翰墨之余，作为歌词，亦妙天下。味其词婉丽，绰有温、李之风。晚岁落其华而实之，能于简淡时出雄杰，合处不减靖节、东坡之妙，岂近世乐府之流哉？（题石林词）　王灼曰：后来学东坡者，叶少蕴、蒲大受亦得六七，其才力比晁、黄差劣。（碧鸡漫志卷二）　毛晋曰：少蕴自号石林居士，晚年居卞山下，奇石森列，藏书数万卷，啸咏自娱。所撰诗文甚富。石林词一卷，与苏、柳并传，绰有林下风，不作柔语殢人，真词家逸品也。（石林词跋）　冯煦曰：叶少蕴主持王学，所著石林诗话，阴抑苏、黄，而其词顾挹苏氏之余波，岂此道与所问学固多歧出耶？（宋六十一家词选例言）

汪 藻

二首　录自彊村丛书本浮溪词

〔传记〕 汪藻(一○七九——一一五四)字彦章,饶州德兴人。入太学,中进士第,累官翰林学士,知湖州,升显谟阁学士,知徽州、宣州。藻博极群书,老不释卷。工俪语,所为制词,人多传诵。(宋史卷四百四十五文苑传)彊村丛书收浮溪词三首,题婺源汪藻撰。

点绛唇—首

新月娟娟,夜寒江静山衔斗。起来搔首,梅影横窗瘦。　　好个霜天,闲却传杯手。君知否?乱鸦啼后,归兴浓于酒。

【能改斋漫录卷十六】汪彦章在翰苑,屡致言者。尝作点绛唇。或问曰:"归梦浓于酒,何以在晓鸦啼后?"公曰:"无奈这一队畜生聒噪何!"

小重山 一首

月下潮生红蓼汀。残霞都敛尽,四山青。柳梢风急堕流萤。随波处,点点乱寒星。　别语寄丁宁。如今能间隔,几长亭?　夜来秋气入银屏。梧桐雨,还恨不同听。

陈与义

三首 录自四部丛刊影宋刊本简斋诗集附无住词

〔传记〕 陈与义(一〇九〇——一一三八)字去非,洛人。登政和三年(一一一三)上舍甲科,授开德府教授,累迁太学博士。及金人入汴,南宗南迁,遂避乱襄汉,转湖湘,逾岭峤。久之,召为兵部员外郎。绍兴元年(一一三一)夏,至行在,迁中书舍人,兼掌内制,拜吏部侍郎。寻以徽猷阁直学士知湖州。六年,拜翰林学士,知制诰。七年,参知政事。三月,从帝如建康。明年,扈跸还临安,以疾请,复以资政殿学士知湖州。卒年四十九。与义尤长于诗,体物寓兴,清邃纡余,高举横厉,上下陶、谢、韦、柳之间。(节录宋史卷四百四十五文苑传)有简斋诗集,附无住词十八首,四部丛刊影宋刊本。汲古阁宋六十家词亦有无住词一卷。

临江仙 一首

高咏楚词酬午日,天涯节序匆匆。榴花不似舞裙红。无人知此意,歌罢满帘风。　　万事一身伤老矣！戎葵凝笑墙东。酒杯深浅去年同。试浇桥下水,今夕到湘中。

虞美人 一首

大光祖席,醉中赋长短句。

张帆欲去仍搔首,更醉君家酒。吟诗日日待春风,及至桃花开后却匆匆。　　歌声频为行人咽,记著樽前雪。明朝酒醒大江流,满载一船离恨向衡州。

临江仙 一首

夜登小阁,忆洛中旧游。

忆昔午桥桥上饮,坐中多是豪英。长沟流月去无声。杏花疏影里,吹笛到天明。　　二十余年如一梦,此身虽在堪惊。闲登小阁看新晴。古今多少事,渔唱起三更。

【渔隐丛话后集卷三十四】苕溪渔隐曰:去非忆洛中旧游词云:"忆昔午桥桥上饮,坐中多是豪英。长沟流月去无声。杏花疏影里,吹笛至天明。"此数语奇丽。简斋集后载数词,惟此词最优。

【词源卷下令曲】若陈简斋"杏花疏影里,吹笛到天明"之句,真是自然而然。

【艺概卷四】词之好处,有在句中者,有在句之前后际者。陈去非虞美人:"吟诗日日待春风,及至桃花开后却匆匆。"此好在句中者也。临江仙:"杏花疏影里,吹笛到天明。"此因仰承"忆昔",俯注"一梦",故此二句不觉豪酣,转成怅恨,所谓好在句外者也。倪谓现在如此,则呆甚矣。

〔集评〕 黄昇曰:无住词一卷,词虽不多,语意超绝,识者谓其可摩坡仙之垒也。(中兴以来绝妙词选卷一)

岳 飞

二首　录自艺海珠尘本岳忠武王集

〔传记〕　岳飞（一一〇三——一一四一）字鹏举，相州汤阴人。世力农。父和，能节食以济饥者。飞少负气节，沉厚寡言，家贫，力学，尤好左氏春秋、孙吴兵法。宣和四年（一一二二）应募，旋隶留守宗泽，战开德、曹州，皆有功。泽大奇之，曰："尔智勇才艺，古良将不能过。然好野战，非万全计。"因授以阵图。飞曰："阵而后战，兵法之常。运用之妙，存乎一心。"高宗时，屡破金兵，以恢复为己任，不肯附和议。秦桧以飞不死，己必及祸，故力谋杀之。死时年三十九。孝宗诏复飞官，以礼改葬，谥武穆。（节录宋史卷三百六十五岳飞传）飞兼工诗、词，自抒怀抱，惜传作不多耳。

满江红 一首

怒发冲冠，凭阑处、潇潇雨歇。抬望眼、仰天长啸，壮怀激烈。三十功名尘与土，八千里路云和月。莫等闲、白了少年头，空悲切。　　靖康耻，犹未雪。臣子憾,何时灭?驾长车踏破,贺兰山缺。壮志饥餐胡虏肉,笑谈渴饮匈奴血。待从头、收拾旧山河,朝天阙。

小重山一首

昨夜寒蛩不住鸣。惊回千里梦,已三更。起来独自绕阶行。人悄悄,帘外月胧明。　白首为功名。旧山松竹老,阻归程。欲将心事付瑶筝。知音少,弦断有谁听?

【历代诗余卷一百十七引陈郁藏一话腴】武穆贺讲和赦表云:"莫守金石之约,难充溪壑之求。"故作词云:"欲将心事付瑶筝,知音少,弦断有谁听?"盖指和议之非也。又作满江红,忠愤可见。其不欲"等闲白了少年头",足以明其心事。

小重山（昨夜寒蛩不住鸣）

吕本中

五首　录自赵万里辑紫微词

〔传记〕　吕本中(一〇八四——一一四五)字居仁,寿州人,元祐宰相公著之曾孙。绍兴六年(一一三六)赐进士出身,擢起居舍人。累官中书舍人,兼直学士院。以忤秦桧,劾罢,提举太平观,卒,学者称东莱先生。(节录宋史卷三百七十六)尝集江西宗派诗。(中兴以来绝妙词选卷一)曾季貍曰:"东莱晚年长短句,尤浑然天成,不减唐花间之作。"(艇斋诗话)近人赵万里辑得本中词二十六首,为紫微词一卷,刊入校辑宋金元人词第二册中。

采桑子 一首

恨君不似江楼月,南北东西。南北东西,只有相随无别离。　　恨君却似江楼月,暂满还亏。暂满还亏,待得团圆是几时?

减字木兰花 一首

去年今夜,同醉月明花树下。此夜江边,月暗长堤柳暗船。 故人何处?带我离愁江外去。来岁花前,又是今年忆昔年。

菩萨蛮 一首

高楼只在斜阳里,春风淡荡人声喜。携客不嫌频,使君如酒醇。 花光人不会,月色须君醉。月色与花光,共成各夜长。

踏莎行 一首

雪似梅花,梅花似雪,似和不似都奇绝。恼人风味阿谁知,请君问取南楼月。 记得去年,探梅时节,老来旧事无人说。为谁醉倒为谁醒?至今犹恨轻离别。

清平乐 一首

柳塘书事

柳塘新涨,艇子操双桨。闲倚曲栏成怅望,是处春愁一样。 傍人几点飞花,夕阳又送栖鸦。试问画楼西畔,暮云恐近天涯。

朱敦儒

十四首　录自彊村丛书本樵歌

〔传记〕　朱敦儒字希真,河南人。志行高洁,虽为布衣,而有朝野之望。避乱客南雄州。绍兴二年(一一三二),诏以为右迪功郎,下肇庆府,敦遭诣行在。既至,赐进士出身,为秘书省正字,俄兼兵部郎官,迁两浙东路提点刑狱。十九年,上疏请归,许之。敦儒素工诗及乐府,婉丽清畅。时秦桧当国,喜奖用骚人墨客,以文太平。桧子熺亦好诗。于是先用敦儒子为删定官,复除敦儒鸿胪少卿。桧死,敦儒亦废。(节录宋史卷四百四十五文苑传)敦儒晚居嘉禾。所作樵歌三卷,有王氏四印斋刊本及朱氏彊村丛书本。

水龙吟 一首

放船千里凌波去,略为吴山留顾。云屯水府,涛随神女,九江东注。北客翩然,壮心偏感,年华将暮。念伊嵩旧隐,巢由故友,南柯梦,遽如许!回首妖氛未扫,问人间英雄何处?奇谋报国,可怜无用,尘昏白羽。铁锁横江,锦帆冲浪,孙郎良苦。但愁敲桂棹,悲吟梁父,泪流如雨。

念奴娇 三首

插天翠柳,被何人推上,一轮明月?照我藤床凉似水,飞入瑶台琼阙。雾冷笙箫,风轻环佩,玉锁无人掣。闲云收尽,海光天影相接。　谁信有药长生?素娥新炼就,飞霜凝雪。打碎珊瑚,争似看、仙桂扶疏横绝。洗尽凡心,满身清露,冷浸萧萧发。明朝尘世,记取休向人说。

【贵耳集卷上】朱希真,南渡以词得名。月词有"插天翠柳,被何人推上,一轮明月"之句,自是豪放。赋梅词如不食烟火人语。"横枝消瘦一如无,但空里疏花数点",语意奇绝。

晚凉可爱,是黄昏人静,风生蘋叶。谁做秋声穿细柳?初听寒蝉凄切。旋采芙蓉,重熏沉水,暗里香交彻。拂开冰簟,小床独卧明月。　老来应免多情,还因风景好,愁肠重结。可惜良宵人不见,角枕兰衾虚设。宛转无眠,起来闲步,露草时明灭。银河西去,画楼残角呜咽。

垂虹亭

放船纵棹,趁吴江风露,平分秋色。帆卷垂虹波面冷,初落萧萧枫叶。万顷琉璃,一轮金鉴,与我成三客。碧空寥廓,瑞星银汉争白。　　深夜悄悄鱼龙,灵旗收暮霭,天光相接。莹澈乾坤,全放出、叠玉层冰宫阙。洗尽凡心,相忘尘世,梦想都销歇。胸中云海,浩然犹浸明月。

临江仙一首

直自凤凰城破后,擘钗破镜分飞。天涯海角信音稀。梦回辽海北,魂断玉关西。　　月解重圆星解聚,如何不见人归?今春还听杜鹃啼。年年看塞雁,一十四番回。

鹧鸪天 二首

检尽历头冬又残,爱他风雪忍他寒。拖条竹杖家家酒,上个篮舆处处山。　　添老大,转痴顽,谢天教我老来闲。道人还了鸳鸯债,纸帐遍花醉梦间。

唱得梨园绝代声,前朝惟数李夫人。自从惊破霓裳后,楚奏吴歌扇里新。　　秦嶂雁,越溪砧,西风北客两飘零。尊前忽听当时曲,侧帽停杯泪满巾。

朝中措 二首

先生筇杖是生涯,挑月更担花。把住都无憎爱,放行总是烟霞。　　飘然携去,旗亭问酒,萧寺寻茶。恰似黄鹂无定,不知飞到谁家。

红稀绿暗掩重门,芳径罢追寻。已是老于前岁,那堪穷似他人!　　一杯自劝,江湖倦客,风雨残春。不是酴醾相伴,如何过得黄昏?

好事近 二首

渔父词

摇首出红尘,醒醉更无时节。活计绿蓑青笠,惯披霜冲雪。　　晚来风定钓丝闲,上下是新月。千里水天一色,看孤鸿明灭。

短棹钓船轻,江上晚烟笼碧。塞雁海鸥分路,占江天秋色。　　锦鳞拨剌满篮鱼,取酒价相敌。风顺片帆归去,有何人留得?

卜算子 二首

古涧一枝梅,免被园林锁。路远山深不怕寒,似共春相趓。　　幽思有谁知?托契都难可。独自风流独自香,明月来寻我。

旅雁向南飞,风雨群初失。饥渴辛勤两翅垂,独下寒汀立。　　鸥鹭苦难亲,矰缴忧相逼。云海茫茫无处归,谁听哀鸣急?

相见欢 一首

金陵城上西楼,倚清秋,万里夕阳垂地大江流。 中原乱,簪缨散,几时收?试倩悲风吹泪过扬州。

张孝祥

六首　录自四部丛刊影宋本于湖居士乐府

〔传记〕　张孝祥字安国，历阳乌江人。读书一过目不忘。绍兴二十四年（一一五四），廷试第一。历中书舍人，直学士院，兼都督府参赞军事，领建康留守，集贤殿修撰，知静江府，广南西路经略安抚使，知潭州，徙知荆南湖北路安抚使。筑守金堤，自是荆州无水患。进显谟阁直学士，致仕，卒，年三十八。（节录宋史卷三百八十九张孝祥传）所作于湖词，有毛氏汲古阁宋六十家词本、四部丛刊影宋刊于湖居士集本、吴氏双照楼影刊宋元明本词本。

六州歌头 一首

长淮望断，关塞莽然平。征尘暗，霜风劲，悄边声，黯销凝。追想当年事，殆天数，非人力，洙泗上，弦歌地，亦膻腥。隔水毡乡，落日牛羊下，区脱纵横。看名王宵猎，骑火一川明，笳鼓悲鸣，遣人惊。　念腰间箭，匣中剑，空埃蠹，竟何成！时易失，心徒壮，岁将零，渺神京。干羽方怀远，静烽燧，且休兵。冠盖使，纷驰骛，若为情。闻道中原遗老，常南望、翠葆霓旌。使行人到此，忠愤气填膺，有泪如倾。

【历代诗余卷一百十七引朝野遗记】张孝祥紫微雅词，汤衡称其平昔未尝著稿，笔酣兴健，顷刻即成，却无一字无来处。一日，在建康留守席上作六州歌头，张魏公读之，罢席而入。

【艺概卷四】词莫要于有关系。张元幹仲宗因胡邦衡谪新州，作贺新郎送之，坐是除名，然身虽黜而义不可没也。张孝祥安国于建康留守席上赋六州歌头，致感重臣罢席。然则词之兴、观、群、怨，岂下于诗哉？

念奴娇一首

过洞庭

洞庭青草，近中秋、更无一点风色。玉鉴琼田三万顷，著我扁舟一叶。素月分辉，明河共影，表里俱澄澈。悠然心会，妙处难与君说。　　应念岭表经年，孤光自照，肝胆皆冰雪。短发萧骚襟袖冷，稳泛沧浪空阔。尽吸西江，细斟北斗，万象为宾客。扣舷独笑,不知今夕何夕。

【清厉鹗绝妙好词笺卷一】四朝闻见录云:张于湖尝舟过洞庭,月照龙堆,金沙荡射。公得意命酒,唱歌所作词,呼群吏而酹之曰:"亦人子也。"其坦率皆类此。鹤山魏了翁跋此词真迹云:张于湖有英姿奇气,著之湖湘间,未为不遇。洞庭所赋,在集中最为杰特。方其吸江酌斗、宾客万象时,讵知世间有紫微青琐哉?

西江月 一首

丹阳湖(依绝妙好词补题,毛本题作"洞庭"。)

问讯湖边春色,重来又是三年。东风吹我过湖船,杨柳丝丝拂面。 世路如今已惯,此心到处悠然。寒光亭下水如天,飞起沙鸥一片。

水调歌头 二首

泛湘江(毛本作"过潇湘寺")

濯足夜滩急,晞发北风凉。吴山楚泽行遍,只欠到潇湘。买得扁舟归去,此事天公付我,六月下沧浪。蝉蜕尘埃外,蝶梦水云乡。　　制荷衣,纫兰佩,把琼芳。湘妃起舞一笑,抚瑟奏清商。唤起九歌忠愤,拂拭三闾文字,还与日争光。莫遣儿辈觉,此乐未渠央。

和庞佑父（毛本作"闻采石战胜"）

雪洗虏尘静,风约楚云留。何人为写悲壮?吹角古城楼。湖海平生豪气,关塞如今风景,剪烛看吴钩。剩喜燃犀处,骇浪与天浮。　　忆当年,周与谢,富春秋。小乔初嫁,香囊未解,勋业故优游。赤壁矶头落照,肥水桥边衰草,渺渺唤人愁。我欲乘风去,击楫誓中流。

浣溪沙一首

荆州约马举先登城楼观塞（宋本无题,依毛本补。）

霜日明霄水蘸空,鸣鞘声里绣旗红,淡烟衰草有无中。　　万里中原烽火北,一尊浊酒戍楼东,酒阑挥泪向悲风。

〔**集评**〕　陈应行曰:比游荆、湖间,得公于湖集,所作长短句,凡数百篇。读之,泠然、洒然,真非烟火食人辞语。予虽不及识荆,然其潇散出尘之姿,自在如神之笔,迈往凌云之气,犹可以想见也。(毛本于湖词序)　汤衡曰:衡尝获从公游,见公平昔为词,未尝著稿,笔酣兴健,顷刻即成,初若不经意,反复究观,未有一字无来处。如歌头、凯歌、登无尽藏、岳阳楼诸曲,所谓骏发踔厉,寓以诗人句法者也。(同上)

韩元吉

二首　录自彊村丛书本南涧诗余

〔传记〕　韩元吉(一一一八——一一八七)字无咎,号南涧,许昌人,门下侍郎维四世孙,东莱先生吕伯恭之外舅也。(绝妙好词笺卷一)寓居信州。隆兴间,官吏部尚书。有南涧甲乙稿。(词林纪事卷十)元吉与张孝祥、范成大、陆游、辛弃疾等常以词相唱和。彊村丛书刊有南涧诗余一卷。

好事近 一首

汴京赐宴,闻教坊乐,有感。

凝碧旧池头,一听管弦凄切。多少梨园声在,总不堪华发。　　杏花无处避春愁,也傍野烟发。惟有御沟声断,似知人呜咽。

【绝妙好词笺卷一】金史交聘表云:"大定十三年(一一七三)三月癸巳朔,宋遣试礼部尚书韩元吉、利州观察使郑兴裔等贺万春节。"按:宋孝宗乾道九年,为金世宗大定十三年。南涧汴京赐宴之词,当是此时作。

六州歌头 一首

桃 花

东风著意,先上小桃枝。红粉腻,娇如醉,倚朱扉。记年时,隐映新妆面,临水岸,春将半,云日暖,斜桥转,夹城西。草软莎平,跋马垂杨渡,玉勒争嘶。认蛾眉凝笑,脸薄拂燕支。绣户曾窥,恨依依。 共携手处,香如雾,红随步,怨春迟。销瘦损,凭谁问?只花知,泪空垂。旧日堂前燕,和烟雨,又双飞。人自老,春长好,梦佳期。前度刘郎,几许风流地,花也应悲。但茫茫暮霭,目断武陵溪,往事难追。

陆　游

九首　录自汲古阁宋六十家词本放翁词

〔**传记**〕　陆游（一一二五——一二〇九）字务观，越州山阴人。年十二，能诗、文，荫补登仕郎。锁厅荐送第一，秦桧孙埙适居其次。桧怒，至罪主司。明年，试礼部，主司复置游前列。桧显黜之。孝宗即位，赐进士出身，出通判建康府，寻易隆兴府，免归。久之，通判夔州。王炎宣抚川、陕，辟为干办公事。游为炎陈进取之策，以为经略中原，必自长安始，取长安必自陇右始。范成大帅蜀，游为参议官。以文字交，不拘礼法，人讥其颓放，因自号放翁。后累迁江西常平提举，知严州。嘉泰二年（一二〇二），以孝宗、光宗两朝实录及三朝史未就，诏游权同修国史实录院同修撰，寻兼秘书监。三年，书成，遂升宝章阁待制，致仕。嘉定二年卒，年八十五。（节录宋史卷三百九十五陆游传）游与淞皆佃之孙。游尤长于诗，与尤袤、杨万里、范成大为南宋四大家。兼喜填词，尝作词云："桥如虹，水如空，一叶飘然烟雨中，天教称放翁。"（鹤林玉露卷四）自谓："少时汩于世俗，颇有所为，晚而悔之，然渔歌菱唱，犹不能止。"（放翁词自序）汲古阁宋六十家词有放翁词一卷，吴氏双照楼景宋元明本词有景宋本渭南词二卷。

鹧鸪天 一首

家住苍烟落照间,丝毫尘事不相关。斟残玉瀣行穿竹,卷罢黄庭卧看山。 贪啸傲,任衰残,不妨随处一开颜。元知造物心肠别,老却英雄似等闲!

钗头凤 一首

红酥手,黄縢酒,满城春色宫墙柳。东风恶,欢情薄。一怀愁绪,几年离索。错!错!错! 春如旧,人空瘦,泪痕红浥鲛绡透。桃花落,闲池阁。山盟虽在,锦书难托。莫!莫!莫!

【耆旧续闻卷十】余弱冠客会稽,游许氏园,见壁间有陆放翁题词,笔势飘逸,书于沈氏园。辛未(一一五一)三月题。放翁先室内琴瑟甚和,然不当母夫人意,因出之。夫妇之情,实不忍离。后适南班士名某,家有园馆之胜。务观一日至园中,去妇闻之,遣遗黄封酒果馔,通殷勤。公感其情,为赋此词。其妇见而和之,有"世情薄,人情恶"之句,惜不得其全阕。未几,怏怏而卒。闻者为之怆然。此园后更许氏。淳熙间,其壁

钗头凤(红酥手)

犹存,好事者以竹木来护之。今不复有矣。

【宋周密齐东野语卷一】陆务观初娶唐氏,闳之女也,于其母夫人为姑侄。伉俪相得而弗获于其姑,既出而未忍绝之,则为别馆时时往焉,姑知而掩之,虽先知挈去,然事不得隐,竟绝之,亦人伦之变也。唐后改适同郡宗子士程。尝以春日出游,相遇于禹迹寺南之沈氏园。唐以语赵,遣致酒肴。翁怅然久之,为赋钗头凤一词,题园壁间。实绍兴乙亥岁(一一五五)也。翁居鉴湖之三山,晚岁每入城,必登寺眺望,不能胜情。尝赋二绝云:"梦断香销四十年,沈园柳老不飞绵。此身行作稽山土,犹吊遗踪一怅然。"又云:"城上斜阳画角哀,沈园无复旧池台。伤心桥下春波绿,曾是惊鸿照影来。"盖庆元己未(一一九九)岁也。未久,唐氏死。至绍熙壬子(一一九二)岁,复有诗序云:"禹迹寺南,有沈氏小园。四十年前,尝题小词一阕壁间。偶复一到,而园已三易主,读之怅然。"诗云:"枫叶初丹槲叶黄,河阳愁鬓怯新霜。林亭感旧空回首,泉路凭谁说断肠?坏壁醉题尘漠漠,断云幽梦事茫茫。年来妄念消除尽,回向蒲龛一炷香。"(案此段应在"翁居鉴湖"一段前,当系传刻之误。)又至开禧乙丑(一二〇五)岁暮,夜梦游沈氏园,又两绝句云:"路近城南已怕行,沈家园里更伤情。香穿客袖梅花在,绿蘸寺桥春水生。""城南小陌又逢春,只见梅花不见人。玉骨久成泉下土,墨痕犹锁壁间尘。"沈园后属许氏,又为汪之道宅云。

【历代诗余卷一百十八引夸娥斋主人说】陆放翁娶妇,琴瑟甚和,而不当母夫人意,遂至解褵。然犹馈遗殷勤,尝贮酒赠陆，陆谢以词，有"东风恶，欢情薄"之句，盖寄声钗头凤也。妇亦答词云："世情薄，人情恶，雨送黄昏花易落。晓风干，泪痕残。欲笺心事，独语斜阑。难！难！难！　人成各，今非昨，病魂常似秋千索。角声寒，夜阑珊。怕人寻问，咽泪妆欢。瞒！瞒！瞒！"未几，以愁怨死。

卜算子一首

咏　梅

驿外断桥边，寂寞开无主。已是黄昏独自愁，更著风和雨。　　无意苦争春，一任群芳妒。零落成泥碾作尘，只有香如故。

夜游宫一首

记梦，寄师伯浑。

雪晓清笳乱起，梦游处、不知何地？铁骑无声望似水。想关河，雁门西，青海际。　　睡觉寒灯里，漏声断、月斜窗纸。自许封侯在万里。有谁知？鬓虽残，心未死。

渔家傲 一首

寄仲高

东望山阴何处是？往来一万三千里。写得家书空满纸！流清泪，书回已是明年事。　寄语红桥桥下水，扁舟何日寻兄弟？行遍天涯真老矣！愁无寐，鬓丝几缕茶烟里。

鹊桥仙 二首

一竿风月，一蓑烟雨，家在钓台西住。卖鱼生怕近城门，况肯到红尘深处？　潮生理棹，潮平系缆，潮落浩歌归去。时人错把比严光，我自是无名渔父。

夜闻杜鹃

茅檐人静，蓬窗灯暗，春晚连江风雨。林莺巢燕总无声，但月夜常啼杜宇。　　催成清泪，惊残孤梦，又拣深枝飞去。故山犹自不堪听，况半世飘然羁旅。

【词林纪事卷十一引词统】去国离乡之感，触绪纷来，读之令人于邑。

诉衷情—首

当年万里觅封侯，匹马戍梁州。关河梦断何处？尘暗旧貂裘。　　胡未灭，鬓先秋，泪空流。此生谁料，心在天山，身老沧洲！

谢池春—首

壮岁从戎，曾是气吞残虏，阵云高、狼烟夜举。

朱颜青鬓,拥雕戈西戍。笑儒冠自来多误。　　功名梦断,却泛扁舟吴楚。漫悲歌、伤怀吊古。烟波无际,望秦关何处?叹流年又成虚度!

〔集评〕　刘克庄曰:放翁长短句,其激昂感慨者,稼轩不能过;飘逸高妙者,与陈简斋、朱希真相颉颃;流丽绵密者,欲出晏叔原、贺方回之上;而歌之者绝少。(后村大全集卷一百八十诗话续集)　又曰:放翁、稼轩,一扫纤艳,不事斧凿,但时时掉书袋,要是一癖。(词林纪事卷十一引)　毛晋曰:杨用修云:"放翁词纤丽处似淮海,雄慨处似东坡。"予谓超爽处更似稼轩耳。(放翁词跋)　刘熙载曰:陆放翁词,安雅清赡,其尤佳者,在苏、秦间。然乏超然之致,天然之韵,是以人得测其所至。(艺概卷四)　冯煦曰:剑南屏除纤艳,独往独来,其逋峭沉郁之概,求之有宋诸家,无可方比。提要以为:"诗人之言,终为近雅,与词人之冶荡有殊。"是也。至谓:"游欲驿骑东坡、淮海之间,故奄有其胜,而皆不能造其极。"则或非放翁之本意欤?(宋六十一家词选例言)

范成大

五首　录自疆村丛书本石湖词

〔传记〕　范成大（一一二六——一一九三）字致能，吴郡人。绍兴二十四年（一一五四），擢进士第。隆兴元年（一一六四），累迁著作佐郎。旋假资政殿大学士，充金祈请国信使，竟得全节而归。除敷文阁待制，四川制置使。凡人才可用者，悉致幕下，用所长，不拘小节。召对，除权吏部尚书，拜参知政事。出知明州，寻帅金陵。以病请闲，进资政殿学士。绍熙三年，加大学士，四年卒。有石湖集、揽辔录、桂海虞衡集，行于世。（节录宋史卷三百八十六）所作石湖词一卷，有鲍氏知不足斋丛书本、疆村丛书本。疆村本附有补遗。

南柯子 一首

怅望梅花驿，凝情杜若洲。香云低处有高楼，可惜高楼不近木兰舟。　　缄素双鱼远，题红片叶秋。欲凭江水寄离愁，江已东流那肯更西流。

醉落魄 一首

栖乌飞绝,绛河绿雾星明灭。烧香曳簟眠清樾。花影吹笙,满地淡黄月。　　好风碎竹声如雪,昭华三弄临风咽。鬖丝撩乱纶巾折。凉满北窗,休共软红说。

【清宋翔凤乐府余论】高江村(士奇)曰:"笙字疑当作帘,不然,与下昭华句相犯。"按:高说非也。此词正咏吹笙。上解从夜中情景点出吹笙。下解"好风碎竹声如雪",写笙声也。"昭华三弄临风咽",吹已止也。"鬖丝撩乱",言执笙而吹者,其竹参差,时时侵鬖也。如吹时风来则"纶巾折",知"凉满北窗"也。若易去笙字,则后解全无意味,且花影如何吹帘?语更不属。

眼儿媚 一首

萍乡道中乍晴,卧舆中困甚,小憩柳塘。

酣酣日脚紫烟浮,妍暖试轻裘。困人天气,醉人花底,午梦扶头。　　春慵恰似春塘水,一片縠纹愁。溶溶泄泄,东风无力,欲皱还休。

【范成大骖鸾录】乾道癸巳(一一七三)闰正月二十六日,宿萍乡县,泊萍实驿。人以此地为楚王得萍实之地,然距大江远,非是。

【蕙风词话卷二】词亦文之一体,昔人名作,亦有理脉可寻,所谓蛇灰、蚓线之妙。如范石湖眼儿媚萍乡道中云云,"春慵"紧接"困"字、"醉"字来,细极。

秦楼月一首

楼阴缺,阑干影卧东厢月。东厢月,一天风露,杏花如雪。　　隔烟催漏金虬咽,罗帏暗淡灯花结。灯花结,片时春梦,江南天阔。

霜天晓角一首

梅

晚晴风歇,一夜春威折。脉脉花疏天淡,云来去,数枝雪。　　胜绝,愁亦绝,此情谁共说?惟有两行低雁,知人倚,画楼月。

辛弃疾

四十四首　录自汲古阁影宋钞本稼轩词甲乙丙丁集

〔传记〕　辛弃疾(一一四〇——一二〇七)字幼安,齐之历城人。耿京聚兵山东,弃疾为掌书记,即劝京决策南向。绍兴三十二年(一一六二),京令弃疾奉表归宋。高宗劳师建康,召见,嘉纳之,授承务郎,改差江阴签判。弃疾时年二十三。乾道四年(一一六八),通判建康府。六年,孝宗召对延和殿。时虞允文当国,帝锐意恢复。弃疾因论南北形势及三国、晋、汉人才,持论劲直,不为迎合。以讲和方定,议不行。出知滁州,辟江东安抚司参议官。留守叶衡雅重之。衡入相,力荐弃疾慷慨有大略。召见,迁仓部郎官,提点江西刑狱,加秘阁修撰。调京西转运判官,差知江陵府,兼湖北安抚。迁知隆兴府,兼江西安抚。以大理少卿召,出为湖北转运副使,改湖南,寻知潭州,兼湖南安抚。奏乞别创一军,以湖南飞虎为名。军成,雄镇一方,为江上诸军之冠。加右文殿修撰,差知隆兴府,兼江西安抚,以言者落职。绍熙二年(一一九一),起福建提点刑狱。召见,迁大理少卿,加集英殿修撰,知福州,兼福建安抚使。又欲造万铠,招强壮,补军额,严训练。事未行,台臣王蔺劾其"用钱如泥沙,杀人如草芥,旦夕望端坐闽王殿",遂丐祠归。庆元元年(一一九五)落职。久之,起知绍兴府,兼浙东安抚使。四年,宁宗召见,加显谟阁待制,寻差知镇江府。坐缪举,降朝散大夫,提举冲佑观。进枢密都承旨,未受命而卒。弃疾豪爽,尚气节,识拔英俊。尝谓:"人生在勤,当以力田为先。北方之人,养生之具,不求于人,是以无甚富甚贫之家。南方多末作以病农,而兼并之患兴,贫富斯不侔矣。"故以稼名轩。雅善长短句,悲壮激烈,有稼轩集行世。(节录宋史卷四百一辛弃疾传)今所传稼轩长短句十二卷,有王氏四印斋所刻词本、吴氏石莲庵刻山左人词本、陶氏涉园影宋金元明本词续刊本。又稼轩词四卷,有毛氏汲古阁宋六十家词本。万载辛启泰刻稼轩集钞存,诗文辑自永乐大典,并附年谱,词则全依毛本,所谓辛氏祠堂本也。又汲古阁影宋钞稼轩词甲乙丙丁集,有商务印书馆影印本,甚精。近人邓广铭著稼轩词编年笺注,附辛稼轩先生年谱,采辑之富,为历来治辛词者所未有。

摸鱼儿一首

淳熙己亥,自湖北漕移湖南,同官王正之置酒小山亭,为赋。

更能消几番风雨,匆匆春又归去。惜春长恨花开早,何况落红无数。春且住!见说道、天涯芳草迷归路。怨春不语。算只有殷勤,画檐蛛网,尽日惹飞絮。　　长门事,准拟佳期又误。蛾眉曾有人妒。千金纵买相如赋,脉脉此情谁诉?君莫舞,君不见、玉环飞燕皆尘土。闲愁最苦。休去倚危楼,斜阳正在,烟柳断肠处。

【鹤林玉露卷一】辛幼安晚春词"更能消几番风雨"云云,词意殊怨。"斜阳烟柳"之句,其与"未须愁日暮,天际乍轻阴"者异矣。使在汉、唐时,宁不买种豆种桃之祸哉?愚闻寿皇见此词,颇不悦,然终不加罪,可谓至德也已。

【谭评词辨卷二】权奇倜傥,纯用太白乐府诗法。"见说道"句是开,"君不见"句是合。

【艺蘅馆词选丙卷】梁启超曰:回肠荡气,至于此极,前无古人,后无来者。

沁园春一首

带湖新居将成

三径初成,鹤怨猿惊,稼轩未来。甚云山自许,平生意气;衣冠人笑,抵死尘埃。意倦须还,身闲贵早,岂为莼羹鲈鲙哉? 秋江上,看惊弦雁避,骇浪船回。 东冈更葺茅斋,好都把轩窗临水开。要小舟行钓,先应种柳;疏篱护竹,莫碍观梅。秋菊堪餐,春兰可佩,留待先生手自栽。沉吟久,怕君恩未许,此意徘徊。

【清嘉庆重修一统志江西省广信府古迹】稼轩在上饶县北,宋辛弃疾所居,因以自号。

水龙吟 二首

为韩南涧尚书寿,甲辰岁。

渡江天马南来,几人真是经纶手?长安父老,新亭风景,可怜依旧!夷甫诸人,神州沉陆,几曾回首?算平戎万里,功名本是,真儒事,君知否? 况有文章山斗,对桐阴满庭清昼。当年堕地,而今试看,风云奔走。绿野风烟,平泉草木,东山歌酒。待他年整顿,乾坤事了,为先生寿。

【案】韩南涧即韩元吉,与弃疾同以北人寓居上饶。甲辰岁为淳熙十一年(一一八四)。

【一统志江西省广信府】韩元吉墓,在上饶县东。

登建康赏心亭

楚天千里清秋,水随天去秋无际。遥岑远目,献愁供恨,玉簪螺髻。落日楼头,断鸿声里,江南游子。把吴钩看了,栏杆拍遍,无人会,登临意。休说鲈鱼堪脍,尽西风、季鹰归未?求田问舍,怕应羞见,刘郎才气。可惜流年,忧愁风雨,树犹如此!倩何人唤取,盈盈翠袖,揾英雄泪?

【张舜民画墁集卷七郴行录】率董谋父登赏心亭。赏心、白鹭二亭相连,南北对偶,以扼淮口,凭望烟渚,杳无边际。白鹭、蔡州皆在其下,亦金陵设险之地也。丁晋公登赏心亭,以家藏袁安卧雪图张挂之于屏风。

【一统志江苏省江宁府】赏心亭在江宁县西下水门城上,舆地纪胜:"亭下临秦淮,丁谓建。"

【谭评词辨卷二】裂竹之声,何尝不潜气内转?

满江红—首

江行,和杨济翁韵。

过眼溪山,怪都似、旧时曾识。是梦里、寻常行遍,江南江北。佳处径须携杖去,能消几两平生屐?笑尘埃、三十九年非,长为客。　　吴楚地,东南坼。英雄事,曹刘敌。被西风吹尽,了无陈迹。楼观才成人已去,旌旗未卷头先白。叹人间、哀乐转相寻,今犹昔。

【宋杨万里诚斋集卷一百十四诗话】予族弟炎正,字济翁,年五十二,乃登第。

【清厉鹗宋诗纪事卷五十九】杨炎正字济翁,庐陵人。

【鹗案】炎正工词,有西樵语业一卷。毛氏汲古阁刊本误作杨炎,号止济翁。予见旧钞本,作杨炎正济翁,是炎正其名,济翁其字也。今考武林旧事有杨炎正诗,全芳备祖有杨济翁诗,即是一人,毛氏之误可见矣。

水调歌头 二首

盟 鸥

带湖吾甚爱,千丈翠奁开。先生杖屦无事,一日走千回。凡我同盟鸥鸟,今日既盟之后,来往莫相猜。白鹤在何处?尝试与偕来。　　破青萍,排翠藻，立苍苔。窥鱼笑汝痴计，不解举吾杯。废沼荒丘畴昔，明月清风此夜，人世几欢哀？东岸绿阴少，杨柳更须栽。

【耆旧续闻卷五】近日辛幼安作长短句，有用经语者，水调歌云："凡我同盟鸥鹭，今日既盟之后，来往莫相猜。"亦为新奇。

舟次扬州，和人韵。

落日塞尘起，胡骑猎清秋。汉家组练十万，列舰耸高楼。谁道投鞭飞渡？忆昔鸣髇血污，风雨佛狸愁。季子正年少，匹马黑貂裘。　今老矣！搔白首，过扬州。倦游欲去江上，手种橘千头。二客东南名胜，万卷诗书事业，尝试与君谋。莫射南山虎，直觅富民侯。

念奴娇—首

书东流村壁

野棠花落，又匆匆过了，清明时节。刬地东风欺客梦,一夜云屏寒怯。曲岸持觞,垂杨系马,此地曾轻别。楼空人去,旧游飞燕能说。　　闻道绮陌东头,行人长见,帘底纤纤月。旧恨春江流未断,新恨云山千叠。料得明朝,尊前重见,镜里花难折。也应惊问,近来多少华发?

【谭评词辨卷二】大踏步出来,与眉山同工异曲。然东坡是衣冠伟人,稼轩则弓刀游侠。"楼空"二句,当识其俊逸清新,兼之故实。

鹧鸪天二首

代人赋

扑面征尘去路遥,香篝渐觉水沉销。山无重数周遭碧,花不知名分外娇。　　人历历,马萧萧,旌旗又过小红桥。愁边剩有相思句,摇断吟鞭碧玉梢。

鹅湖归,病起作。

枕簟溪堂冷欲秋,断云依水晚来收。红莲相倚浑如醉,白鸟无言定自愁。　　书咄咄,且休休,一丘一壑也风流。不知筋力衰多少,但觉新来懒上楼!

【一统志江西省广信府】鹅湖山在铅山县北稍东十五里。旧志鄱阳记云:"山上有湖,多生荷,旧名荷湖山。晋末有龚氏蓄鹅于此,更名鹅湖山。周四十余里,诸峰联络,以一二十计,最高处名峰顶,有三峰揭秀。"鹅湖寺在铅山县北十五里,旧名仁寿院。

丑奴儿 一首

博山道中,效李易安体。

千峰云起,骤雨一霎儿价。更远树斜阳,风景怎生图画?青旗卖酒,山那畔别有人间,只消山水光中,无事过这一夏。　　午醉醒时,松窗竹户,万千潇洒。野鸟飞来,又是一般闲暇。却怪白鸥,觑著人欲下未下。旧盟都在,新来莫是,别有说话?

【一统志江西省广信府】博山在广丰县西南三十余里,南临溪流,远望如庐山之香炉峰。

菩萨蛮 一首

书江西造口壁

郁孤台下清江水,中间多少行人泪? 东北是长安,可怜无数山! 青山遮不住,毕竟江流去! 江晚正愁予,山深闻鹧鸪。

【四印斋本】"东北是"作"西北望"。"江流"作"东流"。

【鹤林玉露卷三】吉州吉水县,江滨有石材庙。隆祐太后避虏,御舟泊庙下,一夕,梦神告曰:"速行,虏至矣!"太后惊寤,即命发舟指章贡。虏果蹑其后,追至造口,不及而还。

【一统志江西省赣州府】郁孤台在府治西南,即贺兰山,隆阜郁然孤起,故名。唐郡守李勉,登临北望,改名望阙。宋郡守曾慥,增筑二台,南为郁孤,北为望阙。赵抃、苏轼皆有诗。

【谭评词辨卷二】"西北望长安"二句,宕逸中亦深炼。

【艺蘅馆词选丙卷】菩萨蛮如此大声镗鞳,未曾有也。

木兰花慢 一首

滁州送范倅

老来情味减,对别酒,怯流年。况屈指中秋,十分好月,不照人圆。无情水都不管,共西风只等送归船。秋晚莼鲈江上,夜深儿女灯前。　　征衫,便好去朝天,玉殿正思贤。想夜半承明,留教视草,却遣筹边。长安故人问我,道寻常泥酒只依然。目断秋霄落雁,醉来时响空弦。

祝英台令一首

晚　春

宝钗分,桃叶渡,烟柳暗南浦。怕上层楼,十日九风雨。断肠片片飞红,都无人管,倩谁唤、流莺声住?　　鬓边觑,试把花卜心期,才簪又重数。罗帐灯昏,呜咽梦中语:是他春带愁来,春归何处?却不解、将愁归去。

【稼轩长短句】"祝英台令"作"祝英台近"。

【清沈谦填词杂说】稼轩词以激扬奋厉为工,至"宝钗分,桃叶渡"一曲,昵狎温柔,魂销意尽,才人伎俩,真不可测。昔人论画云:"能寸人豆马,可作千丈松。"知言哉!

【谭评词辨卷二】"断肠"三句,一波三过折。结笔托兴深切,亦非全用直笔。

青玉案一首

元　夕

东风夜放花千树,更吹落,星如雨。宝马雕车香满路。凤箫声动,玉壶光转,一夜鱼龙舞。　　蛾儿雪柳黄金缕,笑语盈盈暗香去。众里寻他千百度。蓦然回首,那人却在,灯火阑珊处。

【金粟词话】稼轩:"蓦然回首,那人却在,灯火阑珊处。"秦、周之佳境也。

【艺蘅馆词选丙卷】自怜幽独,伤心人别有怀抱。

霜天晓角一首

旅　兴

吴头楚尾,一棹人千里。休说旧愁新恨,长亭树,今如此! 宦游吾倦矣! 玉人留我醉。明日落花寒食,得且住,为佳耳。

清平乐 二首

茅檐低小,溪上青青草。醉里蛮音相媚好,白发谁家翁媪? 大儿锄豆溪东,中儿正织鸡笼。最喜小儿无赖,溪头卧剥莲蓬。

独宿博山王氏庵

绕床饥鼠,蝙蝠翻灯舞。屋上松风吹急雨,破纸窗间自语。 平生塞北江南,归来华发苍颜。布被秋宵梦觉,眼前万里江山!

满江红 二首

敲碎离愁,纱窗外、风摇翠竹。人去后,吹箫声断,倚楼人独。满眼不堪三月暮,举头已觉千山绿。但试将、一纸寄来书,从头读。　　相思字,空盈幅。相思意,何时足?滴罗襟点点,泪珠盈掬。芳草不迷行客路,垂杨只碍离人目。最苦是、立尽月黄昏,阑干曲。

暮　春

家住江南,又过了、清明寒食。花径里,一番风雨,一番狼籍。流水暗随红粉去,园林渐觉清阴密。算年年、落尽刺桐花,寒无力。　　庭院静,空相忆。无说处,闲愁极。怕流莺乳燕,得知消息。尺素如今何处也?绿云依旧无踪迹。谩教人、羞去上层楼,平芜碧。

贺新郎 二首

陈同父自东阳来过余,留十日,与之同游鹅湖,且会朱晦庵于紫溪,不至,飘然东归。既别之明日,余意中殊恋恋,复欲追路,至鹭鹚林,则雪深泥滑,不得前矣。独饮方村,怅然久之,颇恨挽留之不遂也。夜半投宿泉湖吴氏四望楼,闻邻笛悲甚,为赋贺新郎以见意。又五日,同父书来索词。心所同然者如此,可发千里一笑。

把酒长亭说。看渊明、风流酷似,卧龙诸葛。何处飞来林间鹊？蹙踏松梢微雪,要破帽多添华发。剩水残山无态度,被疏梅料理成风月。两三雁,也萧瑟。　　佳人重约还轻别。怅清江、天寒不渡,水深冰合。路断车轮生四角,此地行人销骨。问谁使君来愁绝？铸就而今相思错,料当初费尽人间铁。长夜笛,莫吹裂。

听琵琶（四印斋本作"赋琵琶"）

凤尾龙香拨。自开元、霓裳曲罢,几番风月？最苦浔阳江头客,画舸亭亭待发。记出塞、黄云堆雪。马上离愁三万里,望昭阳宫殿孤鸿没。弦解语,恨难说。　　辽阳驿使音尘绝。琐窗寒、轻拢慢捻,泪珠盈睫。推手含情还却手,一抹凉州哀彻。千古事、云飞烟灭。贺老定场无消息,想沉香亭北繁华歇。弹到此,为呜咽。

【宋四家词选】上半阕刺谪逐正人，以致离乱。下半阕刺晏安江沱，不复北望。

【艺蘅馆词选丙卷】琵琶故事，网罗胪列，乱杂无章，惟其大气足以包举之，故不觉粗率，非其人，勿学步也。

水龙吟 一首

用些语再题瓢泉，歌以饮客，声韵甚谐，客为之醺。

听兮清珮琼瑶些，明兮镜秋毫些。君无去此，流昏涨腻，生蓬蒿些。虎豹甘人，渴而饮汝，宁猿猱些。大而流江海，覆舟如芥，君无助狂涛些。　　路险兮山高些，愧余独处无聊些。冬槽春盎，归来为我，制松醪些。其外芳芬，团龙片凤，煮云膏些。古人兮既往，嗟余之乐，乐箪瓢些。

【一统志江西省广信府】瓢泉在铅山县东二十五里，形如瓢。宋辛弃疾有瓢泉词，稼轩书院在其中。

沁园春一首

再到期思卜筑

一水西来,千丈晴虹,十里翠屏。吾草堂经岁,重来杜老;斜川好景,不负渊明。老鹤高飞,一枝投宿,长笑蜗牛戴屋行。平章了,待十分佳处,著个茅亭。　　青山意气峥嵘,似为我归来妩媚生。解频教花鸟,前歌后舞;更催云水,暮送朝迎。酒圣诗豪,可能无势?我乃而今驾驭卿。清溪上,被山灵却笑,白发归耕。

【清辛启泰稼轩先生年谱】庆元二年(一一九六),所居毁于火,徙居铅山县期思市瓜山之下,有期思卜筑词。

水龙吟一首

过南剑双溪楼

举头西北浮云,倚天万里须长剑。人言此地,夜深长见,斗牛光焰。我觉山高,潭空水冷,月明星

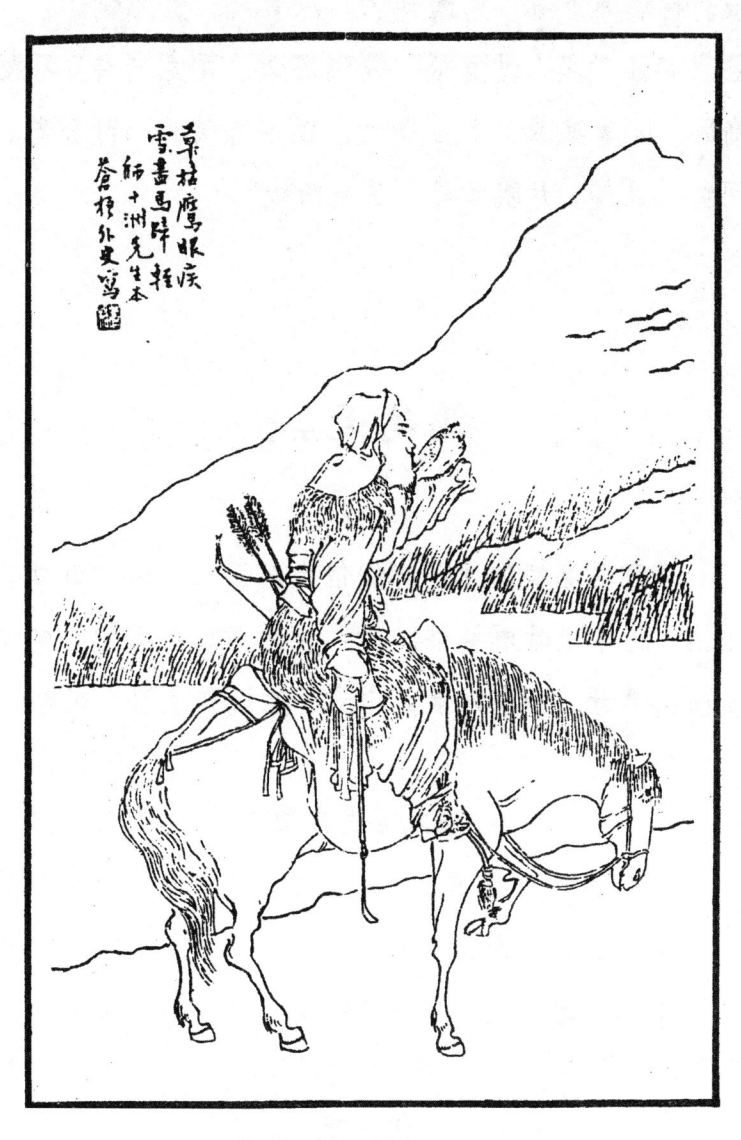

水龙吟（举头西北浮云）

淡。待燃犀下看,凭阑却怕,风雷怒,鱼龙惨。
峡束苍江对起,过危楼、欲飞还敛。元龙老矣!不妨高卧,冰壶凉簟。千古兴亡,百年悲笑,一时登览。问何人又卸,片帆沙岸,系斜阳缆?

鹧鸪天 三首

鹅湖归,病起作。

著意寻春懒便回,何如信步两三杯?山才好处行还倦,诗未成时雨早催。　　携竹杖,更芒鞋。朱朱粉粉野蒿开。谁家寒食归宁女,笑语柔桑陌上来?

重九席上再赋

有甚闲愁可皱眉?老怀无绪自伤悲。百年旋逐花阴转,万事长看鬓发知。　　溪上枕,竹间棋,怕寻酒伴懒吟诗。十分筋力夸强健,只比年时病起时!

代人赋

陌上柔条初破芽,东邻蚕种已生些。平冈细草鸣黄犊,斜日寒林点暮鸦。　山远近,路横斜,青旗沽酒有人家。城中桃李愁风雨,春在溪头荠菜花。

西江月一首

夜行黄沙道中

明月别枝惊鹊,清风半夜鸣蝉。稻花香里说丰年,听取蛙声一片。　七八个星天外,两三点雨山前。旧时茅店社林边,路转溪桥忽见。

鹊桥仙一首

山行书所见

松冈避暑,茅檐避雨,闲去闲来几度?醉扶孤石看飞泉,又却是前回醒处。　东家娶妇,西家归女,灯火门前笑语。酿成千顷稻花香,夜夜费一天风露。

蝶恋花 一首

戊申元日立春,席间作。

谁向椒盘簪彩胜?整整韶华,争上春风鬓。往日不堪重记省,为花长把新春恨。　春未来时先借问,晚恨开迟,早又飘零近。今岁花期消息定,只愁风雨无凭准。

清平乐 一首

题上卢桥

清溪奔快,不管青山碍。千里盘盘平世界,更著溪山襟带。　古今陵谷茫茫,市朝往往耕桑。此地居然形胜,似曾小小兴亡!

贺新郎 二首

别茂嘉十二弟。鹈鴂、杜鹃实两种,见离骚补注。

绿树听鹈鴂。更那堪、鹧鸪声住,杜鹃声切。啼到春归无寻处,苦恨芳菲都歇。算未抵人间离别。马上琵琶关塞黑,更长门翠辇辞金阙。看燕燕,送归妾。　将军百战身名裂,向河梁、回头万里,故人长绝。易水萧萧西风冷,满座衣冠似雪。正壮士悲歌未彻。啼鸟还知如许恨,料不啼清泪长啼血。谁共我,醉明月?

【沈曾植稼轩长短句小笺】龙洲词有送辛稼轩弟赴桂林官沁园春词,有:"三齐盗起,两河民散,势倾似土,国泛如杯。猛士云飞,狂胡灰灭,机会之来人共知。何为者?望桂林西去,一骑星驰。"云云。又云:"入幕来南,筹边如北,翻覆手高来去棋。"似即赠茂嘉者。词语可与此章相发,第彼显此隐耳。

【宋四家词选】上半阕北都旧恨,下半阕南渡新恨。

【艺蘅馆词选丙卷】贺新郎调,以第四韵之单句为全篇筋节,如此句最可学。

【人间词话卷下】稼轩贺新郎词送茂嘉十二弟,章法绝妙,且语语有境界,此能品而几于神者。然非有意为之,故后人不能学也。

邑中园亭,仆皆为赋此词。一日,独坐停云,水声山色,竞来相娱。意溪山欲援例者,遂作数语,庶几仿佛渊明思亲友之意云。

甚矣吾衰矣！怅平生、交游零落，只今余几？白发空垂三千丈，一笑人间万事，问何物能令公喜？我见青山多妩媚，料青山见我应如是。情与貌，略相似。　　一尊搔首东窗里，想渊明、停云诗就，此时风味。江左沉酣求名者，岂识浊醪妙理？回首叫云飞风起。不恨古人吾不见，恨古人不见吾狂耳！知我者，二三子。

沁园春一首

将止酒，戒酒杯使勿近。

杯汝来前！老子今朝，点检形骸。甚长年抱渴，咽如焦釜；于今喜睡，气似奔雷。漫说刘伶，古今达者，醉后何妨死便埋。浑如此，叹汝于知己，真少恩哉！　　更凭歌舞为媒，算合作平居鸩毒猜。况怨无大小，生于所爱；物无美恶，过则为灾。与汝成言，勿留亟退，吾力犹能肆汝杯。杯再拜道：麾之即去，招则须来。

【七颂堂词绎】稼轩词"杯汝来前",毛颖传也;"谁共我醉明月",恨赋也:皆非倚声本色。

粉蝶儿 一首

和晋臣赋落花

昨日春如十三女儿学绣,一枝枝不教花瘦。甚无情便下得雨僝风僽,向园林铺作地衣红绉。　而今春似轻薄荡子难久。记前时送春归后,把春波都酿作一江春酎,约清愁杨柳岸边相候。

【夏敬观评稼轩词】连续诵之,如笛声宛转,乃不得以他文词绳之,勉强断句。此自是好词,虽去别调不远,却仍是秾丽一派也。

汉宫春 一首

立春日

春已归来,看美人头上,袅袅春幡。无端风雨,未肯收尽余寒。年时燕子,料今宵梦到西园。浑未办黄柑荐酒,更传青韭堆盘。　　却笑东风从此,便薰梅染柳,更没些闲。闲时又来镜里,转变朱颜。清愁不断,问何人会解连环?生怕见花开花落,朝来塞雁先还。

【宋四家词选】"春旛"九字,情景已极不堪。燕子犹记年时好梦,"黄柑""青韭",极写燕安酖毒。换头又提动党祸;结用"雁"与"燕"激射,却捎带五国城旧恨。辛词之怨,未有甚于此者。

太常引 一首

建康中秋,为吕叔潜赋。

一轮秋影转金波,飞镜又重磨。把酒问姮娥:被白发欺人奈何?　　乘风好去,长空万里,直下看山河。斫去桂婆娑,人道是清光更多。

【宋四家词选】所指甚多,不止秦桧一人而已。

沁园春 一首

灵山齐庵赋,时筑偃湖未成。

叠嶂西驰,万马回旋,众山欲东。正惊湍直下,跳珠倒溅;小桥横截,缺月初弓。老合投闲,天教多事,检校长身十万松。吾庐小,在龙蛇影外,风雨声中。　　争先见面重重,看爽气朝来三数峰。似谢家子弟,衣冠磊落;相如庭户,车骑雍容。我觉其间,雄深雅健,如对文章太史公。新堤路,问偃湖何日,烟水濛濛?

【词品卷四】且说松而及谢家、相如、太史公,自非脱落故常者,未易闯其堂奥。刘改之所作沁园春,虽颇似其豪,而未免于粗。

破阵子 一首

为陈同父赋壮语以寄

醉里挑灯看剑,梦回吹角连营。八百里分麾下炙，五十弦翻塞外声，沙场秋点兵。　马作的卢飞快，弓如霹雳弦惊。了却君王天下事，赢得生前身后名，可怜白发生。

【艺蘅馆词选丙卷】无限感慨，哀同父，亦自哀也。

【历代诗余卷一百十八引古今词话】陈亮过稼轩，纵谈天下事。亮夜思幼安素严重，恐为所忌，窃乘其厩马以去。幼安赋破阵子词寄之。

鹧鸪天—首

有客慨然谈功名，因追念少年时事，戏作。

壮岁旌旗拥万夫，锦襜突骑渡江初。燕兵夜娖<small>侧角切</small>银胡䩮，汉箭朝飞金仆姑。　追往事，叹今吾，春风不染白髭须。都将万字平戎策，换得东家种树书。

【元刘祁归潜志卷八】党承旨怀英、辛尚书弃疾俱山东人，少同舍。属金国初遭乱，俱在兵间。辛一旦率数千骑南渡，显于宋。党在北方，擢第入翰林，有名，为一时文字宗主。二公虽所趋不同,皆有功业荣宠,视前朝陶谷、韩熙载,亦相况也。后辛退闲,有词鹧鸪天云"壮岁旌旗拥万夫"云云,盖纪其少时事也。

鹊桥仙一首

赠鹭鸶

溪边白鹭,来吾告汝:溪里鱼儿堪数。主人怜汝汝怜鱼,要物我欣然一处。　　白沙远浦,青泥别渚,剩有虾跳鳅舞。任君飞去饱时来,看头上风吹一缕。

西江月一首

遣　兴

醉里且贪欢笑,要愁那得工夫?近来始觉古人书,信著全无是处。　　昨夜松边醉倒,问松:我醉何如?只疑松动要来扶,以手推松曰:去!

永遇乐 一首

（录自四印斋本稼轩长短句）

京口北固亭怀古

千古江山，英雄无觅，孙仲谋处。舞榭歌台，风流总被，雨打风吹去。斜阳草树，寻常巷陌，人道寄奴曾住。想当年金戈铁马，气吞万里如虎。　　元嘉草草，封狼居胥，赢得仓皇北顾。四十三年，望中犹记，烽火扬州路。可堪回首，佛狸祠下，一片神鸦社鼓。凭谁问，廉颇老矣，尚能饭否？

【一统志江苏省镇江府】北固山在丹徒县北一里。南史："京城西有别岭入江，高数十丈，号曰北固。蔡谟起楼其上。梁大同十年（五四四），帝登望久之，曰：'此岭不足须固守，然于京口，实乃壮观。'乃改曰北顾。"元和志："在县北一里，下临长江，其势险固，因以为名。"舆地志："天清景明，登之，望见广陵（扬州）城，如在青霄中。"

〔集评〕刘克庄曰：公所作大声镗鞳，小声铿鍧，横绝六合，扫空万古，自有苍生所未见。其秾纤绵密者，亦不在小晏、秦郎之下。（后村大全集卷九十八辛稼轩集序）　毛晋曰：稼轩晚年来卜筑奇狮,专工长短句,累五百首有奇。但词家争斗秾纤,而稼轩率多抚时感事之作,磊砢英多,绝不作妮子态。(汲古阁本稼轩词跋) 邹袛谟曰:稼轩雄深雅健,自是本色,俱从南华、冲虚得来。然作词之多,亦无如稼轩者。中调、短令亦间作妩媚语。观其得意处,真有压倒古人之意。(远志斋词衷) 彭孙遹曰:稼轩之词,胸有万卷,笔无点尘,激昂排宕,不可一世。今人未有稼轩一字,辄纷纷有异同之论,宋玉罪人,可胜三叹。(金粟词话) 吴衡照曰:辛稼轩别开天地,横绝古今,论、孟、诗小序、左氏春秋、南华、离骚、史、汉、世说、选学、李、杜诗,拉杂运用,弥见其笔力之峭。(莲子居词话卷一) 周济曰:稼轩不平之鸣,随处辄发,有英雄语,无学问语,故往往锋颖太露。然其才情富艳,思力果锐,南北两朝,实无其匹,无怪流传之广且久也。 世以苏、辛并称。苏之自在处,辛偶能到之;辛之当行处,苏必不能到;二公之词,不可同日语也。 后人以粗豪学稼轩,非徒无其才,并无其情。稼轩固是才大,然情至处后人万不能及。 北宋词多就景叙情,故珠圆玉润,四照玲珑。至稼轩、白石,一变而为即事叙景,使深者反浅,曲者反直。吾十年来,服膺白石,而以稼轩为外道。由今思之,可谓瞽人扪籥也。稼轩郁勃,故情深;白石放旷,故情浅;稼轩纵横,故才大;白石局促,故才小。惟暗香、疏影二词,寄意题外,包蕴无穷,可与稼轩伯仲,余俱据事直书,不过手意近辣耳。(介存斋论词杂著) 苏、辛并称。东坡天趣独到处,殆成绝诣,而苦不经意,完璧甚少。稼轩则沉着痛快,有辙可循,南宋诸公,无不传其衣钵,固未可同年而语也。 稼轩由北开南,梦窗由南追北,是词家转境。(宋四家词选序论) 刘熙载曰:苏、辛皆至情至性人,故其词潇洒卓荦,悉出于温柔敦厚。世或以粗犷托苏、辛,固宜有视苏、辛为别调者矣。 张玉田盛称白石,而不甚许稼轩,耳食者遂于两家有轩轾意。不知稼轩之体,白石尝效之矣。集中如永遇乐、汉宫春诸阕,均次稼轩韵,其吐属气味,皆若秘响相通,何后人过分门户耶? 稼轩词龙腾虎掷,任古书中理语、廋语,一经运用,便得风流,天姿是何复异!(艺概卷四) 谢章铤曰:学稼轩,要于豪迈中见精致。近人学稼轩,只学得莽字、粗字,无怪阑入打油恶道。试取辛词读之,岂一味叫嚣者所能望其顶踵?蒋藏园(士铨)为善于学稼轩者。稼轩是极有性情人。学稼轩者,胸中须先具一段真气、奇气,否则虽纸上奔腾,其中俄空焉,亦萧萧索索,如牖下风耳。(赌棋山庄词话卷一) 晏、秦之妙丽,源于李太白、温飞卿;姜、史之清真,源于张志和、白香山。惟苏、辛在词中,则藩篱独辟矣。读苏、辛词,知词中有人,词中有品,不敢自为菲薄。然辛以毕生精力注之,比苏尤为横出。吴子律曰:"辛之于苏,犹诗中山谷之视东坡也。东坡之大,殆不可以学而至。"此论或不尽然。苏风格自高,而性情颇歉。辛却缠绵悱恻,且辛之造语俊于苏。若仅以大论也,则室之大不如堂,而以堂为室,可乎?(卷九) 王国维曰:南宋词人,白石有格而无情,剑南有气而乏韵,其堪与北宋人颉颃者,唯一幼安耳。近人祖南宋而祧北宋,以南宋之词可学,北宋不可学也。学南宋者,不祖白石则祖梦窗,以白石、梦窗可学,幼安不可学也。学幼安者,率祖其粗犷滑稽,以其粗犷滑稽处可学,佳处不可学也。幼安之佳处,在有性情,有境界,即以气象论,亦有傍素波、干青云之概,宁后世龌龊小生所可拟耶？　东坡之词旷,稼轩之词豪。无二人之胸襟而学其词,犹东施之效"捧心"也。　读东坡、稼轩词,须观其雅量高致,有伯夷、柳下惠之风。白石虽似蝉蜕尘埃,然不免局促辕下。　稼轩中秋饮酒达旦,用"天问"体,作木兰花慢以送月曰:"可怜今夜月,向何处,去悠悠？是别有人间,那边才见,光景东头？"词人想象,直悟月轮绕地之理,与科学家密合,可谓神悟！（人间词话卷上）

陈 亮

五首　录自汲古阁宋六十家词本龙川词

〔传记〕　陈亮(一一四三——一一九四)字同父,婺州永康人。为人才气超迈,喜谈兵,论议风生,下笔数千言立就。隆兴初,与金人约和,天下忻然,幸得苏息,独亮持不可。婺州方以解头荐,因上中兴五论,奏入,不报。已而退修于家,学者多归之,益力学著书者十年。淳熙五年(一一七八),诣阙上书。孝宗欲官之。亮笑曰:"吾欲为社稷开数百年之基,宁用以博一官乎?"亟渡江而归。日落魄醉酒,与邑之狂士饮。亮自以豪侠,屡遭大狱,归家,益厉志读书。尝曰:"堂堂之阵,正正之旗,风雨云雷,交发而并至,龙蛇虎豹,变现而出没,推倒一世之智勇,开拓万古之心胸,自谓差有一日之长。"光宗策进士,擢第一,授佥书建康府判官厅公事,未至官,一夕卒。(节录宋史卷四百三十六儒林传)亮所著龙川词,刊入汲古阁宋六十家词内。

水调歌头 一首

送章德茂大卿使虏

不见南师久,谩说北群空。当场只手,毕竟还我万夫雄。自笑堂堂汉使，得似洋洋河水，依旧只流东。且复穹庐拜，会向藁街逢。　　尧之都，舜之壤，禹之封。于中应有，一个半个耻臣戎。万里腥膻如许，千古英灵安在？磅礴几时通？胡运何须问，赫日自当中。

念奴娇 一首

登多景楼

危楼还望，叹此意、今古几人曾会？鬼设神施，浑认作、天限南疆北界。一水横陈，连岗三面，做出争雄势。六朝何事，只成门户私计？　　因笑王谢诸人，登高怀远，也学英雄涕。凭却江山管不到，河洛腥膻无际。正好长驱，不须反顾，寻取中流誓。小儿破贼，势成宁问强对？

【一统志江苏省镇江府】多景楼在丹徒县北固山甘露寺内，宋郡守陈天麟建，唐时临江亭故址。

鹧鸪天 一首

怀王道甫

落魄行歌记昔游,头颅如许尚何求?心肝吐尽无余事,口腹安然岂远谋? 才怕暑,又伤秋,天涯梦断有书不?大都眼孔新来浅,羡尔微官作计周。

水龙吟 一首

春 恨

闹花深处层楼,画帘半卷东风软。春归翠陌,平莎茸嫩,垂杨金浅。迟日催花,淡云阁雨,轻寒轻暖。恨芳菲世界,游人未赏,都付与,莺和燕。寂寞凭高念远,向南楼一声归雁。金钗斗草,青丝勒马,风流云散,罗绶分香,翠绡封泪,几多幽怨?正销魂又是,疏烟淡月,子规声断。

【艺概卷四】同甫水龙吟云:"恨芳菲世界,游人未赏,都付与,莺和燕。"言近指远,直有宗留守(泽)大呼渡河之意。

虞美人一首

春 愁

东风荡飏轻云缕,时送萧萧雨。水边台榭燕新归,一口香泥湿带落花飞。　海棠糁径铺香绣,依旧成春瘦,黄昏庭院柳啼鸦,记得那人和月折梨花。

〔集评〕　毛晋曰:龙川词一卷,读至卷终,不作一妖语、媚语,殆所称不受人怜者欤?(龙川词跋)　刘熙载曰:陈同甫与稼轩为友,其人才相若,词亦相似。(艺概卷四)

刘 过

三首　录自汲古阁宋六十家词本龙洲词

〔传记〕　刘过(一一五四——一二〇六)字改之,号龙洲道人,太和人。(绝妙好词笺卷一)能诗词,流落江湖,酒酣耳热,出语豪纵,自谓晋、宋间人物。(游宦纪闻卷一)卒葬昆山,今其墓尚在。所作龙洲词,有汲古阁宋六十家词本、彊村丛书本、上虞罗氏仿宋聚珍本。

沁园春一首

寄辛承旨。时承旨招,不赴。

斗酒彘肩,风雨渡江,岂不快哉?被香山居士,约林和靖,与坡仙老,驾勒吾回。坡谓:西湖,正如西子,浓抹淡妆临照台。二公者,皆掉头不顾,只管传杯。　白言:天竺去来,图画里峥嵘楼阁开。爱纵横二涧,东西水绕;两峰南北,高下云堆。逋曰:不然,暗香浮动,不若孤山先访梅。须晴去,访稼轩未晚,且此徘徊。

【宋岳珂程史卷二】嘉泰癸亥（一二〇三）岁，改之在中都。时辛稼轩弃疾帅越，闻其名，遣介招之。适以事不及行，作书归辂者，因效辛体沁园春一词，并缄往，下笔便逼真。其词曰"斗酒彘肩"云云。辛得之，大喜，致馈数百千，竟邀之去，馆燕弥月，酬倡亹亹，皆似之，逾喜，垂别，赒之千缗，曰："以是为求田资。"改之归，竟荡于酒，不问也。词语峻拔，如尾腔对偶错综，盖出唐王勃体而又变之。余时与之饮西园，改之中席自言，掀髯有得色。余率然应之曰："词句固佳，然恨无刀圭药疗君白日见鬼证耳。"坐中哄堂一笑。既而别去，如昆山，姓某氏者爱之，女焉。

【词林纪事卷十一引俞文豹吹剑录】此词虽粗而局段高。与三贤游，固可睨视稼轩。视林、白之清致，则东坡所谓"淡妆浓抹"已不足道，稼轩富贵，焉能浼我哉？

贺新郎 一首

老去相如倦，向文君、说似而今，怎生消遣？衣袂京尘曾染处，空有香红尚软。料彼此魂销肠断。一枕新凉眠客舍，听梧桐疏雨秋风颤。灯晕冷，记初见。　　楼低不放珠帘卷。晚妆残、翠蛾狼藉，泪痕流脸。人道愁来须㴲酒,无奈愁深酒浅。但托意焦琴纨扇。莫鼓琵琶江上曲,怕荻花枫叶俱凄怨。云万叠,寸心远。

【自跋】去年秋,余试牒四明,赋赠老娼,至今天下与禁中皆歌之。江西人来,以为邓南秀词,非也。

糖多令一首

安远楼小集,侑觞歌板之姬黄其姓者,乞词于龙洲道人,为赋此糖多令。同柳阜之、刘去非、石民瞻、周嘉仲、陈孟参、孟容时八月五日也。

芦叶满汀洲,寒沙带浅流。二十年重过南楼。柳下系船犹未稳,能几日?又中秋。　黄鹤断矶头,故人曾到不?旧江山浑是新愁。欲买桂花同载酒,终不似,少年游!

〔集评〕　黄昇曰:改之,稼轩之客。王简卿侍郎尝赠以诗云:"观渠论到前贤处,据我看来近世无。"其词多壮语,盖学稼轩者也。(中兴以来绝妙词选卷五)　张炎曰:辛稼轩、刘改之作豪气词,非雅词也。于文章余暇,戏弄笔墨,为长短句之诗耳。(词源卷下) 刘熙载曰:刘改之词,狂逸之中,自饶俊致,虽沉着不及稼轩,足以自成一家。其有意效稼轩体者,如沁园春"斗酒彘肩"等阕,又当别论。(艺概卷四) 冯煦曰:龙洲自是稼轩附庸,然得其豪放,未得其宛转。(宋六十家词选例言)

姜　夔

二十三首　录自彊村丛书本白石道人歌曲

〔传记〕　姜夔字尧章，鄱阳人。萧东夫（德藻）爱其词，妻以兄子，因寓居吴兴之武康，与白石洞天为邻，自号白石道人。（绝妙好词笺卷二）夔长于音律，尝著大乐议（详载宋史乐志），欲正庙乐。庆元三年，诏付奉常有司收掌，令太常寺与议大乐。时嫉其能，是以不获尽其所议，人大惜之。（陆钟辉刻本白石道人诗集引吴兴掌故）夔学诗于萧千岩，琢句精工。（鹤林玉露卷十四）尝为自叙："某早孤不振，幸不坠先人之绪业。少日奔走，凡世之所谓名公巨儒，皆尝受其知矣。内翰梁公，于某为乡曲，爱其诗似唐人，谓长短句妙天下。枢使郑公爱其文，使坐上为之，因击节称赏。参政范公（成大）以为翰墨人品，皆似晋、宋之雅士。待制杨公（万里）以为于文无所不工，甚似陆天随，于是为忘年友。复州萧公，世所谓千岩先生者也，以为四十年作诗，始得此友。待制朱公既爱其才，又爱其深于礼乐。丞相京公不特称其礼乐之书，又爱其骈俪之文。丞相谢公爱其乐书，使次子来谒焉。稼轩辛公，深服其长短句。如二卿孙公从之、胡氏应期、江陵杨公、南州张公、金陵吴公及吴德夫、项平甫、徐子渊、曾幼度、商翚仲、王晦叔、易彦章之徒，皆当世俊士，不可悉数，或爱其人，或爱其诗，或爱其文，或爱其字，或折节交之。若东州之士，则楼公大防、叶公正则,则尤所赏激者。嗟乎!四海之内,知己者不为少矣,而未有能振之于窭困无聊之地者。旧所依倚,惟有张兄平甫,其人甚贤,十年相处,情甚骨肉,而某亦竭诚尽力,忧乐关念。平甫念其困踬场屋,至欲输资以拜爵,某辞谢不愿,又欲割锡山之膏腴,以养其山林无用之身。惜乎平甫下世,今惘惘然若有所失。人生百年有几?宾主如某与平甫者复有几?抚事感慨,不能为怀。平甫既殁,稚子甚幼。入其门则必为之凄然,终日独坐,逡巡而归。思欲舍去,则念平甫垂绝之言,何忍言去。留而不去,则既无主人矣,其能久乎?"(齐东野语卷十二)夔晚居西湖,卒葬西马塍。有白石道人诗集、白石道人歌曲、续书谱、绛帖平等书传世。姜词有汲古阁宋六十家词本、江都陆氏姜白石诗词合集本、王氏四印斋所刻双白词本、许氏榆园丛刻本、朱氏彊村丛书本、沈氏逊斋影乾隆十四年张奕枢刊本。其自度曲,并缀音谱,为研求宋词乐谱之主要资料。

小重山令一首

赋潭州红梅

人绕湘皋月坠时,斜横花树小,浸愁漪。一春幽事有谁知?东风冷,香远茜裙归。　　鸥去昔游非。

遥怜花可可,梦依依。九疑云杳断魂啼,相思血,都沁绿筠枝。

江梅引 一首

丙辰之冬,予留梁溪,将诣淮而不得,因梦思以述志。

人间离别易多时。见梅枝,忽相思。几度小窗幽梦手同携?今夜梦中无觅处,漫裴回。寒侵被,尚未知。　　湿红恨墨浅封题。宝筝空,无雁飞。俊游巷陌,算空有古木斜晖。旧约扁舟心事已成非!歌罢淮南春草赋,又萋萋。漂零客,泪满衣。

鬲溪梅令 仙吕调 一首

丙辰冬,自无锡归,作此寓意。

好花不与殢香人,浪粼粼。又恐春风归去绿成阴,玉钿何处寻?　　木兰双桨梦中云,小横陈。漫向孤山山下觅盈盈，翠禽啼一春。

点绛唇 一首

丁未冬，过吴松作。

燕雁无心，太湖西畔随云去。数峰清苦，商略黄昏雨。　　第四桥边，拟共天随住。今何许？凭阑怀古，残柳参差舞。

【绝妙好词笺卷二】吴郡志云：松江在郡南四十五里，禹贡三江之一也。南与太湖接，吴江县在江渍，垂虹跨其上，天下绝景也。

鹧鸪天 二首

正月十一日观灯

巷陌风光纵赏时，笼纱未出马先嘶。白头居士无呵殿，只有乘肩小女随。　　花满市，月侵衣，少年

点绛唇（燕雁无心）

情事老来悲。沙河塘上春寒浅,看了游人缓缓归。

元夕有所梦

　　肥水东流无尽期,当初不合种相思。梦中未比丹青见,暗里忽惊山鸟啼。　　春未绿,鬓先丝,人间别久不成悲。谁教岁岁红莲夜,两处沉吟各自知。

　　【太平寰宇记】庐州合肥县,肥水出县西南八十里蓝家山,东南流,入于巢湖。

踏莎行一首

　　自沔东来,丁未元日至金陵,江上感梦而作。

　　燕燕轻盈,莺莺娇软,分明又向华胥见。夜长争得薄情知?春初早被相思染。　　别后书辞,别时针线,离魂暗逐郎行远。淮南皓月冷千山,冥冥归去无人管。

　　【人间词话卷下】白石之词,余所最爱者,亦仅二语,曰:"淮南皓月冷千山,冥冥归去无人管。"

庆宫春一首

绍熙辛亥除夕,予别石湖归吴兴,雪后,夜过垂虹,尝赋诗云:"笠泽茫茫雁影微,玉峰重叠护云衣。长桥寂寞春寒夜,只有诗人一舸归。"后五年冬,复与俞商卿、张平甫、铦朴翁自封禺同载诣梁溪,道经吴松,山寒天迥,云浪四合。中夕相呼步垂虹,星斗下垂,错杂渔火。朔吹凛凛,卮酒不能支,朴翁以衾自缠,犹相与行吟,因赋此阕,盖过旬涂稿乃定。朴翁咎予无益,然意所耽,不能自已也。平甫、商卿、朴翁皆工于诗,所出奇诡。予亦强追逐之。此行既归,各得五十余解。

双桨莼波,一蓑松雨,暮愁渐满空阔。呼我盟鸥,翩翩欲下,背人还过木末。那回归去,荡云雪、孤舟夜发。伤心重见,依约眉山,黛痕低压。　　采香径里春寒,老子婆娑,自歌谁答?垂虹西望,飘然引去,此兴平生难遏。酒醒波远,政凝想、明珰素袜。如今安在?唯有阑干,伴人一霎。

【宋周密癸辛杂识别集上】葛天民字无怀,后为僧,名义铦,字朴翁。其后返初服,居西湖上,一时所交皆胜士。

【宋张端义贵耳录卷上】铦朴翁,秦望山人,能诗,诗愈工,俗念愈炽,后加冠巾,曰葛天民,筑室苏堤,自号柳下。清明访白石云:"花荠悬灯柳插檐,老怀那复似饧甜?画船已载先生去,燕子无人自入帘。"

【清厉鹗宋诗纪事卷五十八】俞灏字商卿,世居杭。绍熙四年(一一九三)进士,历麾节,皆有声。宝庆二年(一二二六)致仕,筑室九里松,自号青松居士。

【唐圭璋宋词三百首笺】张平甫名鉴,张镃功甫之异母弟。苏州府志:采香径在香山之旁,小溪也。吴王种香于香山,使美人泛舟于溪以采香。今自灵岩山望之,一水直如矢,故俗名箭径。

齐天乐 黄钟宫 一首

丙辰岁,与张功父会饮张达可之堂。闻屋壁间蟋蟀有声,功父约予同赋,以授歌者。功父先成,辞甚美。予裴回末利花间,仰见秋月,顿起幽思,寻亦得此。蟋蟀,中都呼为促织,善斗。好事者或以三二十万钱致一枚,镂象齿为楼观以贮之。

庾郎先自吟愁赋,凄凄更闻私语。露湿铜铺,苔侵石井,都是曾听伊处。哀音似诉。正思妇无眠,起寻机杼。曲曲屏山,夜凉独自甚情绪? 西窗又吹暗雨。为谁频断续,相和砧杵?候馆迎秋,离宫吊月,别有伤心无数。豳诗漫与。笑篱落呼灯,世间儿女。写入琴丝,一声声更苦。宣、政间,有士大夫制蟋蟀吟。

【中兴以来绝妙词选卷三】张功甫名镃,号约斋居士,西秦人。杨诚斋极称其诗。满庭芳促织儿云:"月洗高梧,露传幽草,宝钗楼外秋深。土花沿翠,萤火坠墙阴。静听寒声断续,微韵转、凄嗌悲沉。争求侣,殷勤劝织,促破晓机心。　　儿时曾记得,呼灯灌穴,敛步随音。任满身花影,犹自追寻。携向华堂戏斗,亭台小、笼巧妆金。今休说,从渠床下,凉夜听孤吟。"

【词源卷下】作慢词,看是甚题目,先择曲名,然后命意,命意既了,思量头如何起,尾如何结,方始选韵而后述曲,最是过片不要断了曲意,须要承上接下。如姜白石词云:"曲曲屏山,夜凉独自甚情绪?"于过片则云:"西窗又吹暗雨。"则曲之意脉不断矣。

【郑文焯批】负暄杂录:"斗蛩之戏,始于天宝间,长安富人镂象牙为笼而蓄之,以万金之资付之一喙。"此叙所记"好事者"云云,可知其习尚,至宋宣、政间,殆有甚于唐之天宝时矣。功父满庭芳词咏促织儿,清隽幽美,实擅词家能事,有"观止"之叹。白石别构一格,下阕托寄遥深,亦足千古已!

满江红一首

满江红,旧调用仄韵,多不协律。如末句云"无心扑"三字,歌者将"心"字融入去声,方谐音律。予欲以平韵为之,久不能成。因泛巢湖,闻远岸箫鼓声,问之舟师,云:"居人为此湖神姥寿也。"予因祝曰:"得一席风,径至居巢,当以平韵满江红为迎送神曲。"言讫,风与笔俱驶,顷刻而成。末句云"闻佩环"则协律矣。书以绿笺,沉于白浪。辛亥(一一九一)正月晦也。是岁六月,复过祠下,因刻之柱间。有客来自居巢,云:"土人祠姥,辄能歌此词。"按:曹操至濡须口,孙权遗操书曰:"春水方生,公宜速去。"操曰:"孙权不欺孤。"乃撤军还。濡须口与东关相近,江湖水之所出入。予意春水方生,必有司之者,故归其功于姥云。

仙姥来时,正一望千顷翠澜。旌旗共乱云俱下,依约前山。命驾群龙金作轭,相从诸娣玉为冠。庙中列坐如夫人者三十人。向夜深风定悄无人,闻佩环。　神奇处,君试看。奠淮右,阻江南。遣六丁雷电,别守东关。却笑英雄无好手,一篙春水走曹瞒。又怎知人在小红楼,帘影间?

一萼红 一首

丙午(一一八六)人日,予客长沙别驾之观政堂。堂下曲沼,沼西负古垣,有卢橘幽篁,一径深曲。穿径而南,官梅数十株,如椒、如菽,或红破白露,枝影扶疏。著屐苍苔细石间,野兴横生。

亟命驾登定王台,乱湘流,入麓山,湘云低昂,湘波容与,兴尽悲来,醉吟成调。

古城阴,有官梅几许,红萼未宜簪。池面冰胶,墙腰雪老,云意还又沉沉。翠藤共闲穿径竹,渐笑语惊起卧沙禽。野老林泉,故王台榭,呼唤登临。南去北来何事?荡湘云楚水,目极伤心。朱户黏鸡,金盘簇燕,空叹时序侵寻。记曾共西楼雅集,想垂杨还袅万丝金。待得归鞍到时,只怕春深。

念奴娇 一首

予客武陵,湖北宪治在焉。古城野水,乔木参天。予与二三友,日荡舟其间,薄荷花而饮,意象幽闲,不类人境。秋水且涸,荷叶出地寻丈。因列坐其下,上不见日,清风徐来,绿云自动,间于疏处,窥见游人画船,亦一乐也。揭来吴兴,数得相羊荷花中,又夜泛西湖,光景奇绝,故以此句写之。

闹红一舸,记来时、尝与鸳鸯为侣。三十六陂人未到,水佩风裳无数。翠叶吹凉,玉容销酒,更洒菰蒲雨。嫣然摇动,冷香飞上诗句。　　日暮,青盖亭亭，情人不见，争忍凌波去？只恐舞衣寒易落，愁入西风南浦。高柳垂阴，老鱼吹浪，留我花间住。田田多少，几回沙际归路。

琵琶仙—首

吴都赋云："户藏烟浦，家具画船。"唯吴兴为然。春游之胜，西湖未能过也。己酉岁，予与萧时父载酒南郭，感遇成歌。

双桨来时，有人似、旧曲桃根桃叶。歌扇轻约飞花，蛾眉正奇绝。春渐远、汀洲自绿，更添了几声啼鴂。十里扬州，三生杜牧，前事休说。　　又还是官烛分烟，奈愁里匆匆换时节。都把一襟芳思，与空阶榆荚。千万缕、藏鸦细柳，为玉尊起舞回雪。想见西出阳关，故人初别。

【词源卷下】离情当如此作，全在情景交炼，得言外意。

探春慢 一首

予自孩幼，从先人宦于古沔，女须因嫁焉。中去复来，几二十年，岂惟姊弟之爱，沔之父老儿女子亦莫不予爱也。丙午冬，千岩老人约予过苕霅，岁晚乘涛载雪而下，顾念依依，殆不能去，作此曲，别郑次皋、辛克清、姚刚中诸君。

衰草愁烟，乱鸦送日，风沙回旋平野。拂雪金鞭，欺寒茸帽，还记章台走马。谁念漂零久，谩赢得幽怀难写。故人清沔相逢，小窗闲共情话。　　长恨离多会少，重访问竹西，珠泪盈把。雁迹波平，渔汀人散，老去不堪游冶。无奈苕溪月，又照我扁舟东下。甚日归来？梅花零乱春夜。

八归 一首

湘中送胡德华

芳莲坠粉，疏桐吹绿，庭院暗雨乍歇。无端抱影销魂处，还见篆墙萤暗，藓阶蛩切。送客重寻西去路，问水面琵琶谁拨？最可惜一片江山，总付与啼鸩！　长恨相从未款,而今何事,又对西风离别？渚寒烟淡,棹移人远,缥缈行舟如叶。想文君望久,倚竹愁生步罗袜。归来后、翠尊双饮,下了珠帘,玲珑闲看月。

【艺蘅馆词选丙卷】麦孺博云：全首一气到底,刀挥不断。

扬州慢 中吕宫　一首

淳熙丙申至日,予过维扬。夜雪初霁,荠麦弥望。入其城则四顾萧条,寒水自碧,暮色渐起,戍角悲吟。予怀怆然,感慨今昔,因自度此曲。千岩老人以为有"黍离"之悲也。

淮左名都,竹西佳处,解鞍少驻初程。过春风十里,尽荠麦青青。自胡马窥江去后,废池乔木,犹厌言兵。渐黄昏,清角吹寒,都在空城。　　杜郎俊赏,算而今重到须惊。纵豆蔻词工,青楼梦好,难赋深情。二十四桥仍在,波心荡冷月无声。念桥边,红药年年,知为谁生？

【郑文焯批】绍兴三十年，完颜亮南寇，江淮军败，中外震骇。亮寻为其臣下弑于瓜洲。此词作于淳熙三年，寇平已十有六年，而景物萧条，依然废池乔木之感。此与凄凉犯当同属江淮乱后之作。

长亭怨慢 中吕宫 一首

予颇喜自制曲，初率意为长短句，然后协以律，故前后阕多不同。桓大司马云："昔年种柳，依依汉南。今看摇落，凄怆江潭。树犹如此，人何以堪？"此语予深爱之。

渐吹尽枝头香絮，是处人家，绿深门户。远浦萦回，暮帆零乱向何许？阅人多矣，谁得似长亭树？树若有情时，不会得青青如此！　日暮，望高城不见，只见乱山无数。韦郎去也，怎忘得玉环分付？第一是早早归来，怕红萼无人为主。算空有并刀，难剪离愁千缕。

【艺蘅馆词选丙卷】麦孺博云：浑灏流转，夺胎稼轩。

淡黄柳 正平调近 一首

客居合肥南城赤兰桥之西,巷陌凄凉,与江左异。唯柳色夹道,依依可怜。因度此阕,以纾客怀。

空城晓角,吹入垂杨陌。马上单衣寒恻恻。看尽鹅黄嫩绿,都是江南旧相识。　正岑寂,明朝又寒食。强携酒,小桥宅。怕梨花落尽成秋色。燕燕飞来,问春何在?唯有池塘自碧。

【谭评词辨卷二】白石、稼轩,同音笙磬。但清脆与镗鞳异响,此事自关性分。

暗　香 仙吕宫 一首

辛亥之冬,予载雪诣石湖,止既月,授简索句,且征新声,作此两曲。石湖把玩不已,使工妓隶习之,音节谐婉,乃名之曰暗香、疏影。

旧时月色,算几番照我,梅边吹笛?唤起玉人,不管清寒与攀摘。何逊而今渐老,都忘却春风词笔。但怪得竹外疏花,香冷入瑶席。　江国,正寂寂。

叹寄与路遥,夜雪初积。翠尊易泣,红萼无言耿相忆。长记曾携手处,千树压西湖寒碧。又片片吹尽也,几时见得?

疏　　影一首

苔枝缀玉,有翠禽小小,枝上同宿。客里相逢,篱角黄昏,无言自倚修竹。昭君不惯胡沙远,但暗忆江南江北。想佩环月夜归来,化作此花幽独。　　犹记深宫旧事,那人正睡里,飞近蛾绿。莫似春风,不管盈盈,早与安排金屋。还教一片随波去,又却怨玉龙哀曲。等恁时重觅幽香,已入小窗横幅。

【词源卷下】诗之赋梅,惟和靖("疏影横斜水清浅,暗香浮动月黄昏。")一联而已。世非无诗,不能与之齐驱耳。词之赋梅,惟姜白石暗香、疏影二曲,前无古人,后无来者,自立新意,真为绝唱。　词用事最难,要体认著题,融化不涩。如白石疏影"犹记深宫旧事"三句,用寿阳事;"昭君不惯胡沙远"四句,用少陵诗;皆用事不为事所使。

【张选】此章更以二帝之愤发之,故有昭君之句。

【郑批】此盖伤心二帝蒙尘,诸后妃相从北辕,沦落胡地,故以昭君托喻,发言哀断。考唐王建塞上咏梅诗曰:"天山路旁一株梅,年年花发黄云下。昭君已没汉使回,前后征人谁系马?"白石词意当本此。近世读者多以意疏解,或有嫌其举典拟不于伦者,殆不自知其浅暗矣。词中数语,纯从少陵咏明妃诗义驱括,出以清健之笔,如闻空中笙鹤,飘飘欲仙,觉草窗、碧山所作吊雪香亭梅诸词,皆人间语,视此如隔一尘,宜当时传播吟口,为千古绝唱也。至下阕藉宋书寿阳公主故事,引申前意,寄情遥远,所谓怨深文绮,弥得风人温厚之旨已。

凄凉犯一首

合肥巷陌皆种柳,秋风夕起骚骚然。予客居阖户,时闻马嘶,出城四顾,则荒烟野草,不胜凄黯,乃著此解。琴有凄凉调,假以为名。凡曲言犯者,谓以宫犯商、商犯宫之类,如道调宫上字住,双调亦上字住,所住字同,故道调曲中犯双调,或于双调曲中犯道调,其他准此。唐人乐书云:"犯有正、旁、偏、侧。宫犯宫为正,宫犯商为旁,宫犯角为偏,宫犯羽为侧。"此说非也。十二宫所住字各不同,不容相犯,十二宫特可犯商、角、羽耳。予归行都,以此曲示国工田正德,使以哑觱栗角吹之,其韵极美。亦曰瑞鹤仙影。

绿杨巷陌秋风起,边城一片离索。马嘶渐远,人归甚处?戍楼吹角。情怀正恶,更衰草寒烟淡薄。似当时将军部曲,迤逦度沙漠。　　追念西湖上,小舫携歌,晚花行乐。旧游在否?想如今翠凋红落。漫写羊裙,等新雁来时系著。怕匆匆不肯寄与,误后约。

【郑批】绍兴庚辰,金人败盟犯庐州,王权败归。太师陈秉伯请下诏亲征,以叶义问督江淮军,寻败敌于采石。词中所谓:"似当时将军部曲,迤逦度沙漠。"盖隐寓其时战事也。

翠楼吟 双调　一首

淳熙丙午冬,武昌安远楼成,与刘去非诸友落之,度曲见志。予去武昌十年,故人有泊舟鹦鹉洲者,闻小姬歌此词,问之,颇能道其事,还吴,为予言之。兴怀昔游,且伤今之离索也。

月冷龙沙,尘清虎落,今年汉酺初赐。新翻胡部曲,听毡幕元戎歌吹。层楼高峙。看槛曲萦红,檐牙飞翠。人姝丽,粉香吹下,夜寒风细。　　此地,宜有词仙,拥素云黄鹤,与君游戏。玉梯凝望久,叹芳草萋萋千里。天涯情味。仗酒祓清愁,花销英气。西山外,晚来还卷,一帘秋霁。

湘 月一首

长溪杨声伯,典长沙楫棹,居濒湘江,窗间所见,如燕公郭熙画图,卧起幽适。丙午七月既望,声伯约予与赵景鲁、景望、萧和父、裕父、时父、恭父大舟浮湘,放乎中流,山水空寒,烟月交映,凄然其为秋也。坐客皆小冠练服,或弹琴,或浩歌,或自酌,或援笔搜句。予度此曲,即念奴娇之鬲指声也,于双调中吹之。鬲指亦谓之过腔,见晁无咎集。凡能吹竹者,便能过腔也。

五湖旧约,问经年底事,长负清景?暝入西山,渐唤我、一叶夷犹乘兴。倦网都收,归禽时度,月上汀洲冷。中流容与,画桡不点清镜。　　谁解唤起湘灵,烟鬟雾鬓,理哀弦鸿阵?玉麈谈玄,叹坐客、多少风流名胜。暗柳萧萧,飞星冉冉,夜久知秋信。鲈鱼应好,旧家乐事谁省?

〔集评〕 黄昇曰:白石道人,中兴诗家名流,词极精妙,不减清真乐府,其间高处,有美成所不能及。(中兴以来绝妙词选卷六) 沈义父曰:姜白石清劲知音,亦未免有生硬处。(乐府指迷) 朱彝尊曰:词莫善于姜夔,宗之者张辑、卢祖皋、吴文英、蒋捷、王沂孙、张炎、周密、陈允平、张翥、杨基,皆具夔之一体,基之后,得其门者寡矣。(词综序) 周济曰:白石脱胎稼轩,变雄健为清刚,变驰骤为疏宕。盖二公皆极热中,故气味吻合。辛宽、姜窄,宽故容秽,窄故斗硬。 白石小序甚可观,苦与词复。若序其缘起,不犯词境,斯为两美矣。(宋四家词选序论) 白石词如明七子诗,看是高格响调,不耐人细思。 白石以诗法入词,门径浅狭,如孙过庭书,但使后人模仿。 白石好为小序,序即是词,词仍是序,反复再观,如同嚼蜡矣。词序序作词缘起,以此意词中未备也。今人论院本,尚知曲白相生,不许复沓,而津津于白石词序,一何可笑!(介存斋论词杂著) 王国维曰:白石写景之作,如:"二十四桥仍在,波心荡冷月无声。""数峰清苦,商略黄昏雨。""高树晚蝉,说西风消息。"虽格韵高绝,然如雾里看花,终隔一层。梅溪、梦窗诸家写景之病,皆在一隔字。北宋风流,渡江遂绝,抑真有运会存乎其间耶?问隔与不隔之别。曰:陶、谢之诗不隔,延年则稍隔矣。东坡之诗不隔,山谷则稍隔矣。"池塘生春草""空梁落燕泥"等二句,妙处唯在不隔。词亦如是。即以一人一词论,如欧阳公少年游咏春草上半阕云:"阑干十二独凭春,晴碧远连云。二月三月,千里万里,行色苦愁人。"语语都在目前,便是不隔。至云:"谢家池上,江淹浦畔。"则隔矣。白石翠楼吟:"此地宜有词仙,拥素云黄鹤,与君游戏。玉梯凝望久,叹芳草萋萋千里。"便是不隔。至"酒祓清愁,花消英气"则隔矣。然南宋词虽不隔处,比之前人,自有浅深厚薄之别。(人间词话卷上)

史达祖

七首　录自四印斋刊本梅溪词

〔传记〕　史达祖字邦卿,号梅溪,汴人,有梅溪词一卷。(绝妙好词笺卷二)韩(侂胄)为平章,事无决,专倚省吏史邦卿奉行文字,拟帖撰旨俱出其手。权炙缙绅,侍从简札,至用申呈。时有李其姓者,尝与史游,于史几间大书云:"危哉邦卿,侍从申呈。"未几致黜云。(叶绍翁四朝闻见录戊集)其词集有嘉泰辛酉(一二〇一)张镃所作序,略云:"生之作,辞情俱到,织绡泉底,去尘眼中,妥帖轻圆,特其余事。至于夺苕艳于春景,起悲音于商素,有瑰奇、警迈、清新、闲婉之长,而无诡荡污淫之失,端可以分镳清真,平睨方回,而纷纷三变行辈,几不足比数。山谷以行谊文章,宗匠一代,至序小晏词,激昂婉转,以伸吐其怀抱,而'杨花谢桥'之句,伊川犹称可之。生满襟风月,鸾吟凤啸,锵洋乎口吻之际者,皆自漱涤书传中来。"梅溪词有汲古阁宋六十家词本及四印斋所刻词本。

绮罗香一首

咏春雨

做冷欺花,将烟困柳,千里偷催春暮。尽日冥迷,愁里欲飞还住。惊粉重、蝶宿西园,喜泥润、燕归南浦。最妨它佳约风流,钿车不到杜陵路。　　沉沉江上望极,还被春潮晚急,难寻官渡。隐约遥峰,和泪谢娘眉妩。临断岸、新绿生时,是落红、带愁流处。记当日、门掩梨花,剪灯深夜语。

【中兴绝妙词选卷七】"临断岸"以下数语,最为姜尧章称赏。

双双燕一首

咏　燕

过春社了,度帘幕中间,去年尘冷。差池欲住,试入旧巢相并。还相雕梁藻井,又软语商量不定。飘然快拂花梢,翠羽分开红影。　　芳径,芹泥雨润。爱贴地争飞,竞夸轻俊。红楼归晚,看足柳昏花暝。应自栖香正稳,便忘了天涯芳信。愁损翠黛双蛾,日日画阑独凭。

【人间词话卷下】贺黄公谓:"姜论史词,不称其'软语商量'而称其'柳昏花暝',固知不免项羽学兵法之恨。"然"柳昏花暝",自是欧、秦辈句法,前后有画工、化工之殊,吾从白石,不能附和黄公矣。

三姝媚一首

烟光摇缥瓦,望晴檐多风,柳花如洒。锦瑟横床,想泪痕尘影,凤弦常下。倦出犀帷,频梦见王孙骄马。讳道相思,偷理绡裙,自惊腰衩。　　惆怅南楼遥夜,记翠箔张灯,枕肩歌罢。又入铜驼,遍旧家门巷,首询声价。可惜东风,将恨与闲花俱谢。记取崔徽模样,归来暗写。

临江仙二首

闺　思

倦客如今老矣,旧时不奈春何!几曾湖上不经过？看花南陌醉，驻马翠楼歌。　远眼愁随芳草，湘裙忆著春罗。枉教装得旧时多。向来箫鼓地，犹见柳婆娑。

愁与西风应有约，年年同赴清秋。旧游帘幕记扬州。一灯人著梦，双燕月当楼。　罗带鸳鸯尘暗澹，更须整顿风流。天涯万一见温柔。瘦应因此瘦，羞亦为郎羞。

【况周颐香海棠馆词话】"看花"二语，人人能道，上七字妙绝，似乎不甚经意，所谓得来容易却艰辛也。

齐天乐一首

中秋宿真定驿

西风来劝凉云去，天东放开金镜。照野霜凝，入河桂湿，一一冰壶相映。殊方路永。更分破秋光，尽成悲境。有客踌躇，古庭空自吊孤影。　江南朋旧在许，也能怜天际，诗思谁领？梦断刀头，书开蚕尾，别有相思随定。忧心耿耿。对风鹊残枝，露蛩荒井。斟酌姮娥，九秋宫殿冷。

秋　霁 一首

江水苍苍，望倦柳愁荷，共感秋色。废阁先凉，古帘空暮，雁程最嫌风力。故园信息，爱渠入眼南山碧。念上国，谁是鲙鲈江汉未归客？　　还又岁晚，瘦骨临风，夜闻秋声，吹动岑寂。露蛩悲、清灯冷屋，翻书愁上鬓毛白。年少俊游浑断得。但可怜处，无奈苒苒魂惊，采香南浦，剪梅烟驿。

〔集评〕　姜夔曰：梅溪词奇秀清逸，有李长吉之韵，盖能融情景于一家，会句意于两得。（中兴以来绝妙词选卷七引姜作梅溪词序）　王士禛曰：宋南渡后，梅溪、白石、竹屋、梦窗诸子，极妍尽态，反有秦、李未到者。虽神韵天然处或减，要自令人有观止之叹，正如唐绝句，至晚唐刘宾客、杜京兆，妙处反进青莲、龙标一尘。（花草蒙拾）　周济曰：梅溪甚有心思，而用笔多涉尖巧，非大方家数，所谓一钩勒即薄者。　梅溪词中，喜用偷字，足以定其品格矣。（介存斋论词杂著）

朱淑真

三首　录自四印斋刊本断肠词

〔传记〕 朱淑真号幽栖居士,钱唐人,世居桃村,工诗,嫁为市井民妻,不得志殁。宛陵魏仲恭辑其诗,名曰断肠集。(宋诗纪事卷八十七)四印斋刊本断肠词一卷,题"宋海宁幽栖居士朱淑真",存词三十一首。

菩萨蛮 一首

山亭水榭秋方半,凤帏寂寞无人伴。愁闷一番新,双蛾只暗颦。　起来临绣户,时有疏萤度。多谢月相怜,今宵不忍圆。

清平乐 一首

恼烟撩露,留我须臾住。携手藕花湖上路,一霎

菩萨蛮（山亭水榭秋方半）

黄梅细雨。娇痴不怕人猜,和衣睡倒人怀。最是分携时候,归来懒傍妆台。

蝶恋花一首

楼外垂杨千万缕,欲系青春,少住春还去。犹自风前飘柳絮,随春且看归何处? 绿满山川闻杜宇,便做无情,莫也愁人意。把酒送春春不语,黄昏却下潇潇雨。

刘克庄

十一首　录自彊村丛书本后村长短句

〔传记〕　刘克庄(一一八七——一二六九)字潜夫,莆阳人,后村其号。学于真西山(德秀)。以荫入仕,除潮倅,迁建阳令,移仙都。尝咏落梅,有"东君谬掌花权柄,却忌孤高不主张",谗者笺其诗以示柄臣,由此病废十载。因有病后访梅绝句云:"梦得因桃却左迁,长源为柳忤当权。幸然不识桃并柳,也被梅花累十年。"后起至将作簿,兼参议。端平初,为玉牒所主簿,奉祠,起知袁州,累迁广东运判,又奉祠,起江东提刑。召对,以将作监直华文阁,赐同进士出身,专史事。无何,用秘阁修撰出为福建提刑。(吴之振宋诗钞后村诗钞小传)有后村大全集一百九十六卷传世。汲古阁宋六十家词有后村别调一卷。彊村丛书则作后村长短句五卷,编次不同,盖从大全集出者,较为完善。

沁园春 一首

梦孚若

何处相逢？登宝钗楼,访铜雀台。唤厨人斫就,东溟鲸鲙;圉人呈罢,西极龙媒。天下英雄,使君与操,余子谁堪共酒杯?车千两,载燕南赵北,剑客奇才。　饮酣画鼓如雷,谁信被晨鸡轻唤回?叹年光过尽,功名未立;书生老去,机会方来。使李将军,遇高皇帝,万户侯何足道哉?披衣起,但凄凉感旧,慷慨生哀。

【后村大全集卷一百六十六宝谟寺丞诗境方公行状】方信孺,字孚若,莆田人。开禧三年(一二〇七),曾借知枢密院参谋官,持督帅知院张岩书,通问金国元帅府,不少屈慑。屡官大理丞、淮东转运判官,兼提刑,知真州,转承仕郎。虏入盱眙,游骑出没天长、六合间。公乘小车慰拊,令民勿清野。帅司移文,报扬州已乘障。公方就寝,鼻息如雷。公先筑第城南,奉母居焉。中堂作复阁,扁以"诗境"。凿田为寿湖,中累海石为山,环植荷、柳、松、菊,闲著茅亭、木栈。徜徉其间,若与世相忘者。以嘉定壬午(一二二二)腊月卒,享年四十六。公美姿容,性疏豁豪爽,幼及交辛稼轩、陈同甫诸贤。素不喜治生,视金帛如粪土。尤好士,所至从者如云。闭户累年,家无儋石,而食客常满。著有南冠萃稿、曲江啸咏、击缶编等书。(宋史卷三百九十五有传)

满江红 三首

夜雨凉甚,忽动从戎之兴。

金甲琱戈,记当日、辕门初立。磨盾鼻、一挥千纸,龙蛇犹湿。铁马晓嘶营壁冷,楼船夜渡风涛急。有谁怜猿臂故将军,无功级？　　平戎策,从军什,零落尽,慵收拾。把茶经香传,时时温习。生怕客谈榆塞事,且教儿诵花间集。叹臣之壮也不如人,今何及！

送宋惠父入江西幕

满腹诗书,余事到、穰苴兵法。新受了、乌公书币,著鞭垂发。黄纸红旗喧道路,黑风青草空巢穴。向幼安宣子顶头行,方奇特。　　溪峒事,听侬说。龚遂外,无长策。便献俘非勇,纳降非怯。帐下健儿休尽锐,草间赤子俱求活。到崆峒快寄凯歌来,宽离别。

和王实之韵,送郑伯昌。

怪雨盲风,留不住、江边行色。烦问讯、冥鸿高士,钓鳌词客。千百年传吾辈话,二三子系斯文脉。听王郎一曲玉箫声,凄金石。　　晞发处,怡山碧。垂钓处,沧溟白。笑而今拙宦,他年遗直。只愿常留相见面,未宜轻屈平生膝。有狂谈欲吐且休休,惊邻壁。

【词品卷四】王迈字实之,号臞庵,莆阳人。丁丑(一二一七)第四人及第。刘后村赠之词云:"天壤王郎,数人物、方今第一。谈笑里,风霆惊坐,云烟生笔。落落元龙湖海气,琅琅董相天人策。"其重之如此!

水龙吟一首

自和己亥自寿

平生酷爱渊明,偶然一出归来早。题诗信意,也书甲子,也书年号。陶侃孙儿,孟嘉甥子,疑狂疑傲。与柴桑樵牧,斜川鱼鸟,同盟后,归于好。
除了登临吟啸,事如天、莫相谙报。田园闲静,市朝翻覆,回头堪笑。节序催人,东篱把菊,西风吹帽。

做先生处士,一生一世,不论资考。

贺新郎 四首

送陈真州子华

北望神州路。试平章、这场公事,怎生分付?记得太行山百万,曾入宗爷驾驭。今把作握蛇骑虎。君去京东豪杰喜,想投戈下拜真吾父。谈笑里,定齐鲁。　　两河萧瑟惟狐兔。问当年祖生去后,有人来否?多少新亭挥泪客,谁梦中原块土?算事业须由人做。应笑书生心胆怯,向车中闭置如新妇。空目送,塞鸿去。

【词品卷五】后村别调一卷,大抵直致近俗,效稼轩而不及者也。其送陈子华帅真州词,壮语亦可起懦。

端　午

深院榴花吐。画帘开、练衣纨扇,午风清暑。儿女纷纷夸结束,新样钗符艾虎。早已有游人观渡。老大逢场慵作戏，任陌头年少争旗鼓。溪雨急，浪花舞。　　灵均标致高如许！忆生平、既纫兰佩，更怀椒糈。谁信骚魂千载后，波底垂涎角黍？又说是蛟馋龙怒。把似而今醒到了，料当年醉死差无苦。聊一笑，吊千古。

九　日

湛湛长空黑。更那堪、斜风细雨，乱愁如织。老眼平生空四海，赖有高楼百尺。看浩荡千崖秋色。白发书生神州泪，尽凄凉不向牛山滴。追往事，去无迹。　　少年自负凌云笔。到而今、春华落尽，满怀萧瑟。常恨世人新意少，爱说南朝狂客，把破帽年年拈出。若对黄花孤负酒，怕黄花也笑人岑寂。鸿北去，日西匿。

实之三和，有忧边之语，走笔答之。

国脉微如缕。问长缨、何时入手，缚将戎主？未必人间无好汉，谁与宽些尺度？试看取当年韩五。岂有谷城公付授，也不干曾遇骊山母。谈笑起，两河路。　　少时棋柝曾联句。叹而今、登楼揽镜，事机频误。闻说北风吹面急,边上冲梯屡舞。君莫道投鞭虚语。自古一贤能制难,有金汤便可无张许?快投笔,莫题柱。

风入松 一首

福清道中作

归鞍尚欲小徘徊,逆境难排。人言酒是消忧物,奈病余孤负金罍。萧瑟捣衣时候,凄凉鼓缶情怀。

远林摇落晚风哀,野店犹开。多情惟是灯前影,伴此翁同去同来。逆旅主人相问,今回老似前回!

【蕙风词话卷二】后阕语真质可喜。

玉楼春 一首

戏林推

年年跃马长安市,客舍似家家似寄。青钱换酒日无何,红烛呼卢宵不寐。　　易挑锦妇机中字,难得玉人心下事。男儿西北有神州,莫滴水西桥畔泪。

【蕙风词话卷二】后村玉楼春云:"男儿西北有神州,莫滴水西桥畔泪。"杨升庵谓其壮语足以立懦,此类是已。

〔集评〕　刘熙载曰:刘后村词,旨正而语有致。其贺新郎席上闻歌有感云:"粗识国风关雎乱,羞学流莺百啭,总不涉闺情春怨。"又云:"我有生平离鸾操,颇哀而不愠微而婉。"意殆自寓其词品耶?(艺概卷四)　冯煦曰:后村词与放翁、稼轩,犹鼎三足。其生丁南渡,拳拳君国似放翁,志在有为、不欲以词人自域似稼轩。如玉楼春云:"男儿西北有神州,莫滴水西桥畔泪。"忆秦娥云:"宣和宫殿,冷烟衰草。"伤时念乱,可以怨矣。又其宅心忠厚,亦往往于词得之。满江红送宋惠父入江西幕云:"帐下健儿休尽锐,草间赤子俱求活。"贺新郎寿张史君云:"不要汉廷夸击断,要史家编入循良传。"念奴娇寿方德润云:"须信谄语尤甘,忠言最苦,橄榄何如蜜?"胸次如此,岂剪红刻翠者比耶?升庵称其壮语,子晋称其雄力,殆犹之皮相也。(宋六十一家词选例言)

吴文英

十首　录自彊村丛书本梦窗词集

〔**传记**〕　吴文英字君特，号梦窗，晚号觉翁，四明人。于翁元龙为亲伯仲，盖本姓翁氏而出后于吴者也。绍定中，入苏州仓幕。景定时，客荣王邸，受知于丞相吴潜，常往来于苏、杭间。（参考杜文澜曼陀罗华阁刊本梦窗词刘毓崧序）沈义父著乐府指迷，称："壬寅（一二四二）秋，始识静翁（元龙号处静）于泽滨，癸卯（一二四三）识梦窗。暇日相与倡酬，率多填词，因讲论作词之法，然后知词之作难于诗。盖音律欲其协，不协则成长短之诗；下字欲其雅，不雅则近乎缠令之体；用字不可太露，露则直突而无深长之味；发意不可太高，高则狂怪而失柔婉之意。思此则知所以为难。"此其议论，盖得诸文英兄弟云。梦窗词传世者，有毛氏汲古阁宋六十家词本、杜氏曼陀罗华阁本、王氏四印斋本、朱氏彊村丛书本、彊村遗书本、张氏四明丛书本。

宴清都一首

连理海棠

绣幄鸳鸯柱，红情密，腻云低护秦树。芳根兼倚,花梢钿合,锦屏人妒。东风睡足交枝,正梦枕瑶钗燕股。障滟蜡、满照欢丛,蓼蟾冷落羞度。 人间万感幽单,华清惯浴,春盎风露。连鬟并暖,同心共结,向承恩处。凭谁为歌长恨?暗殿锁秋镫夜语。叙旧期、不负春盟,红朝翠暮。

【朱孝臧手批梦窗词集】濡染大笔何淋漓!

浣溪沙 —首

门隔花深梦旧游,夕阳无语燕归愁,玉纤香动小帘钩。 落絮无声春堕泪,行云有影月含羞,东风临夜冷于秋。

玉楼春 —首

京市舞女

茸茸狸帽遮梅额,金蝉罗剪胡衫窄。乘肩争看小腰身,倦态强随闲鼓笛。 问称家住城东陌,欲买千金应不惜。归来困顿殢春眠,犹梦婆娑斜趁拍。

【宋周密武林旧事卷二】都城自旧岁冬孟驾回,则已有乘肩小女、鼓吹舞绾者数十队,以供贵邸豪家幕次之玩,而天街茶肆,渐已罗列灯球等求售,谓之灯市。自此以后,每夕皆然。三桥等处,客邸最盛,舞者往来最多。每夕楼灯初上,则箫鼓已纷然自献于下,酒边一笑,所费殊不多,往往至四鼓乃还。自此日盛一日。姜白石有诗云:"灯已阑珊月色寒,舞儿往往夜深还。只应不尽婆娑意,更向街心弄影看。"又云:"南陌东城尽舞儿,画金刺绣满罗衣。也知爱惜春游夜,舞落银蟾不肯归。"吴梦窗玉楼春云"茸茸狸帽"云云,深得其意态也。

祝英台近一首

春日客龟溪,游废园。

采幽香,巡古苑,竹冷翠微路。斗草溪根,沙印小莲步。自怜两鬓清霜,一年寒食,又身在云山深处。 昼闲度,因甚天也悭春,轻阴便成雨。绿暗长亭,归梦趁风絮。有情花影阑干,莺声门径,解留我霎时凝伫。

【朱孝臧梦窗词集小笺】德清县志：龟溪，古名孔愉泽，即余不溪之上流也。昔孔愉微时，常经溪上，见渔者笼一白龟，买而放之中流，龟左顾数四而没。

风入松一首

听风听雨过清明，愁草瘗花铭。楼前绿暗分携路，一丝柳一寸柔情。料峭春寒中酒，交加晓梦啼莺。　　西园日日扫林亭，依旧赏新晴。黄蜂频扑秋千索，有当时纤手香凝。惆怅双鸳不到，幽阶一夜苔生。

【谭评词辨卷一】此是梦窗极经意词，有五季遗响。"黄蜂"二句，西子衾裙拂过来，是痴语，是深语。结笔温厚。

莺啼序—首

残寒正欺病酒，掩沉香绣户。燕来晚、飞入西城，似说春事迟暮。画船载、清明过却，晴烟冉冉吴宫树。念羁情、游荡随风，化为轻絮。　　十载西湖，傍柳系马，趁娇尘软雾。溯红渐招入仙溪，锦儿偷寄幽素。倚银屏、春宽梦窄，断红湿歌纨金缕。暝堤空，轻把斜阳，总还鸥鹭。　　幽兰渐老，杜若还生，水乡尚寄旅。别后访六桥无信，事往花委，瘗玉埋香，几番风雨？长波妒盼，遥山羞黛，渔灯分影春江宿，记当时短楫桃根渡。青楼仿佛，临分败壁题诗，泪墨惨澹尘土。　　危亭望极，草色天涯，叹鬓侵半苎。暗点检离痕欢唾，尚染鲛绡，亸凤迷归，破鸾慵舞。殷勤待写，书中长恨，蓝霞辽海沉过雁，漫相思弹入哀筝柱。伤心千里江南，怨曲重招，断魂在否？

高阳台一首

丰乐楼分韵得如字

修竹凝妆,垂杨系马,凭阑浅画成图。山色谁题?楼前有雁斜书。东风紧送斜阳下,弄旧寒、晚酒醒余。自消凝,能几花前,顿老相如! 伤春不在高楼上,在镫前敧枕,雨外熏炉。怕舣游船,临流可奈清臞?飞红若到西湖底,搅翠澜、总是愁鱼。莫重来,吹尽香绵,泪满平芜。

三姝媚一首

过都城旧居,有感。

湖山经醉惯,渍春衫、啼痕酒痕无限。又客长安,叹断襟零袂,浣尘谁浣?紫曲门荒,沿败井、风摇青蔓。对语东邻,犹是曾巢,谢堂双燕。 春梦人间须断!但怪得当年,梦缘能短。绣屋秦筝,傍海棠偏爱,夜深开宴。舞歇歌沉,花未减、红颜先变。伫久河桥欲去,斜阳泪满。

【清周尔墉批绝妙好词笺卷四】伤心哉此言！一"须"字、一"能"字,入破之音。

八声甘州一首

灵岩陪庾幕诸公游

渺空烟四远,是何年青天坠长星？幻苍崖云树,名娃金屋,残霸宫城。箭径酸风射眼,腻水染花腥。时靸双鸳响,廊叶秋声。　宫里吴王沉醉,倩五湖倦客,独钓醒醒。问苍天无语,华发奈山青。水涵空、阑干高处,送乱鸦斜日落渔汀。连呼酒,上琴台去,秋与云平。

【词源卷下】词中句法,要平妥精粹。一曲之中,安能句句高妙？只要拍搭衬副得去,于好发挥笔力处,极要用工,不可轻易放过,读之使人击节可也。如吴梦窗登灵岩云："连呼酒,上琴台去,秋与云平。"闰重九云："帘半卷,带黄花、人在小楼。"姜白石扬州慢云："二十四桥仍在,波心荡冷月无声。"皆平易中有句法。

【艺蘅馆词选丙卷】麦孺博云：奇情壮采。

唐多令一首

何处合成愁？离人心上秋。纵芭蕉不雨也飕飕。都道晚凉天气好，有明月，怕登楼。　　年事梦中休，花空烟水流。燕辞归、客尚淹留。垂柳不萦裙带住，漫长是，系行舟。

【词源卷下】吴梦窗词，如七宝楼台，眩人眼目，碎拆下来，不成片段。此清空、质实之说。此词疏快，却不质实。如是者集中尚有，惜不多耳。

【周批绝妙好词笺卷四】词固佳，但非梦窗平生杰构。玉田心赏，特以近自家手笔故也。玉田赏之，是矣，然而是极研炼出之者，看似俊快，其实深美。

〔集评〕　尹焕曰：求词于吾宋者，前有清真，后有梦窗，此非焕之言，四海之公言也。（中兴以来绝妙词选卷十引山阴尹焕梦窗词叙）　沈义父曰：梦窗深得清真之妙，其失在用事下语太晦处，人不可晓。（乐府指迷）　周济曰：梦窗奇思壮采，腾天潜渊，返南宋之清泚，为北宋之秋挚。　皋文不取梦窗，是为碧山门径所限耳。梦窗立意高，取径远，皆非余子所及。惟过嗜饾饤，以此被议。若其虚实兼到之作，虽清真不过也。（宋四家词选序论）　良卿曰：尹惟晓"前有清真，后有梦窗"之说，可谓知言。梦窗每于空际转身，非具大神力不能。　梦窗非无生涩处，总胜空滑。况其佳者,天光云影,摇荡绿波,抚玩无致,追寻已远。 君特意思甚感慨,而寄情闲散,使人不能测其中之所有。(介存斋论词杂著) 周尔墉曰:尧章高远,君特沉厚,各极其能。 于逼塞中见空灵,于浑朴中见勾勒,于刻画中见天然,读梦窗词,当于此着眼。 性情能不为词藻所掩,方是梦窗法乳。(周批绝妙好词笺卷四) 郑文焯曰:君特为词,用隽上之才,别构一格,拈韵习取古谐,举典务出奇丽,如唐贤诗家之李贺,文流之孙樵、刘蜕,锤幽凿险,开径自行,学者匪造次所能陈其细趣也。 其取字多从长吉诗中得来,故造语奇丽。世士罕寻其源,辄疑太晦,过矣。(郑校梦窗词跋) 况周颐曰:近人学梦窗,辄从密处入手。梦窗密处,能令无数丽字一一生动飞舞,如万花为春,非若琱璃蹙绣,毫无生气也。如何能运动无数丽字?恃聪明,尤恃魄力。如何能有魄力?唯厚乃有魄力。梦窗密处易学,厚处难学。(香东漫笔) 宋词有三要:重,拙,大。重者,沉着之谓,在气格,不在字句。于梦窗词,庶几见之。即其芬悱铿丽之作,中间隽句艳字,莫不有沉挚之思,灏瀚之气,挟之以流转,令人玩索而不能尽,则其中之所存者厚。沉着者,厚之发见乎外者也。欲学梦窗之致密,先学梦窗之沉着。即致密,即沉着,非出乎致密之外,超乎致密之上,别有沉着之一境也。梦窗之词,与东坡、稼轩诸公,实殊流而同源,其见为不同者,则梦窗致密其外耳。其至高至精处,虽欲拟议形容之,犹苦不得其神似。颖惠之士,束发操觚,勿轻言学梦窗也。(香海棠馆词话) 张尔田曰:梦窗词,殿天水一朝,分镳清真,碎璧零玑,触之皆宝。虽虀藩溷,其精神行天壤,固自不敝。(遁堪文存)

刘辰翁

十一首　录自彊村丛书本须溪词

〔**传记**〕　刘辰翁（一二三二——一二九七）字会孟，庐陵人。少登陆象山（九渊）之门，补太学生。景定壬戌（一二六二），廷试对策，忤贾似道，置丙第，以亲老，请濂溪书院山长。荐居史馆，又除太学博士，皆固辞。宋亡，隐居，卒。有须溪集。（宋诗纪事卷六十八）彊村丛书收须溪词一卷，又补遗四首。

霜天晓角—首

和中斋九日

骑台千骑，有菊知何世？想见登高无处，淮以北，是平地。　老来无复味，老来无复泪。多谢白衣迢递，吾病矣，不能醉。

【历代诗余卷一百十八引遂昌杂录】邓光荐号中斋，信国公（文天祥）之客也。宋亡，以义行著。其所著鹧鸪词，有曰："行不得也哥哥！瘦妻弱子赢牸駚，天长地阔多网罗，南音渐少北语多,肉飞不起可奈何？行不得也哥哥!"

山花子一首

春　暮

东风解手即天涯,曲曲青山不可遮。如此苍茫君莫怪,是归家。　　阛阓相迎悲最苦,英雄知道鬓先华。更欲徘徊春尚肯,已无花!

柳梢青一首

春　感

铁马蒙毡,银花洒泪,春入愁城。笛里番腔,街头戏鼓,不是歌声。　　那堪独坐青灯,想故国高台月明!辇下风光,山中岁月,海上心情。

踏莎行 一首

九日牛山作

日月跳丸,光阴脱兔,登临不用深怀古。向来吹帽插花人,尽随残照西风去。　老矣征衫,飘然客路,炊烟三两人家住。欲携斗酒答秋光,山深无觅黄花处。

兰陵王 一首

丙子送春

送春去,春去人间无路。秋千外、芳草连天,谁遣风沙暗南浦?依依甚意绪?漫忆海门飞絮。乱鸦过、斗转城荒,不见来时试灯处。　春去,最谁苦?但箭雁沉边,梁燕无主,杜鹃声里长门暮。想玉树凋土,泪盘如露,咸阳送客屡回顾,斜日未能度。

春去,尚来否?正江令恨别,庾信愁赋。二人皆北去。苏堤尽日风和雨。叹神游故国,花记前度。人生流落,顾孺子,共夜语。

【历代诗余卷一百十八引卓珂词统】须溪兰陵王首句,九字悲绝。换头四句,凄清何减夜猿?其词悠扬悱恻,即以为小雅、楚骚可也,填词云乎哉?

宝鼎现—首

红妆春骑,踏月影、竿旗穿市。望不尽楼台歌舞,习习香尘莲步底。箫声断、约彩鸾归去,未怕金吾呵醉。甚辇路喧阗且止?听得念奴歌起。　父老犹记宣和事,抱铜仙、清泪如水。还转盼沙河多丽。滉漾明光连邸第,帘影冻、散红光成绮。月浸葡萄十里。看往来神仙才子,肯把菱花扑碎?　肠断竹马儿童,空见说、三千乐指。等多时、春不归来,到春时欲睡。又说向灯前拥髻,暗滴鲛珠坠。便当日亲见霓裳,天上人间梦里。

【历代诗余卷一百十八】张孟浩云:刘辰翁作宝鼎现词,时为大德元年(一二九七),自题曰"丁酉元夕",亦义熙旧人只书甲子之意。其词反反复复,字字悲咽,真孤竹、彭泽之流。

虞美人一首

春　晓

轻衫倚望春晴稳,雨压青梅损。皱绡池影泛红蔫;看取断云来去似炉烟。　　愁春来暮仍愁暮,受却寒无数。年来无地买花栽,向道明年花信莫须来。

八声甘州一首

送春韵

看飘飘万里去东流,道伊去如风。便锦缆危潮,青山御宿,烟雨啼红。愁是明朝酒醒,听著返魂钟。留得春如故,了不关侬。　　春亦去人远矣!是别情何薄?归兴何浓?但江南好□,未便到芙蓉。念今夜初程何处?有何人垂袖舞行官。青青柳,留君如此,如此匆匆!

永遇乐 一首

余自乙亥上元,诵李易安永遇乐,为之涕下。今三年矣!每闻此词,辄不自堪,遂依其声,又托之易安自喻,虽辞情不及,而悲苦过之。

璧月初晴,黛云远澹,春事谁主?禁苑娇寒,湖堤倦暖,前度遽如许!香尘暗陌,华灯明昼,长是懒携手去。谁知道,断烟禁夜,满城似愁风雨。　　宣和旧日,临安南渡,芳景犹自如故。缃帙流离,风鬟三五,能赋词最苦。江南无路,鄜州今夜,此苦又谁知否?空相对、残釭无寐,满村社鼓。

沁园春 一首

送　春

春汝归欤?风雨蔽江,烟尘暗天。况雁门陁塞,龙沙渺莽,东连吴会,西至秦川。芳草迷津,飞花拥道,小为蓬壶借百年。江南好,问夫君何事,不少留连?　　江南正是堪怜!但满眼杨花化白毡。看兔葵燕麦,华清宫里;蜂黄蝶粉,凝碧池边。我已无家,君归何里?中路徘徊七宝鞭。风回处,寄一声珍重,两地潸然!

摸鱼儿一首

酒边留同年徐云屋

怎知他春归何处?相逢且尽尊酒。少年袅袅天涯恨,长结西湖烟柳。休回首!但细雨断桥,憔悴人归后。东风似旧。问前度桃花,刘郎能记,花复认郎否? 君且住!草草留君剪韭。前宵正恁时候。深杯欲共歌声滑,翻湿春衫半袖。空眉皱,看白发尊前,已似人人有。临分把手,叹一笑论文,清狂顾曲,此会几时又?

〔集评〕 况周颐曰:近人论词,或以须溪词为别调,非知人之言也。须溪词多真率语,满心而发,不假追琢,有掉臂游行之乐。其词笔多用中锋,风格遒上,略与稼轩旗鼓相当。世俗之论,容或以稼轩为别调,宜其以别调目须溪也。(餐樱庑词话)

蒋 捷

六首　录自汲古阁宋六十家词本竹山词

〔传记〕 蒋捷字胜欲,阳羡人,德祐进士,自号竹山,遁迹不仕,以词名。(宋诗纪事卷七十八)所作竹山词一卷,见汲古阁宋六十家词中。

贺新郎一首

怀 旧

梦冷黄金屋。叹秦筝、斜鸿阵里,素弦尘扑。化作娇莺飞归去,犹认纱窗旧绿。正过雨荆桃如菽。此恨难平君知否?似琼台涌起弹棋局。消瘦影,嫌明烛。　　鸾楼碎泻东西玉。问芳踪、何时再展?翠钗难卜。待把宫眉横云样,描上生绡画幅。怕不是新来妆束。彩扇红牙今都在,恨无人解听开元曲。空掩袖,倚寒竹。

【谭评词辨卷二】瑰丽处鲜妍自在,词藻太密。

女冠子一首

元 夕

蕙花香也,雪晴池馆如画。春风飞到,宝钗楼上,一片笙箫,琉璃光射。而今灯谩挂,不是暗尘明月,那时元夜。况年来心懒意怯,羞与蛾儿争耍。

江城人悄初更打,问繁华谁解再向天公借?剔残红灺,但梦里隐隐钿车罗帕。吴笺银粉砑,待把旧家风景,写成闲话。笑绿鬟邻女,绮窗犹唱,夕阳西下。

声声慢一首

秋 声

黄花深巷,红叶低窗,凄凉一片秋声。豆雨声来,中间夹带风声。疏疏二十五点,丽谯门不锁更声。故人远,问谁摇玉佩?檐底铃声。　彩角声吹月堕,渐连营马动,四起笳声。闪烁邻灯,灯前尚有砧声。知他诉愁到晓,碎哝哝多少蛩声!诉未了,把一半分与雁声。

虞美人 一首

听 雨

少年听雨歌楼上,红烛昏罗帐。壮年听雨客舟中,江阔云低断雁叫西风。 而今听雨僧庐下,鬓已星星也!悲欢离合总无情,一任阶前点滴到天明。

一剪梅 一首

舟过吴江

一片春愁待酒浇,江上舟摇,楼上帘招。秋娘渡与泰娘桥,风又飘飘,雨又萧萧。 何日归家洗客袍?银字笙调,心字香烧。流光容易把人抛,红了樱桃,绿了芭蕉。

【校】"渡"原作"度","桥"原作"娇",依"行香子舟宿兰湾"一阕"秋娘渡,泰娘桥"改。

一剪梅（一片春愁待酒浇）

燕归梁一首

风 莲

我梦唐宫春昼迟,正舞到,曳裾时。翠云队仗绛霞衣,慢腾腾,手双垂。　忽然急鼓催将起,似彩凤,乱惊飞。梦回不见万琼妃,见荷花,被风吹。

〔集评〕 刘熙载曰:蒋竹山词,未极流动自然,然洗炼缜密,语多创获,其志视梅溪较贞,其思视梦窗较清。刘文房为五言长城,竹山其亦长短句之长城欤?(艺概卷四)

周 密

五首 录自彊村丛书本蘋洲渔笛谱

〔传记〕 周密(一二三二——一三〇八)字公谨,号草窗,济南人,流寓吴兴,居弁山,自号弁阳啸翁,又号萧斋。淳祐中,为义乌令。有蜡屐集、齐东野语、癸辛杂识、志雅堂杂钞、浩然斋视听钞、武林旧事、澄怀录、云烟过眼录。(宋诗纪事卷八十)诗集曰草窗韵语,有乌程蒋氏密韵楼影宋刊本。词集曰蘋洲渔笛谱,有广陵江昱考证及辑本集外词,刊入彊村丛书。又题草窗词,有鲍氏知不足斋丛书本、杜氏曼陀罗华阁本、朱氏无著庵校辑本。

曲游春—首

禁烟湖上薄游,施中山赋词甚佳,余因次其韵。盖平时游舫,至午后则尽入里湖,抵暮始出断桥,小驻而归,非习于游者不知也。故中山极击节余"闲却半湖春色"之句,谓能道人之所未云。

禁苑东风外,飏暖丝晴絮,春思如织。燕约莺期,恼芳情偏在,翠深红隙。漠漠香尘隔,沸十里乱弦丛笛。看画船尽入西泠,闲却半湖春色。　　柳陌,新烟凝碧,映帘底官眉,堤上游勒。轻暝笼寒,怕梨云梦冷,杏香愁幂。歌管酬寒食,奈蝶怨良宵岑寂。正满湖碎月摇花,怎生去得?

【武林旧事卷三】都城自过收灯,贵游巨室,皆争先出郊,谓之探春,至禁烟为最盛。龙舟十余,彩旗叠鼓,交午曼衍,粲如锦绣。内有曾经宣唤者,则锦衣花帽,以自别于众。京尹为立赏格,竞渡争标,内珰贵客,赏犒无算。都人士女,两堤骈集,几于无置足地。水面画楫,栉比如鱼鳞,亦无行舟之路。歌欢箫鼓之声,振动远近,其盛可以想见。若游之次第,则先南而后北,至午则尽入西泠桥里湖,其外几无一舸矣。弁阳老人有词云:"看画船尽入西泠,闲却半湖春色。"盖纪实也。

夷则商国香慢一首

赋子固凌波图

玉润金明,记曲屏小几,剪叶移根。经年泚人重见,瘦影娉婷。雨带风襟零乱,步云冷、鹅管吹春。相逢旧京洛,素靥尘缁,仙掌霜凝。　　国香流落恨,正冰消翠薄,谁念遗簪?水空天远,应念矶弟梅兄。渺渺鱼波望极,五十弦、愁满湘云。凄凉耿无语,梦入东风,雪尽江清。

一萼红 一首

登蓬莱阁,有感。

步深幽,正云黄天淡,雪意未全休。鉴曲寒沙,茂林烟草,俯仰千古悠悠。岁华晚、飘零渐远,谁念我、同载五湖舟?磴古松斜,崖阴苔老,一片清愁。

回首天涯归梦,几魂飞西浦,泪洒东州。故国山川,故园心眼,还似王粲登楼。最负他、秦鬟妆镜,好江山、何事此时游?为唤狂吟老监,共赋消忧。阁在绍兴,西浦、东州皆其地。

【周评绝妙好词笺卷七】草窗擅美在缜密,如此章稍空阔,愈益佳妙。

献仙音一首

吊雪香亭梅

松雪飘寒，岭云吹冻，红破数椒春浅。衬舞台荒，浣妆池冷，凄凉市朝轻换。叹花与人凋谢，依依岁华晚。　　共凄黯！问东风、几番吹梦，应惯识当年，翠屏金辇。一片古今愁，但废绿平烟空远。无语消魂，对斜阳衰草泪满。又西泠残笛，低送数声春怨。

高阳台一首

寄越中诸友

小雨分江，残寒迷浦，春容浅入蒹葭。雪霁空城，燕归何处人家？梦魂欲渡苍茫去，怕梦轻、翻被愁遮。感流年，夜汐东还，冷照西斜。　　萋萋望极王孙草，认云中烟树，鸥外春沙。白发青山，可怜相对苍华。归鸿自趁潮回去，笑倦游、犹是天涯。问东风，先到垂杨，后到梅花？

〔**集评**〕 周济曰:公谨敲金戛玉,嚼雪盥花,新妙无与为匹。 公谨只是词人,颇有名心,未能自克,故虽才情诣力,色色绝人,终不能超然遐举。(介存斋论词杂著) 草窗镂冰刻楮,精妙绝伦,但立意不高,取韵不远,当与玉田抗行,未可方驾王、吴也。(宋四家词选序论) 戈载曰:草窗词尽洗靡曼,独标清丽,有韶倩之色,有绵渺之思,与梦窗旨趣相侔,二窗并称,允矣无忝。其于律亦极严谨,盖交游甚广,深得切劘之益。(宋七家词选) 李慈铭曰:南宋之末,终推草窗、梦窗两家为此事眉目,非碧山、竹屋辈所可颉颃。(孟学斋日记)

王沂孙

八首　录自四印斋本花外集

〔传记〕　王沂孙字圣与,号碧山,又号中仙,会稽人,与周公瑾、唐玉潜诸公倡和,有词,名花外集。(宋诗纪事卷八十)延祐四明志:"至元中,王沂孙庆元路学正。"(绝妙好词笺卷七)今传世花外集,有知不足斋丛书本、四印斋所刻词本。

水龙吟一首

落　叶

晓霜初著青林,望中故国凄凉早。萧萧渐积,纷纷犹坠,门荒径悄。渭水风生,洞庭波起,几番秋杪?想重厓半没,千峰尽出,山中路,无人到。
前度题红杳杳,溯宫沟、暗流空绕。啼螀未歇,飞鸿欲过,此时怀抱。乱影翻窗,碎声敲砌,愁人多少?望吾庐甚处?只应今夜,满庭谁扫?

无闷 一首

雪意

阴积龙荒，寒度雁门，西北高楼独倚。怅短景无多，乱山如此！欲唤飞琼起舞，怕搅碎纷纷银河水。冻云一片，藏花护玉，未教轻坠。　　清致，悄无似。有照水一枝，已挽春意。误几度凭栏，莫愁凝睇。应是梨花梦好，未肯放东风来人世。待翠管吹破苍茫，看取玉壶天地。

【宋四家词选】何尝不峭拔，然略粗，此其所以为碧山之清刚也。白石好处，无半点粗气矣。

眉妩 一首

新月

渐新痕悬柳，澹彩穿花，依约破初暝。便有团圆意，深深拜、相逢谁在香径？画眉未稳，料素娥犹带离恨。最堪爱、一曲银钩小，宝帘挂秋冷。　　千古盈亏休问。叹漫磨玉斧,难补金镜。太液池犹在,凄凉处、何人重赋清景?故山夜永,试待他窥户端正。看云外山河,还老桂花旧影。

【谭评词辨卷一】"便有"四句,寓意自深,音辞高亮。欧、晏如兰亭真本,此仅一翻。后半阕蹊径显然。

齐天乐 三首

萤

碧痕初化池塘草,荧荧野光相趁。扇薄星流,盘明露滴,零落秋原飞磷。练裳暗近。记穿柳生凉,度荷分暝。误我残编,翠囊空叹梦无准。　　楼阴时过数点,倚阑人未睡,曾赋幽恨。汉苑飘苔,秦陵坠叶,千古凄凉不尽。何人为省?但隔水余晖,傍林残影。已觉萧疏,更堪秋夜永!

【谭评词辨卷一】"误我"二句亦寓言。"楼阴"句拓成远势,过变中又一法。"汉苑"三句,可谓盘挐倔强矣。结笔绕梁之音。

蝉

绿槐千树西窗悄,厌厌昼眠惊起。饮露身轻,吟风翅薄,半剪冰绡谁寄?凄凉倦耳。漫重拂琴丝,怕寻冠珥。短梦深宫,向人犹自诉憔悴。　　残虹收尽过雨,晚来频断续,都是秋意。病叶难留,纤柯易老,空忆斜阳身世!窗明月碎。甚已绝余音,尚遗枯蜕?鬓影参差,断魂青镜里。

一襟余恨宫魂断,年年翠阴庭树。乍咽凉柯,还移暗叶,重把离愁深诉。西窗过雨。怪瑶珮流空,玉筝调柱。镜暗妆残,为谁娇鬓尚如许?　　铜仙铅泪似洗,叹移盘去远,难贮零露。病翼惊秋,枯形阅世,消得斜阳几度?余音更苦!甚独抱清高,顿成凄楚?谩想薰风,柳丝千万缕。

【宋四家词选】前阕身世之感,后阕家国之恨。

【谭评词辨卷一】此是学唐人句法、章法,"庾郎先自吟愁赋"逊其蔚跂。"西窗"句亦排宕法。"铜仙"三句,极力排荡。"病翼"三句,玩其弦指收裹处,有变徵之音。结笔掉尾,不肯直泻,然未自在。

庆宫春―首

水仙花

　　明玉擎金，纤罗飘带，为君起舞回雪。柔影参差，幽芳零乱，翠围腰瘦一捻。岁华相误，记前度湘皋怨别。哀弦重听，都是凄凉，未须弹彻。　　国香到此谁怜？烟冷沙昏，顿成愁绝。花恼难禁，酒销欲尽，门外冰澌初结。试招仙魄，怕今夜瑶簪冻折。携盘独出，空想咸阳，故宫落月。

【周评绝妙好词笺卷七】用事有以盐著水之妙，凄然压海之音。

高阳台―首

　　残萼梅酸，新沟水绿，初晴节序暄妍。独立雕栏，谁怜枉度华年？朝朝准拟清明近，料燕翎须寄银笺。又争知、一字相思，不到吟边？　　双蛾不拂青鸾冷，任花阴寂寂，掩户闲眠。屡卜佳期，无凭却恨金钱。何人寄与天涯信？趁东风急整归船。纵飘零、满院杨花，犹是春前。

【香海棠馆词话】结笔低徊掩抑，荡气回肠。

【艺蘅馆词选丙卷】麦孺博云：此言半壁江山，犹可整顿也。眷怀君国，盼望中兴，何减少陵？

〔集评〕 张炎曰：碧山能文，工词，琢语峭拔，有白石意度。（山中白云词卷一琐窗寒词序） 周济曰：中仙最多故国之感，故着力不多，天分高绝，所谓意能尊体也。 中仙最近叔夏一派，然玉田自逊其深远。（介存斋论词杂著） 碧山胸次恬淡，故"黍离""麦秀"之感，只以唱叹出之，无剑拔弩张习气。 词以思笔为入门阶陛。碧山思笔，可谓双绝，幽折处大胜白石。惟圭角太分明，反复读之，有水清无鱼之恨。（宋四家词选序论） 戈载曰：予尝谓白石之词，空前绝后，匪特无可比肩，抑且无从入手，而能学之者则惟中仙。其词运意高远，吐韵妍和；其气清，故无沾滞之音；其笔超，故有宕往之趣；是真白石之入室弟子也。（宋七家词选） 王鹏运曰：碧山词颉颃双白，揖让二窗，实为南渡之杰。（花外集跋） 况周颐曰：初学作词，最宜读碧山乐府，如书中欧阳信本，准绳规矩极佳。二晏如右军父子，贺方回如李北海，白石如虞伯施而隽上过之，公谨如褚登善，梦窗如鲁公，稼轩如诚悬，玉田如赵文敏。（香海棠馆词话）

文天祥

二首　录自四部丛刊影明本文山先生全集指南后录

〔传记〕　文天祥（一二三六——一二八二）字宋瑞，又字履善，吉之吉水人。体貌丰伟，美皙如玉，秀眉而长目，顾盼烨然。年二十，举进士，理宗亲拔为第一。考官王应麟奏曰："是卷古谊若龟鉴，忠肝如铁石，臣敢为得人贺。"屡官至右丞相，加少保、信国公。奉两屡王，崎岖岭海，以图兴复。兵败，被执，至潮阳，见张弘范，弘范与俱入厓山，使为书招张世杰，乃书所过零丁洋诗与之。其末有云："人生自古谁无死？留取丹心照汗青。"弘范笑而置之，遣使护送天祥至京师。天祥在道，不食，八日不死。在燕凡三年，世祖知天祥终不屈，召入，谕之曰："汝何愿？"天祥曰："天祥受宋恩、为宰相，愿赐之一死足矣。"死数日，其妻欧阳氏收其尸，衣带中有赞曰："孔曰成仁，孟曰取义，惟其义尽，所以仁至。读圣贤书，所学何事？而今而后，庶几无愧。"（节录宋史卷四百十八）传世有文山先生集。江标刻宋元名家词，有文山乐府一卷，得词八首，类从本集指南录中录出者也。

酹江月 一首

驿中言别友人

水天空阔,恨东风、不借世间英物。蜀鸟吴花残照里,忍见荒城颓壁。铜雀春情,金人秋泪,此恨凭谁雪?堂堂剑气,斗牛空认奇杰。　　那信江海余生,南行万里,属扁舟齐发。正为鸥盟留醉眼,细看涛生云灭。睨柱吞嬴,回旗走懿,千古冲冠发。伴人无寐,秦淮应是孤月。

【词林纪事卷十四】陈卧子云:气冲斗牛,无一毫委靡之色。

满江红 一首

和王夫人满江红韵,以庶几后山"妾薄命"之意。

燕子楼中,又捱过、几番秋色?相思处、青年如梦,乘鸾仙阙。肌玉暗消衣带缓,泪珠斜透花钿侧。最无端蕉影上窗纱,青灯歇。　　曲池合,高台灭。

人间事,何堪说!向南阳阡上,满襟清血。世态便如翻覆雨,妾身元是分明月。笑乐昌一段好风流,菱花缺。

【指南后录卷一下】王夫人至燕,题驿中云:"太液芙蓉,全不是、旧时颜色。尝记得、恩承雨露,玉阶金阙。名播兰簪妃后里,晕潮莲脸君王侧。忽一朝銮鼓揭天来,繁华歇。　龙虎散,风云灭。今古恨,凭谁说?顾山河百二,泪沾襟血。驿馆夜惊尘土梦,宫车晓辗关山月。若嫦娥于我肯相容,从圆缺。"中原传诵,惜末句少商量。

〔**集评**〕 刘熙载曰:文文山词,有"风雨如晦,鸡鸣不已"之意,不知者以为变声,其实乃正之变也,故词当合其人之境地以观之。(艺概卷四)

张 炎

十四首　录自彊村丛书本山中白云

〔传记〕　张炎（一二四八——?）字叔夏，西秦人，循王（俊）之后。居杭，号玉田，又号乐笑翁。有词源二卷、山中白云八卷。（绝妙好词笺卷六）郑思肖序其词云："吾识张循王孙玉田先辈，喜其三十年汗漫南北数千里，一片空狂怀抱，日日化雨为醉。自仰扳姜尧章、史邦卿、卢蒲江、吴梦窗诸名胜，互相鼓吹春声于繁华世界，飘飘徵情，节节弄拍，嘲明月以谑乐，卖落花而陪笑，能令后三十年西湖锦绣山水，犹生清响。"又舒岳祥序云："玉田张君，自社稷变置，凌烟废堕，落魄纵饮。北游燕、蓟，上公车，登承明有日矣。一日，思江南菰米莼丝，慨然襆被而归，不入古杭，扁舟浙水东西，为漫浪游。散囊中千金装，吴江楚岸，枫丹苇白，一奚童负锦囊自随。诗有姜尧章深婉之风，词有周清真雅丽之思，画有赵子固潇洒之意，未脱承平公子故态，笑语歌哭，骚姿雅骨，不以夷险变迁也。"（并见山中白云卷首）于此，可略见其生平志趣。传世山中白云，有钱塘龚翔麟本、王氏四印斋双白词本、许氏榆园丛刻本、朱氏彊村丛书江昱疏证本。

高阳台 一首

西湖春感

接叶巢莺,平波卷絮,断桥斜日归船。能几番游?看花又是明年。东风且伴蔷薇住,到蔷薇、春已堪怜。更凄然,万绿西泠,一抹荒烟。　　当年燕子知何处?但苔深韦曲,草暗斜川。见说新愁,如今也到鸥边。无心再续笙歌梦,掩重门、浅醉闲眠。莫开帘,怕见飞花,怕听啼鹃。

甘　州 一首

辛卯岁,沈尧道同余北归,各处杭、越。逾岁,尧道来问寂寞,语笑数日,又复别去。赋此曲,并寄赵学舟。

记玉关踏雪事清游,寒气脆貂裘。傍枯林古道,长河饮马,此意悠悠。短梦依然江表,老泪洒西州。一字无题处,落叶都愁。　　载取白云归去,问谁留楚佩,弄影中洲?折芦花赠远,零落一身秋。向寻常野桥流水,待招来不是旧沙鸥。空怀感,有斜阳处,

高阳台(接叶巢莺)

却怕登楼。
◎

【谭评词辨卷一】一气旋折,作壮词须识此法。"一字"二句颇恢诡。

解连环一首

孤 雁

楚江空晚,怅离群万里,恍然惊散。自顾影欲下寒塘,正沙净草枯,水平天远。写不成书,只寄得相思一点。料因循误了,残毡拥雪,故人心眼。　谁怜旅愁荏苒?谩长门夜悄,锦筝弹怨。想伴侣犹宿芦花,也曾念春前,去程应转。暮雨相呼,怕蓦地玉关重见。未羞他双燕归来,画帘半卷。

【江疏卷一】至正直记:钱唐张叔夏,尝赋孤雁词,有"写不成书,只寄得相思一点",人皆称之曰"张孤雁"。

满庭芳一首

小 春

晴皎霜花，晓融冰羽，开帘觉道寒轻。误闻啼鸟，生意又园林。闲了凄凉赋笔，便而今不听秋声。消凝处，一枝借暖，终是未多情。　　阳和能几许？寻芳探粉，也恁忪人。笑邻娃痴小，料理护花铃。却怕惊回睡蝶，恐和他草梦都醒。还知否？能消几日，风雪灞桥深。

【江疏卷一】昱按：此词似以小春喻元朝也。

月下笛一首

孤游万竹山中，闲门落叶，愁思黯然，因动"黍离"之感。时寓甬东积翠山舍。

万里孤云，清游渐远，故人何处？寒窗梦里，犹记经行旧时路。连昌约略无多柳，第一是难听夜雨。谩惊回凄悄，相看烛影，拥衾谁语？　　张绪，归何暮?半零落依依,断桥鸥鹭。天涯倦旅,此时心事良苦。只愁重洒西州泪,问杜曲人家在否?恐翠袖正天寒,犹倚梅花那树。

梅子黄时雨—首

病后别罗江诸友

流水孤村,爱尘事顿消,来访深隐。向醉里谁扶?满身花影。鸥鹭相看如瘦,近来不是伤春病。嗟流景,竹外野桥,犹系烟艇。　谁引,斜川归兴?便啼鹃纵少,无奈时听!待棹击空明,鱼波千顷。弹到琵琶留不住,最愁人是黄昏近。江风紧,一行柳阴吹暝。

声声慢—首

题吴梦窗遗笔

烟堤小舫,雨屋深灯,春衫惯染京尘。舞柳歌桃,心事暗恼东邻。浑疑夜窗梦蝶,到如今、犹宿花阴。待唤起,甚江蓠摇落,化作秋声。　　回首曲终人远,黯消魂忍看,朵朵芳云。润墨空题,惆怅醉魄难醒。独怜水楼赋笔,有斜阳、还怕登临。愁未了,听残莺啼过柳阴。

长亭怨一首

旧居有感

望花外小桥流水,门巷惜惜,玉箫声绝。鹤去台空,佩环何处弄明月?十年前事,愁千折、心情顿别。露粉风香,谁为主?都成消歇。　　凄咽!晓窗分袂处,同把带鸳亲结。江空岁晚,便忘了尊前曾说。恨西风不庇寒蝉,便扫尽一林残叶。谢杨柳多情,还有绿阴时节。

清平乐一首

候蛩凄断,人语西风岸。月落沙平江似练,望尽芦花无雁。　　暗教愁损兰成,可怜夜夜关情。只有一枝梧叶,不知多少秋声?

朝中措一首

清明时节雨声哗,潮拥渡头沙。翻被梨花冷看,人生苦恋天涯。　　燕帘莺户,云窗雾阁,酒醒啼鸦。折得一枝杨柳,归来插向谁家?

阮郎归一首

有怀北游

钿车骄马锦相连,香尘逐管弦。瞥然飞过水秋千,清明寒食天。　　花贴贴,柳悬悬,莺房几醉眠?醉中不信有啼鹃,江南二十年!

鹧鸪天 一首

楼上谁将玉笛吹,山前水阔暝云低。劳劳燕子人千里,落落梨花雨一枝。　修禊近,卖饧时,故乡惟有梦相随。夜来折得江头柳,不是苏堤也皱眉。

清平乐 一首

采芳人杳,顿觉游情少。客里看春多草草,总被诗愁分了。　去年燕子天涯,今年燕子谁家?三月休听夜雨,如今不是催花。

浪淘沙 一首

题陈汝朝百鹭画卷

玉立水云乡,尔我相忘。披离寒羽庇风霜。不趁白鸥游海上,静看鱼忙。　应笑我凄凉,客路何长!犹将孤影侣斜阳。花底鹓行无认处,却对秋塘。

519

〔**集评**〕 仇远曰:山中白云词,意度超玄,律吕协洽,方之古人,当与白石老仙相鼓吹。(山中白云序) 邓牧曰:美成、白石,逮今脍炙人口。知者谓丽莫如周,赋情或近俚;骚莫若姜,放意或近率。今玉田张君,无二家所短而兼所长。(伯牙琴张叔夏词序) 凌廷堪曰:美成如杜,白石兼王、孟、韦、柳之长,与白石并有中原者,后起之玉田也。白石老仙去后,只有玉田与之并立。探春慢二词,工力悉敌,试掩姓氏观之,不辨孰为尧章,孰为叔夏。(词洁) 楼敬思曰:南宋词人,姜白石外,唯张玉田能以翻笔、侧笔取胜,其章法、句法俱超,清虚骚雅,可谓脱尽蹊径,自成一家。迄今读集中诸词,一气卷舒,不可方物,信乎其为山中白云也。(词林纪事卷十六引) 周济曰:玉田,近人所最尊奉。才情诣力,亦不后诸人,终觉积谷作米,把缆放船,无开阔手段。然其清绝处,自不易到。 玉田词佳者匹敌圣与,往往有似是而非处,不可不知。 叔夏所以不及前人处,只在字句上着功夫,不肯换意。若其用意佳者,即字字珠辉玉映,不可指摘。近人喜学玉田,亦为修饰字句易,换意难。(介存斋论词杂著) 刘熙载曰:张玉田词,清远蕴藉,凄怆缠绵,大段瓣香白石,亦未尝不转益多师,即探芳信之次韵草窗,琐窗寒之悼碧山,西子妆之悼梦窗可见。评玉田词者,谓当与白石老仙相鼓吹。玉田作琐窗寒悼王碧山,序谓:"碧山,其词闲雅,有姜白石意。"今观张、王两家,情韵极为相似,如玉田高阳台之"接叶巢莺",与碧山高阳台之"残萼梅酸",尤同鼻息。 玉田论词曰:"莲子熟时花自落。"予更益以太白诗二句,曰:"清水出芙蓉,天然去雕饰。"(艺概卷四)

后　记

　　"词"是经过音乐陶冶的文学语言,是"曲子词"的简称。它的形式,是要受声律约束的,所以一般把做词都叫作"倚声填词"。

　　词的发生和发展,是和隋、唐以来所有燕乐杂曲分不开的。在旧唐书卷三十音乐志上说起过:"自开元以来,歌者杂用胡夷里巷之曲。"我们知道,汉、魏以来,就有了许多外来音乐,不断地从各方面输入;到了隋代,由于长期南北分裂的局面重归统一,这外来音乐和民间歌曲结合起来,在中国乐坛上放射出异样的光辉,从而打开唐、宋两代"倚声填词"的风气。这种综合古今中外而富于创造性的新兴歌曲,随着经济的繁荣和文化生活的需要,大大受到人民群众的喜爱和欢迎。那时的诗人们,也都以自己的诗篇能够被乐家们所采用,配上流行的曲调,给姑娘们去演唱,引为莫大的荣宠。最初他们还是不肯牺牲个人运用惯了的五、七言诗体,来迁就"曲拍";只是任凭乐家的摆布,添上许多"泛声",勉强凑合着来唱。但是后来诗人们终于敌不过时代风气的激荡,也就只好按谱填词,于是"依曲拍为句"的长短句歌词,就逐渐地盛行起来了。

唐末五代之乱,整个社会经济日趋萎缩,因而影响及于这新兴词体的幼苗,不能够很迅速地茁壮成长。只有西蜀、南唐,获得一个比较安定的局面。这歌词种子,也就在这两个地方生起根来,以至开花、结子,再散播到各地方去。

到了宋朝,北宋的汴京(开封),南宋的临安(杭州),是那时的政治中心,加上商业中心的扬州,都给这种新兴歌曲以发荣滋长的有利条件。词到北宋后期,早就发展到了高峰,而渐渐脱离音乐,作为文人用以抒情的新兴诗体了。

在这四五百年中,这新兴形式,经过长期的陶冶提炼和无数作家的创造经营,因之在严格的声律约束中,把它琢磨成"渐近自然"的格局。就是后来它已脱离了音乐而变为"长短不葺之诗",我们把它朗诵起来,依然会感觉到每一个词调的声音节奏,都有它的特殊情趣。

词一经和音乐脱离关系,就不复可歌了。南北曲次第兴起,跟着产生另外一种新的曲词;但是它的格局,依然是沿着"倚声填词"的道路向前进展。这"倚声填词"的办法,一直应用了一千多年,所有戏曲里面的唱词,也都不能例外。我们要想在伟大祖国的文学遗产中吸取丰富的养料,尤其是歌词和戏曲方面,把来作为"推陈出新"的借鉴,那么,对唐、宋歌词的深入了解,是有其必要的。

我这选本,原是在前暨南大学国文系用来教课的。嗣由开明书店出版发行,经过几次的重印,足有二十多年了。这次得着修订再版的机会,作了不少的增删。只因时间精力的限制和参考图书的不够完备,缺点还是很多的,希望读者们不断予以纠正。

龙榆生

一九五五年一月六日,上海

初版自序

词兴于唐，而大盛于两宋。古今选本，无虑数十百种之多，或以应歌，或以传人，或以尊体，或以建立宗派，强古人以就我范畴。虽意趣各殊，瑕瑜互见，而其采掇茂制、揄扬声学之旨则一也。

自词与乐离，声情之美乃全托于文字。于是操选政者始各出手眼，专注于意格与结构。有清一代，号为词学中兴。朱彝尊《词综》出，家白石而户玉田，左右一时风气，末流之弊，乃入于枯寂。张惠言起而振之，以附于风骚之遗。《词选》一编，独标比兴，而门庭过隘，未足以窥见斯体之全。周济更揭四家，领袖赵宋一代；又教学者问涂碧山，历梦窗、稼轩以还清真之浑化，规模视惠言为宏远矣。独于豪放一派，抑苏而扬辛，未免本末倒置。又取碧山与三家并列，亦觉拟不于伦。承常派之流波而能发扬光大，义丰文约，导来学以从人之涂者，其惟彊村先生之《宋词三百首》乎？

予曩从先生学词，先生辑刻《彊村丛书》方竟，时使予分任覆勘，因得尽窥先生手订各家词集，朱墨烂然，一集有圈识至三五遍者。因为录出，益以郑文焯手订《花间集》及《白石道人歌曲》，复参己意，辑为兹编，以授暨南大学国文系诸生。忽忽又三载矣，顷应开明书店之约，重理印行，既略纪因缘，愿更一申微旨。

予意诗词之有选本，务须从全部作品抉择其最高足以代表其人者，未宜辄以私意妄为轩轾其间。即如唐宋人词，各因时代关系而异其风格，但求其精英呈露，何妨并畜兼容。盖自温、韦以来，迄于南唐之李后主、冯延己，北宋之晏殊、欧阳修、晏幾道，为令词之极则，已俨然自成一阶段焉。迨慢曲既兴，作者益众，疏密二派，疆域粗分。疏极于豪壮沈雄，自范仲淹、苏轼以下，晁补之、叶梦得、张孝祥、辛弃疾、陆游、刘克庄、刘辰翁、元好问之徒属之。密极于精深婉丽，自张先、柳永以下，秦观、贺铸、周邦彦、姜夔、史达祖、吴文英、王沂孙、张炎、周密之徒属之。虽各家亦多开径独行，而渊源所自昭然可睹。学者果能于三派之内撷取精英，进而推求其所以异趣之故，则于欣赏与创作皆当受用无穷矣。虑读吾书者怪其刚柔并用，疏密兼收，因为发凡于此云。

民国二十三年十一月，
龙沐勋重校附识于暨南村寓庐